大
方
sight

FRANKENSTEIN in BAGHDAD

弗兰肯斯坦在巴格达

[伊拉克]艾哈迈德·萨达维 Ahmed Saadawi 著

黄绍绮 译

中信出版集团·北京

图书在版编目（CIP）数据

弗兰肯斯坦在巴格达/（伊拉克）艾哈迈德·萨达维著；
黄绍绮译. --北京：中信出版社，2018.8
书名原文：Frankenstein in Baghdad
ISBN 978-7-5086-9026-1

Ⅰ.①弗… Ⅱ.①艾…②黄… Ⅲ.①长篇小说—
伊拉克—现代 Ⅳ.①I377.45

中国版本图书馆CIP数据核字（2018）第117782号

Frankenstein in Baghdad
By Ahmed Saadawi
Copyright © Ahmed Saadawi, 2013
This edition arranged with Robin Straus Agency，Inc.
through Andrew Nurnberg Associates International Limited
Simplified Chinese translation copyright © 2018 by CITIC Press Corporation
ALL RIGHTS RESERVED
本书中文翻译由台湾寂寞出版股份有限公司授权使用。
本书仅限中国大陆地区发行销售

弗兰肯斯坦在巴格达

著　者：[伊拉克] 艾哈迈德·萨达维
译　者：黄绍绮
出版发行：中信出版集团股份有限公司
　　　　　（北京市朝阳区惠新东街甲4号富盛大厦2座　邮编　100029）
　　　　　(CITIC Publishing Group)
承　印　者：北京汇瑞嘉合文化发展有限公司

开　　本：880mm×1230mm　1/32　　印　张：10.75　　字　数：214千字
版　　次：2018年8月第1版　　　　　印　次：2018年8月第1次印刷
广告经营许可证：京朝工商广字第8087号
京权图字：01-2018-3610
书　　号：ISBN 978-7-5086-9026-1
定　　价：58.00元

版权所有·侵权必究
凡购本社图书，如有缺页、倒页、脱页，由销售部门负责退换。
服务热线：400-600-8099
投稿邮箱：author@citicpub.com

目录

1	结案报告	
1	第一章	发疯的女人
15	第二章	骗子
33	第三章	迷魂
40	第四章	记者
53	第五章	尸体
69	第六章	奇怪的事件
91	第七章	亚力酒与血腥玛丽
112	第八章	秘密
129	第九章	录音
145	第十章	无名氏

168	第十一章	调查
189	第十二章	七号胡同里
211	第十三章	犹太废墟
231	第十四章	侦调局
243	第十五章	迷魂
262	第十六章	丹尼尔
282	第十七章	爆炸
303	第十八章	作家
320	第十九章	凶手

结案报告

极机密文件

一、关于隶属伊拉克国际联盟管辖的侦搜调查局（下称侦调局）一案，在我方主导下，由伊拉克国安局代表、情报局代表与美方军情局观察员共同组成的特别侦查委员会进行调查，结果如下：

甲、因伊拉克政府的政治施压，自 2005 年 9 月 25 日起，侦调局已暂时关闭以接受调查。本委员会传唤侦调局局长苏鲁尔·穆罕默德·马吉德准将及其部属一干人等进行侦讯，针对 2003 年 4 月临时政府组成后，侦调局所从事的职务性质进行了解。侦调局的工作内容原本仅限于数据建置、文件归档与保存等文书作业，然而我方查出该局从事的工作已超出其本职工作范围。在局长马吉德准将指示下，该局雇用了一群占卜师与通灵师，领取高薪，且薪俸由伊拉克国库拨款，而非来自美方。根据马吉德准将的供词，占卜师负责预测所有危害巴格达市及其邻近区域的恐袭事件。然而，本委员会仍未厘清他们的预测和国家安全的关联性，以及实质效益为何。

乙、经委员会调查，侦调局内部有多份归档文件外流。我方已经拘提了所有任职该局之人员，以厘清案情。

丙、该局所使用的计算机经扫描检测后，发现档案数据多次经由电子邮件外流，寄给一名被称为"作家"的人士。我方在后续调查中锁定此人，并在他下榻的阿布努瓦斯大道法纳尔饭店将其逮捕。搜查后并未发现任何与侦调局有关的文件或物品。

丁、从"作家"下榻处查出一部他写的小说，内容涉及几份侦调局内部文件。小说篇幅两百页，共分为十七个章节。经由隶属于本委员会的专家分析后，认为作品内容并未违反任何法规。但基于防患未然，专家建议将小说没收，并在释放"作家"前要求他签下保证书，承诺不得以任何形式散播其中信息，也不得再继续撰写此部小说。

二、建议事项：

甲、本委员会建议（1）将苏鲁尔·穆罕默德·马吉德准将及其部属调离侦调局，（2）该单位回归原本职责，专司数据与文档之建置、归档与保存，（3）将以占卜师、通灵师名义雇用的职员全数解雇。至于侦调局这几年内发生的种种过失，必须特别谨慎看待，并将相关文件存档。

乙、本委员会发现"作家"所提供的个人证件资料登载不确实，因此建议再次将他拘提到案，重新侦讯，以追查其真实身份，并调查他是否握有任何与侦调局相关之信息，以及该局内部是否曾有任何人与他合作，同时评估此案件对于国家安全的威胁程度。

签名：委员会主席

第一章　发疯的女人

1

爆炸发生在起亚巴士驶离两分钟之后，那是丹尼尔的母亲伊利希娃女士所搭乘的巴士。巴士里的人们都焦急地探出头，朝事发地点望去。他们卡在车阵之中，眼神带着不安，望着骇人的黑烟冉冉上升。黑烟笼罩在巴格达市中心泰伊兰广场旁的车站上空。车里的人看到许多年轻人跑向事发地点，几辆汽车撞上了安全岛，还有几辆撞在一起，司机的脸上满是无助与惊恐。人声纷杂交错，远方传来尖叫、喧闹和长长短短的汽车喇叭声。

伊利希娃在七号胡同的那些邻居太太们会说，这一切都是因为伊利希娃老太太离开了拜塔温区，因为她要去科技大学旁的圣奥迪什教堂做礼拜——那是她每周日早上的既定行程，因此才会发生爆炸。许多邻人认为这位女士拥有神的恩典，只要有她在，所在的区域就能避开恶事。那么，今天早上发生的这一切，似乎也都解释得通了。

那时伊利希娃坐在起亚巴士上，自顾自地沉吟着，就好像聋了一样，好像她并不存在，也没有听见身后约两百米处的惊人爆炸。她在靠窗座位上蜷着弱小的身子，空洞洞地望出去，想着嘴里的苦涩滋味，还有从几天前开始盘踞在她心头的一抹阴霾。

也许到了圣奥迪什教堂弥撒后的用餐时间，这苦涩滋味就会不见了。她将在电话里听见女儿们的声音，还有她们子女的声音。心头的幽影将会消退一些，她迷蒙的双眼也得以照见光明。约西亚神父通常会在他的手机铃声响起后，告诉她玛提尔达打来了电话。又或者，她要等上一个小时，等众人轮流使用电话的时间过后，才请神父亲自为她拨号给玛提尔达。这是她每周日都要做的事，至少这两年来皆是如此。

两年前，她的女儿并不会定期联络，就算打来也是打教堂的固定电话。但自从美军轰炸了巴塔尔·阿拉维亚大厦，攻占了巴格达，切断电话通讯数个月以来，整座城市便弥漫着死亡的气息，每周确认伊利希娃的平安便成了非做不可的事情。最初，在那艰困的几个月之后，通话都是通过卫星电话，那是一个日本人道救援组织捐给圣奥迪什教堂和约西亚神父的，神父是个年轻的亚述基督教徒[1]。后来有了手机通讯系统，神父才买了手机，大家改用这部手机通话。弥撒结束后，教徒排队等着与世界各地的亲友联络，等着听见儿女的声音。教堂位于卡拉奇·阿玛纳区，当地居民往往是为了与海外亲人免费通电话而进到教堂里。他们之中有不同教派的基督徒，也有穆斯林。后来手机流行起来，拥有手机的人日渐增加，约西亚神父的重担

---

[1] 亚述基督教是兴盛于两河流域的古老东方基督教教会。

才减轻了些。不过伊利希娃老太太仍维持星期天讲电话的仪式。

伊利希娃通常会用她皱巴巴的手握着诺基亚小手机，手心里都是汗水。她将手机靠在耳边，听见女儿们熟悉的声音，心中的阴霾才会一扫而空，灵魂才得以平静。中午过后，等她又回到泰伊兰广场，一切已完全平静下来，就像她早晨经过时一样。街道清干净了，烧毁的汽车拖吊走了，死者被送去让法医验尸，伤者则送到金迪医院接受治疗。碎玻璃零星散落在地，有些电线杆被浓烟熏黑了，柏油路上有着大大小小的坑洞，以及老太太微弱的视力所不能看见、不会注意到的事物。

但是今天的弥撒结束后，她却多待了一个钟头。她坐在教堂附设的活动厅，妇女们在桌上排好餐盘，摆上大多是从自家带来的食物，她也上前和大家一起吃了点东西，好让自己分心。神父又拨了一次电话给玛提尔达，当作是不带期盼的最后尝试，但她的电话还是不在服务范围内。最有可能的情况是玛提尔达弄丢了手机，或者手机遭窃，在她所居住的澳洲墨尔本的某个商场被偷了，然后她刚好没有把约西亚神父的电话号码另外记下来……又或者是其他原因。神父并不清楚问题出在哪里，但他持续和伊利希娃说话，试图安慰她。

当众人陆续离开教堂，老执事纳迪尔·夏慕尼自告奋勇要开他老旧的俄国伏尔加汽车送伊利希娃回家，她没多说什么。已经两周没有联络了，她不再感受到想听见那熟悉声音的强烈思念，也许是习惯了吧，又或者有其他更重要的事。只有在两个女儿面前，她才能谈论丹尼尔。其他人都不愿用心听她诉说二十年前失去孩子的事，只有她的两个女儿愿意听，还有殉道者圣乔治骑士——她经常对他的圣灵祷告，并将他视为她个人的神圣守护者。愿意听她絮絮叨叨的友好名单上还可以加上她的老猫"纳布"，它总是在掉毛，常常在睡觉。

要是她对教堂里其他女士谈起她在战争中失去的儿子，她们都会越来越冷漠。这位老太太没有新的东西好说了，她总是不断重复一样的话。邻居太太们对她也是一样的态度。有些人已记不得丹尼尔的样貌，尽管她们知道有这个人。再怎么说，这些年来实在死了太多人，她们的回忆里早已塞满死者的名字，而丹尼尔不过就是过往记忆中的逝者之一。然而，伊利希娃仍无比坚信她的孩子依然活着，东方亚述教会墓园里埋葬的只是她儿子的空棺。但随着年岁过去，支持她这种说法的人也越来越少了。

她不再对人说起她执着的念头，她只是等着，等待电话彼端传来玛提尔达或希尔达的声音，不管老太太说的话有多么不合理，她们都能接受。两个女儿明白，母亲必须仰赖对死去儿子的思念才能继续活下去，没有必要对她解释太多，也不妨顺着她点。

老执事夏慕尼开着伏尔加汽车来到拜塔温区的七号胡同巷口，再走几步就到她家门口了。整个街区非常宁静，死亡的庆典在数个钟头前就已告一段落，但死亡的痕迹仍清晰可见。也许这是这个街区至今发生过最强烈的一起爆炸。老执事胆战心惊地驾着车，没跟伊利希娃说什么，径自把车停在电线杆旁。他看到一摊摊的血迹和电线杆上连着头皮的毛发，残碎的肢体距离他的鼻子和浓密的白色髭须只有几寸之遥，一种可怕的感觉涌上心头。

伊利希娃下了车，默默与他挥手道别。她走进宁静的胡同，一路听着自己缓慢的步伐踩踏街道上石子和垃圾的声音。她打开家门时，老猫纳布抬起头望着她，像是在对她说："怎么样？还好么？"而她早已准备好了答案。

更重要的是，她已准备要好好向她的守护骑士圣乔治抱怨一番，因为他昨晚允诺她三件事：听到好消息、心灵得以平静、从痛苦中解脱——三件事里会有一件成真。

2

许多人都不相信伊利希娃老太太拥有福报，但她的邻居培德太太却深信不疑地认为，上帝的恩典会跟随这位老太太，她走到哪，好运就跟到哪。培德太太甚至能举出许多事迹来支持她的论点。尽管她有时会因为某些事而对伊利希娃有所误解、批评，但很快又会对老太太恢复敬重与仰慕。她会邀请伊利希娃和街头巷尾的太太们到她的老旧庭院，在树荫下闲聊，并为伊利希娃铺好碎花布编织成的毯子，在她左右各摆上一个棉质靠枕，亲自为她斟茶。

有时培德太太讲到兴头上，说不定曾当着伊利希娃的面夸张地说过：这个街区本来遭了天谴，久远以前早该荒废，甚至沦为废墟，只因几位有福德之人住在此地，才逃过一劫。而伊利希娃就是其中之一。

但是这样的信念就如同烟雾一般飘渺，就像培德太太在午后八卦时间从水烟瓶里抽出的白烟，烟雾氤氲缭绕，层层白雾化作波涛，然后迅速飘扬，随风消逝在庭院里。它诞生于培德太太老旧房子的小庭院，也在这里逝去，出不了大门，也进不了现实世界。

外头的许多人认为伊利希娃不过是个迷糊又失忆的老太太，最佳证明就是她总记不住别人的名字，时间一久就忘了。有时她看到明明已经认识了半个世纪的人，却好像他们是突然冒出来似的。

伊利希娃的举止一再证明她真是老糊涂了，老是说胡话，编造一些没有人会相信的怪事出来，培德太太和那些习惯与她八卦闲聊的好心的太太们也都觉得老太太无药可救了。

其他人都只当成笑话一场，但培德太太和她那群闺密无不深深难过。唉！又一个小圈子里的老友要踏上黄泉彼岸了，这也代表着她们全都快要去到那个可怕而又黑暗的世界了。

3

有两个人最不相信伊利希娃拥有所谓的福报，更不会替她感到难过，他们认为她只是个没救的疯女人罢了。其中一人是法拉吉·达拉尔，他经营的"先知不动产"位于横跨拜塔温区中央的商店街；另一人是拾荒者哈迪，他是伊利希娃的邻居，就住在隔壁的荒废屋子里。

过去几年，法拉吉不止一次尝试说服伊利希娃把她的旧宅院给卖了，却从没成功过。她总是直接拒绝他，不说明原因。是什么缘故让老太太非得一个人单独和猫住在有七个房间的大宅院？为何她不拿这栋房去换间通风佳、采光好的小房子？多出来的钱还够她在风烛残年的岁月里好好享受人生呢。

法拉吉反复问着自己，却始终找不到使人信服的答案。至于老太太那个捡破烂的邻居哈迪，是个五十来岁的男子，不太友善，浑身脏污，总是飘散出酒气，他则是想跟老太太收购堆积在她家的古董：两个大壁钟、不同款式的柚木桌、地毯和桌布，还有手掌大小的圣母玛利亚与圣子小雕像，有石膏和象牙等不同材质，数量超过二十个，散落在大宅各个角落，以及许许多多哈迪来不及看的物品。

"这些古董对你来说有什么用呢？有些是上个世纪四十年代留下的东西，为何不卖了？还能减轻打扫、掸灰尘的负担啊！"哈迪这般说着，一边用他凸出的双眼打量老太太屋里的厅室。但老太太只是送他到门口，除了拒绝的话什么也没多说。她把他推到街上，在他身后关上房门。这是他唯一一次从内部细细品味老太太的房子，而房子就这样烙印在他脑海，像是一间独特的博物馆，或是一个存放着诱人古董的宝库。

两名男子不断尝试，但是捡破烂的家伙通常形迹诡异，所以邻居跟熟人也不太会帮他游说老太太。法拉吉可就不同了，他曾试着派伊利希娃身边的几位太太去说服她接受他的提议。街坊的八卦消息指出，那个偶尔会加入培德太太下午茶聚会的亚美尼亚邻居维罗妮卡·慕尼波（安德鲁的母亲）已收了法拉吉的贿赂，答应要说服伊利希娃搬出来与她和她年老的丈夫同住。法拉吉其实也找培德太太和其他太太谈过了。他永不放弃希望。然而捡破烂的哈迪却只能一次又一次在路上骚扰老太太，一直说着同样的话。到后来他自己都觉得没搞头了，只能趁着在街上与她擦身而过时，以一种充满敌意的眼神望着她，仿佛想用目光将她烧成灰烬。

伊利希娃非但拒绝了这两个男子的提议，更是打从心底憎恨他们，诅咒他们进入永恒的炼狱。她从两人脸上看到贪婪的神色，他们的灵魂沾染脏污，就像廉价地毯上除不掉的墨渍。

她诅咒对象的名单还可以加上理发师阿布·扎伊顿：那个把她儿子领向未知、使她失去儿子的复兴党党员[1]。但阿布·扎伊顿的身影自多年前就从她眼底下消失了，她不再碰见他，别人也不会在她面前提起此人。自从他离开政党、遭受诸多疾病缠身后，就再也不曾出现过，也不再过问街区的大小事。

4

泰伊兰广场发生大爆炸时，法拉吉人在家中。过了三小时后，大约早上十点钟，他才到拜塔温区商店街上的"先知不动产"开门营业。尽管在路上已注意到同区的许多店家都被爆炸

---

[1] 阿拉伯复兴社会党，简称"复兴党"（或音译为巴斯党），是伊拉克旧政权的执政党，在萨达姆·侯赛因遭推翻后，被列为非法政党。

波及，玻璃碎了一地，但当他看到自家橱窗的加厚玻璃出现裂痕时，依然咒骂个不停。他还看到对街的"欧鲁巴旅舍"老板阿布·安马尔穿着长袍站在街上，呆立在碎玻璃中。玻璃正是从他即将倒塌的老旧旅舍高处飞落而下。

阿布·安马尔脸色不太好，但法拉吉并不在意，反正他本来就对他没好感，两人也没有什么特别的情谊。事实上，他们站在相反的两端，类似隐性的竞争关系。欧鲁巴旅舍就像拜塔温区的其他旅舍，主要旅客来源是劳工、学生和医院与诊所的病患，以及其他省的批发商人。近十年来，许多埃及人和苏丹人都离开了，旅舍仰赖的主要客人只剩下长期住户，像是东门和萨尔敦街几家餐厅的员工；制鞋铺、二手市集和一些小工厂的劳工；几条公交车路线的司机，还有一些不喜欢住校的大学生。但这些人大多在2003年4月之后就不见踪影。许多旅舍几乎无人居住。一片惨淡之中，法拉吉却忙着装修房子，跟阿布·安马尔和其他中小型旅舍老板抢夺所剩无几的潜在客源。

法拉吉趁着政府空窗期、一片混乱之际，在街区取得了数间没有屋主的房子，还把一些合适的房子改装成廉价小套房，出租给来自其他省的劳工，以及逃难家庭——他们都是为了躲避旧政权垮台后死灰复燃的血腥报复与教派冲突，从邻近区域逃出来的。

阿布·安马尔除了唠叨和抱怨什么也做不了。他自七十年代就从南方迁居到首都，无亲无故，曾仰赖旧政权的秩序过日子。但法拉吉可就大大不同了，他的家族势力庞大，在无政府时期、兵荒马乱之际，他们就代表真正的力量。他趁势在民众之间建立起权力与威望,借此合法取得无人居住或是无主的房子,尽管人们都知道他没有文件能证明自己对房屋的所有权,或是证明他向政府承租了这些土地。

法拉吉可以将他日渐壮大的势力运用在伊利希娃身上。他看过她的屋况两次,堪称一见钟情。他推测那是犹太人建的房子,或是根据伊拉克的犹太人喜爱的建筑样式而设计的:共有两层楼,房间环绕内庭,右侧的房间迎向街道,下方设有地窖,二楼有数根木雕螺旋柱支撑前廊的顶盖,还有雕饰华丽的木制扶手,上方衔接着铁栏杆,构成一幅绝妙景致。还有双扉木门、铁制门把和门锁,以及深色圆柱木条与彩色玻璃组成的木制窗棂。地上铺着典雅的地砖,房里铺设黑白两色的小地砖,如同一大张西洋棋棋盘。屋顶最高处的方孔通向天际,平时会用一块白布遮盖,夏日才打开来,但现在已经不见了。整幢房子已经不像原先那般,但依然坚固,不像胡同其他类似的房子那样被潮湿严重侵蚀。地窖在早年曾被填埋,后来又挖开,但这不重要。对于法拉吉的计划来说,造成他最大困扰的缺陷在于二楼一间完全崩塌的房间,许多砖瓦就落在隔墙紧邻的破屋里,那正是拾荒者哈迪居住的地方。

二楼的厕所也完全塌了,法拉吉得要花上一笔开销来应对许许多多的修补和整饬工程,但是这一切都值得。

有时法拉吉会想,直接把这个信基督的老妇人赶走就好,她无依又无靠,赶走她花不了多少力气,只要半个小时就能搞定。然而他内心有个相反的声音说,他原来下手的土地都是法律管不到的,而且也没有对太多人造成蓄意的伤害。嗯,他最好别做得太过火，最好别测试人们对伊利希娃的情感。他要是对她做了什么坏事，说不定会点燃众人对他压抑已久的怒火。最好还是等到她过世，到时候除了他以外没有其他人敢动这房子。大家都知道他有多想要这间房子，也默认他就是房子的下一任所有者——无论伊利希娃还能活多久。

"真主会补偿你的！"法拉吉拉长每一个字，对阿布·安马尔高声呼喊。

阿布·安马尔刚才还打着手心，心痛自己的损失，此刻听到法拉吉这番话，便朝天空举起双手，做出祈祷的姿态，好像他听信了法拉吉嘴里吐出的金玉良言。说不定阿布·安马尔真的在祷告，内心可能正祈求着真主："让我眼前这个贪得无厌的家伙去死吧！"都怪命运弄人，偏偏让法拉吉整天在他眼前晃来晃去。

5

她从客厅沙发上把猫儿"纳布"赶走，用手拨着掉落的猫毛。尽管她实际上根本已看不见任何毛发，但她十分确定，当她为老猫按摩背部，它的毛就会掉得到处都是。猫毛落在家里各处都可以忽略，唯独一个地方她无法不去在意，那就是她在沙发上的专属角落，正对着殉道骑士圣乔治的大画像，画像刚好放在两幅尺寸较小的木框黑白照片之间，那是她儿子和丈夫泰达洛斯的照片。家里的其他画像还有《最后的晚餐》和《耶稣下十字架》，同样是中等尺寸的画；另外还有三幅掌心大小的画作，是教会的圣徒画像——虽然有些人的名字她也不晓得——那是根据中世纪的原型画像临摹而来，以浓厚的墨水笔勾勒，带着浅淡的色彩。画像都是她丈夫多年前摆上去的，也依然如昔地放在客厅和她的寝室、门扉紧闭的丹尼尔房间，以及其他没人住的房里。

她几乎每天下午都坐在这里与圣骑士的画像深谈。骑士有着天使般的脸庞，尽管并不是那种庄严的宗教意象；他身穿银色重铠，全身披覆闪耀的盔甲，头盔有着羽毛装饰，底下露出波浪般的一头金发，手里腾空扬起锋利的长枪，以杀戮的姿态伏身在一匹精壮的白马上。白马的前脚双双弯举到空中，试图躲避图画角落里凶猛恶龙的双颚，好像它正要连人带马吞下圣骑士与他的一身装备。

伊利希娃并不在意这些浮夸的细节，她拿起挂在脖子上的厚重眼镜，将它戴上，仔细端详那张天使般的安详面容，上面没有任何情绪，既不愤怒，也不绝望，不带着和蔼，也没有喜乐，他正虔敬地尽着他的职责。

伊利希娃端详这幅画并不是出于艺术爱好。她将圣骑士视为亲人，他是这个分崩离析的家庭的成员之一，他是除了猫儿纳布之外唯一留下来陪她的人。当然，还要加上她那终究会回来的孩子——丹尼尔。旁人认为她是个独居的女人，她却坚信有三个生命陪伴她一起生活——或者说，三个形象，使她有足够的动力不受孤独侵扰。

她其实还在生气，因为圣骑士没有帮她达成他允诺的三件事当中的任何一件，那是她经过无数夜晚的哭求才得来的允诺。她看着自己正迈向死亡，时间所剩无几，她冀望天主给予指示，指引她孩子的去向，若还活着，请归来，若死了，请指引她坟墓所在或是尸骨所存之地。她多么想质问圣骑士，为何愿望没有实现？但她还是得等到入夜。白日里圣乔治的画像不过就是张图画，全然静止不动，悄然无声。然而到了夜里，通往另一个世界的窗口就会开启。天主会降临，显现于圣骑士的形象之中，透过他，天主将与这不幸的羔羊说话，她已离虔诚的羊群越来越远，几乎就要坠入迷途的深渊，几乎不再有信念。

夜里，她就着煤油灯的火光，看着古老画像映在褪色的玻璃灯罩上冉冉波动，但她同时也看着圣乔治的眼睛，还有他柔美的脸。她听到纳布厌恶地叫了一声"喵呜"，跑出房门。接着她见到圣骑士的目光转向她，他并没有改变姿态，修长的手臂仍然高举战矛，但此刻他的眼睛却望着她。

"你太心急了，伊利希娃……我说过，天主会赐给你心灵的平静，帮你解除苦痛……带来让你开心的消息……但实现愿望的时辰是无法跟天主强求的。"

她开始和圣骑士争辩，半个钟头过去，他美丽的轮廓又恢复生硬而静止的样子，他柔和的眼神透露出对于这无意义的争执感到疲惫。她在卧室的木制大十字架前念诵了平时的祈祷文，并确认纳布已经在房间角落老虎皮样式的小毯上入睡，然后才走向床铺准备睡觉。

次日，她在准备早餐、清洗碗盘之前，被美军阿帕契直升机的嘈杂轰鸣声吓了一跳，直升机正从巷子上方喧嚣而过。她见到了她的儿子丹尼尔,或者应该说,她"以为"她见到的是他。她见到了"小丹尼",她从他儿时到青春期都是这么叫他的。圣骑士的预言终于成真了!她呼唤着,他便上前。

"过来吧!我的孩儿啊!小丹尼……过来这里,小丹尼。"

第二章 骗子

1

哈迪热衷于在他说的故事里加入写实桥段，好让叙述更引人入胜。他会背下所有相关细节，每次他说起自己身上发生的故事，都会加入这些桥段。他正在埃及人阿齐兹的咖啡厅，坐在紧邻落地窗一角的沙发上，抚摸自己的八字胡和零乱的络腮胡，然后拿着一支小汤匙用力敲着茶杯底部。他喝了两小口茶，准备重新开始说故事。这次有几位新的客人光临，是阿齐兹告诉他们哈迪说故事和瞎扯的功力很了得，才被吸引来的。

客人之中有一位德国籍的女记者，她一头金发、瘦瘦的，有着薄薄的双唇，细致的鼻梁上戴着厚重的近视眼镜。她与伊拉克籍的翻译、巴勒斯坦籍的摄影师一起坐在哈迪对面的沙发上。她的翻译是个年轻男子，摄影师则扛着摄影机。

与他们同座的还有一名棕色皮肤的年轻记者，他是马哈茂德·萨瓦迪，来自伊拉克南部城市阿玛拉[1]，目前住在阿布·安

---

[1] 阿玛拉（Amarah）是伊拉克东南部的米桑省（Maysan）首府。

马尔经营的欧鲁巴旅舍。

稍早,德国女记者跟拍马哈茂德的日常工作,为了拍摄一部关于伊拉克籍记者在巴格达工作的纪录片。她录下了他在街上走动、采访的样子,访问他对于这里所发生的一切和眼前遭遇的困境有何看法。但她没料到会跟他来听捡破烂的人说一个又臭又长的故事。拾荒者哈迪眼睛外凸、浑身酒气,破烂的衣服上有香烟烧出的一个个破洞。

女记者考虑到自己的外型相当引人注意,每次走在巴格达街头都是一种冒险,因此她没有打开摄影机,只是一边聆听一边喝着杯子里的茶。她不时转向伊拉克籍翻译,听翻译娓娓道来,解释哈迪所说的话。

她没有听到故事的最后。这个春日是如此温暖,她宁可把剩余的白天拿来呼吸新鲜空气。除此之外,她还得回到喜来登饭店,在饭店的媒体服务中心转存今天和马哈茂德一起拍摄的影片。

一行人正要走出咖啡厅,她准备和马哈茂德道别时,对他说:"那位仁兄讲的故事是电影情节吧……出自罗伯特·德尼罗某部有名的片子。"

"是啊!看来他看了不少电影!他在这一区可是个出名人物。"

"那他真该去好莱坞发展啊!"她笑着说完,便坐上翻译的白色宝腾汽车。

2

哈迪并没有为此感到困扰。难免有人电影才看一半就走出戏院，这倒也稀松平常。

"我们讲到哪了？"哈迪问。同时他看到马哈茂德回到对面的沙发坐下。阿齐兹站在那里，忙着收拾空茶杯，他给了哈迪一个大大的微笑，等着他继续说故事。

"已经讲到爆炸了。"阿齐兹说道。

"第一个爆炸，还是第二个？"哈迪问。

"第一个……在泰伊兰广场的。"马哈茂德回答，好让哈迪能继续讲下去。他等着哈迪的故事出现矛盾，说不定他会忘记什么细节，或是弄错哪个环节。他期待看到哈迪让自己出糗。马哈茂德三番两次听着相同的故事，就是为了这个。

那场爆炸非常恐怖。哈迪给了阿齐兹一个眼神，阿齐兹点头表示肯定。当时哈迪正是从咖啡厅的座位上跑了出去。他原本正吃着隔壁店家阿里·赛义德做的油浇蚕豆，那是哈迪每天早餐必吃的东西。他一路上遇到许多躲避爆炸的人，碰撞着他们的身体。他远远地就被浓烟呛着鼻子。爆炸的烟雾、烧焦的塑料和汽车座椅，还有烤焦的尸体——那是你这辈子从没闻过的味道，你将永生记得。

当时天气阴沉，预告着一场倾盆大雨，许多做工的人排排站在人行道上，一旁就是庄严、洁白的亚美尼亚教堂。教堂塔楼为多边形圆锥体，顶着厚实的十字架。有些人望着寂静的教堂，抽着烟、聊着天；长长的街道散布着许多茶摊，有些人就站在茶摊旁喝茶配饼干，有些人在旁边的摊车吃着大头菜或蚕豆。工人等待需要日薪短工的车子开来招人，或是等着建筑师傅出现。邻近人行道的地方停了几部起亚和柯斯达客车，车主吆喝着往科拉达和科技大学的路线。对面的人行道也是类似情形：有许多车辆和摊贩，卖着香烟、甜点和内衣裤，以及林林总总的东西。一辆铅灰色的四驱面包车在此停下，坐在路边的工人多半站了起来，正当有人走近面包车之际，它便猛然爆炸了。

这种事情发生的瞬间谁也说不准。一切就在须臾之间。有些人逃过一劫，是因为距离事发地点比较远，或是有其他人的身体挡着，又或者刚好人在车辆后侧，或是正好在某条小巷内，尚未走到街上就被爆炸吓了一跳。这些人和其他在亚美尼亚教堂周遭的人，以及远处的汽车司机，他们全都注意到爆炸在瞬间化为一片火海与浓烟，吞噬了周遭的车辆和人体。有些电线的缆绳断了，说不定还有几只小鸟和麻雀死了。附近有些房屋墙壁震裂了，伴着散落的碎玻璃和震垮的门。拜塔温区有一些老旧天花板震塌了，还有其他没被看见的损伤。这一切都在短短的瞬间同时涌现。

喧嚣平息后，哈迪看着这一幕，爆炸产生的大浓烟化作黑云，高高飘在天际。汽车窜出火舌，扬起一缕缕黑烟，还有被烧过的碎小残骸仍散落在人行道上。警车迅速赶来，封锁了现场。伤者哀嚎、呜咽着，还有许多尸体在街道上呈睡姿、相拥或互相堆叠，交错覆盖着红与黑两种颜色。

哈迪强调，他抵达现场时站在建筑材料和工具行的角落，静默无声地观看整个场景。他说，当时他抽出烟，点着了就马上抽起来，试图赶走奇怪的浓烟味道。他为自己邪恶、冷漠的形象感到愉悦，也因此期盼着听众脸上的某些反应。

救护车来了，载走了伤者与亡者。接着消防车抵达，扑灭了几辆汽车上的火势，再由道奇牌拖吊车将它们移到不知名的地方。消防水柱持续清洗着地上的血迹和灰烬。哈迪一直聚精会神地观看现场，在这场破坏与毁灭的庆典中寻找某样东西。确认找到了以后，他把烟扔到地上，俟地上前，赶在消防水柱把那东西冲到路边水沟盖的孔洞里之前，将它从地上捡起，用麻布袋包起来夹在腋下，便快速离开了。

3

他在天空降下大雨前回到家中，大步穿过地砖剥落的中庭，进入他的房间，把折叠起来的麻布袋放在床上。他听着自己鼻腔、胸腔上气不接下气的咻咻声。他望着折叠的麻布袋，手挪了过去，然后又打消念头。或者说，稍微推迟了念头，只是单纯地倾听雨水落下的声音。一开始雨水娇羞地下着，不一会儿便越下越快，化作滂沱大雨，洗刷着庭院、胡同、街道和泰伊兰广场，洗刷今天发生在巴格达一切不幸事故的痕迹。

他进到他的房子里。说是"他的房子"有点言过其实。许多人都非常熟悉这间房子，特别是阿齐兹。阿齐兹在结婚、告别玩乐生活之前，常和哈迪在他房子唯一的餐桌上一同醉饮到深夜，说不定还曾在房里发现一两个五号胡同的妓女，让夜宴更加酣甜。哈迪总是挥霍无度，把所有的钱都花在个人享受上。

那其实不是他的房子，严格来说，根本称不上房屋。屋内除了一个天花板破损的房间之外，大部分都倾颓了。大约是三年前吧，拾荒者哈迪和他的工作伙伴纳希姆·阿卜代基携手将此处改造成他们的根据地。

在那之前的几年，镇上早有许多人认识哈迪和纳希姆。他们曾牵着马拉车穿越大街小巷，收购二手用品、锅碗瓢盆与坏掉的电器。两人清晨就站在阿齐兹咖啡厅旁吃早点、喝茶，然后展开一天的行程，绕行拜塔温区，以及只相隔一条萨尔敦街的阿布努瓦斯区。接着再牵着纳希姆的马拉车走到其他区域，穿梭在科拉达的巷弄间，直到渐渐看不见行踪。

美军入侵、全面陷入混乱之后，镇民目睹了哈迪和纳希姆如何卖力整修"犹太废墟"——虽然他们未曾在里头见过任何犹太的东西，没有烛台、没有六芒星，也没有希伯来文字。

哈迪以旧材料修复了房子的围墙，把原来覆盖在砖瓦、泥土下的大木门立了起来。他移除院子里的石头，修复了唯一一个能住的房间，不去管其他房间半倒的墙和倾塌的天花板。哈迪房间上方的二楼房间有一面带窗的墙还保持完整，墙身摇摇欲坠，看似要把站在院子里的人活埋了一样，但实际上并不会倒塌。

后来，这个街区的居民发现哈迪和纳希姆其实已经成为街区的一分子。就连贪婪的法拉吉——那个觊觎着人去楼空的不动产的家伙——也不在乎哈迪的所作所为。那块地对他而言就只是"犹太废墟",一如以往。

这两人从何而来?从来没有一个人在意过这个问题。过往数十年间,街区熙熙攘攘,外地人纷至沓来。没有一个人可以肯定自己是这里最初的居民。过了一两年,纳希姆娶了太太,便在拜塔温区租屋,不再与哈迪同住,但他们仍一起做马拉车的工作。

纳希姆比哈迪还小,刚过三十五岁。他和哈迪的关系可以看作是父子一般,虽然两人的外貌并不相似。纳希姆头型小、耳朵大,顶上毛发浓密而旺盛,但看起来像是粗铁丝,还有一双快要连在一起的浓眉。哈迪曾对他开玩笑说:"就算你活到一百二十岁,也绝对不会秃头。"

相较于纳希姆,哈迪已经年逾五十,虽然很难确切判断他的年龄。他总是披头散发,未修剪的络腮胡乱糟糟的,身形干扁但结实有力,脸型削瘦,双颊下方都陷了进去。

哈迪叫纳希姆"穷光蛋"。纳希姆不像他的师父哈迪,他不抽烟不喝酒,对于宗教方面的事总是相当虔敬,在婚前都没碰过女人。也正因他对宗教的虔诚,在房子整修完毕之后,他在房屋里举行了一场仪式,在两人一起住的房间里挂上一个方形瓦楞纸板,上头写着《古兰经》的宝座经文[1]。他用面糊把经文贴在墙上确保牢固,除非纸板碎裂,否则不会轻易掉下来。虽然哈迪其实对宗教事务不太在乎,但他也不想表现得像个敌人

---

[1] 宝座经文为穆斯林常悬挂在家中的一节古兰经经文。

或叛教者，于是便顺着他的伙伴兼徒弟，索性就让那节经文放在那里，成了他每天早上第一个见到的东西。

遗憾的是纳希姆没能活到高龄，还来不及检验他的头发是否像哈迪所说的那样顽强。数个月之前的某天，哈迪在阿齐兹咖啡厅开讲，马哈茂德和几个老头就坐在他面前，当时他正说着他的异想故事。汽车炸弹在科拉达区某个教派的政党党部前爆炸，几个路过的平民被炸死了，包括纳希姆和他的马——人与马一起被炸得血肉模糊。

因为这个打击，哈迪突然性情大变，变得充满攻击性。他会在美军悍马车、警车和政府军车辆后方叫嚣、咒骂、丢小石子。如果有任何人在他面前提到纳希姆·阿卜代基，或是说到他过往发生的事，他就会跟对方打起来。哈迪沉寂了好一阵子，才又恢复他先前的样子，说着笑话，讲着古怪的故事。但他变得像是双重人格，独处时就换上郁郁寡欢、不为人知的面容。他也开始在白天饮酒，衣服里面总放着小瓶亚力酒[1]或威士忌。他变得总是满身酒气，胡子更长了，衣服更脏了，整个人污秽不堪。

纳希姆的事情就这样永久地抹去了，因为没有人敢惹哈迪，没有人想看他情绪失控暴走。因此，马哈茂德本来并不知道这件事，直到阿齐兹跟他说了才晓得。

---

[1] 亚力酒是一种茴香酒，起源于中东地区。

4

"我们讲到哪了？"哈迪迅速撒了泡尿之后，走出咖啡厅厕所大声喊着。

马哈茂德带着懒洋洋的语调回应："讲到麻布袋里的大鼻子了。"

"啊哈！鼻子……"

他扣着裤头的扣子，走到咖啡厅窗边的沙发，坐下来继续说故事。马哈茂德的期待落空了，哈迪并没有忘记情节。在他去尿尿的空当前，他讲到了雨势停歇，还有他带着麻布袋出了房门走到中庭。他望着天际，见到云朵像白色棉絮一般飘散，仿佛云儿一口气抖落身上所有的东西，正准备离开。二手家具和木柜浸在雨水里，几乎要泡烂了。但他没空管这些。他走进自己用家具残骸、铁条和空橱柜搭建的木头仓库，橱柜刚好倚着一面半倒的墙。他蹲坐在仓库的一端，其余空间全都被一具庞大的尸体占据着。

那是一具男性裸尸，身上几个伤口还渗着颜色鲜明的黏液。血迹其实只有一点点，他的双臂和双脚上还有干掉的小血渍，肩颈处有些青色的挫伤与擦伤。尸体的肤色看不太出来，但不管怎样，整体的肤色并不一致。哈迪上前，在小小的空间里往尸体靠近了些，坐在它头部附近。尸体的鼻子部位全毁，像是遭猛兽咬去了一样，缺了个洞。哈迪打开层层包裹的麻布袋，取出那个他找了好几天才得到、却迟迟不敢面对的东西……他拿出依旧新鲜的鼻子，凝固的鲜红色血液还悬在上头，接着他颤抖着手，将它放进尸体脸上的黑色凹洞，看起来似乎完全吻合，好像它就是尸体原来的鼻子，失而复得了一样。

他把手抽了回去，在衣服上抹抹手指，不太满意地看着这张刚完成的脸，但是总算大功告成了。啊！还没完全结束。他还得把鼻子缝起来，好让它固定在位置上，不会掉下来。

加上鼻子，尸体就完整了。此刻他即将完成这见不得人的诡异任务。这可是他独力完成的，完全没有他人相助。尽管这一切看似毫无道理又难以理解，但他自有理由。

哈迪对听众说："我本来要把他交给法医。这具完整尸体就这样被人丢弃在路上，当作垃圾一样。喂喂！你们要知道，这可是人类啊！一个人就这样被丢在路边啊！"

"那并不是完整的尸体，是被你做成一具尸体的。"

"我把他做成一具尸体，他才不会变成垃圾，才能像其他死者一样受到尊重，然后下葬。这样你们懂了吗？"

"然后呢？后来怎么了？"

"我怎么了，还是'无名氏'怎么了？"

"你们两个啊！"

哈迪接连回应着听众的意见，完全沉浸在故事的氛围里。如果他打从一开始就一直反驳听众的意见，新来的人恐怕会没兴致继续听。只要故事接着讲下去，这些逻辑上的异议通常都可以稍后再讨论，不会有人干涉哈迪怎么讲故事，也不会有人在意他说起了故事的支线而抛下主线，就像现在这样。

他本来跟科拉达区的一个人有约。他好几天没有买卖东西，钱就要花光了。他已经缠了那家伙好一阵子，如果买卖谈成就能带来不少收入。对方也是个独居在大宅院的老头，完全跟伊利希娃老太太的状况一样，但是这老头想移民到俄罗斯找他的老情人，她说服他把房子和家当都卖了，搬去跟她一起过退休生活。

　　这件事本身没什么问题，有情人终成眷属嘛！但是每当哈迪跟他谈好价钱，准备拿走他家的家具、烛台、阅读灯和古董收录音机，他就紧抓着东西不放，好像害怕一旦放了手就会淹死一样。于是哈迪只好暂时退让，哄他说下次再谈。哈迪不想给他压力，也不想吓到他，所以只能先放过他。等到下次来找他时，哈迪又会笑容满面、热切地想完成交易。

　　他与尸体肢骸经历一番奋战，洗了双手，换了套干净的衣服，便准备出门去见那个优柔寡断的"阿密里[1]老头"。哈迪最怕的就是有人坏了他的买卖，抢先一步说服老头，买走了他的贵重家具，或是有人表示想要连带家具一起租下老头的房子——嘴上说得好听，既能把家具留在房子里，又能收租金，但其实心中在盘算等老头过世后占有他的房子。

　　那间房子并不远，就在安达鲁斯广场后方的巷子里。如果搭起亚巴士去，最多五分钟就可以下车。哈迪精神好的时候会走路过去，一边捡拾路上的可乐罐、饮料罐和酒罐，装进大麻布袋，再卖给资源回收的人；或者他会在家里先把瓶罐一袋袋整理好，然后租一辆丰田汽车，开车载到哈菲兹格地广场的铝

1　阿密里（Amirli）是伊拉克东北边的城镇，居民以土库曼人为主。

容器冶炼厂去卖,就在拉席德路旁边。

("可是伙计……你尸体的事还没讲完呢!"
"稍微有点耐心嘛!")

哈迪来到阿密里老头的门前,一直敲着他家外门,却没有人来应门。说不定他睡着了,或是不在家,又说不定他死在家里了。喔!他的大限之期到了,来不及去见他的俄罗斯情人,摸摸她又瘦又皱的双手了。他敲门敲到邻居侧目,只好转身走回萨尔敦街,到公立慈爱医院旁的餐厅吃了羊肉串卷饼,还加点了"半人份特餐"外带回家。

乌云已完全散去,接着却吹起阵阵呼啸狂风,蛮横地打着,骤然吹起又戛然而止,再从反方向吹来,毫无定向。香烟摊贩的布面钢骨大伞被吹翻了,商贩拿了块水泥板压住,伞才稳稳固定在地上,没有再被吹走。

狂风催促着行人,扰乱了人们的步伐。有些人越走越急,好似有只隐形的手捆打着他们、在背后推着他们。坐在咖啡厅外头的人迅速躲到室内,车上的人本来为了通风而稍稍打开车窗,此刻已关得密不透气。卖报纸杂志的人躲了起来,交通信号灯下的香烟和甜点摊贩也把商品收进挂在脖子上的袋子里,怕家当随风而去。戴帽子的人无不紧紧按着脑袋瓜,生怕秃头突然间裸露出来。要是他们追着飞扬的帽子奔跑,坐在车上和店里的观众就有一出喜剧可以欣赏了。

萨迪尔饭店伫立在安达鲁斯广场旁。饭店里的棕榈树叶片低垂，饭店前庭的年轻警卫紧紧拉上他的军装大衣。警卫站在饭店大门口不远处的木头哨亭里，虽然也不是毫无遮蔽地站在风中，但哨亭根本无法阻挡严寒或酷热。如果是巴格达街头某个检查哨的一般军警，应该早就用装橄榄油的空铁桶烧起柴火，好就着它取暖，他们的衣服肯定也沾满了煤灰。但这间饭店的规定是禁止这些事的。

（"现在你倒扯到饭店警卫啦？！"
"小伙子，再耐着点性子。就要讲到重点啦！"）

哈迪吃完卷饼，喝着百事可乐，喝完把可乐罐压扁，扔进身旁的麻布袋。他不想冒着强风跑到外头，于是在餐厅里翻垃圾打发时间，拿走了垃圾桶里全部的饮料瓶罐。风暴歇息后，他想出去晒晒太阳。但太阳已躲了起来，天空灰沉沉的。随着时间流转，天空越来越阴暗。他心烦意乱，忽然又想起留在家中的那具诡异尸体，头都要晕了。

他一路走向安达鲁斯广场的路口，没有办法思考。真是奇怪的一天！他从餐厅的电视机听到：今天发生了多起爆炸，地点在卡齐米亚的几个区、萨德尔城、曼舒尔区和东门。电视画面带到金迪医院的伤者和患者，也拍摄了泰伊兰广场，当时消防人员正清洗着现场。哈迪预期会看到自己出现在工具行的角落，在那边悠哉地抽烟，就像个欣赏自己犯罪过程的凶手。接着电视上出现政府的发言人，他微笑着回应媒体的问题，并重申政府今日已破获多起恐怖分子的计划，根据情报，原先会有一百起汽车炸弹攻击,都是由基地组织分子和旧政权的残党所策划,所幸联合政府和伊拉克情报局控制了局面,重挫了多数的恐袭行动,一共只发生了十五起爆炸案而已!

餐厅的胖子老板听了这番话,吁了一口很长的气,嘴唇一边震动一边发出"噗"的声音,没再做任何评论。然而今日的爆炸数量即将要变成十六起。政府发言人已经下班回家,来不及把新的爆炸一起列入本日事件了。

哈迪走在路上,肩上扛着麻布袋,里面装着金属饮料罐。通常他经过萨迪尔饭店前面时,会先走到马路另一侧,以免引起警卫的呵斥。但他今天却忘了过马路,可能一心都在想着家中仓库里那具缓缓渗着黏液的尸体吧。现在他该怎么做呢?他自愿要做的事已经告一段落了。是否要租辆车将尸体载到法医那儿?要不然趁着夜里把尸体丢到广场或大马路上好了?然后剩下的事情就交给警察处理。

他正要经过饭店停车场的大铁门前方时,发现自己已经深陷泥淖。唯一的方法就是赶快回家,把尸体重新肢解,恢复原貌,让它变回单纯的肢骸。那些肢骸是他过去几天在市区街道上东拼西凑搜集而来的。他要再把这些肢骸丢回街上、放回广场上去。

与此同时,警卫正冷得发抖。说不定他想要活动活动双脚,所以才跑出木头哨亭。他跨着大步冲到门边,手抓着大门冰冷的栏杆,盯着那个背着可疑袋子的家伙,看着他离去。他觉得没必要警告那家伙闪远一点,毕竟他已经远离门口了。

（"哥们，你是不是正好目击了那一幕？"哈迪问向马哈茂德。

"对啊！我本来和几个朋友站在马路另一边，然后就看到垃圾车朝着饭店大门冲了过来。"

"大伙儿，你们都听到了吧！我可不是瞎掰的！这边有目击证人。"）

哈迪经过饭店大门，走了二十米左右，看见一辆垃圾车急速擦身而过，差点就撞着他了。垃圾车是冲着饭店大门来的。转瞬之间，它就爆炸了。哈迪被炸飞到空中，他的麻布袋和晚餐也腾空飞起，人滚了几圈，随着爆炸的冲击与尘土一同被扫开，重重撞在柏油路上，离爆炸地点有段距离。也许过了一分钟吧，哈迪还来不及搞清楚发生了什么事，就看到几个年轻人跑过街道，朝着他过来，其中一人正是记者马哈茂德·萨瓦迪。他们把他扶起来。四处都是尘土和烟雾，当哈迪终于自己站起身时，却把他们的手从身上拍掉，惶恐地快步走开，像是中了邪似的。他们喊着要他停下，说他指不定受了重伤，只是没感觉到而已。但他却跑了起来。一定是冲击太大了，让他不知道自己在做什么。

四下一片漆黑，警车、救护车和消防车的声音自远处传来。黑云夹带着尘土与烟雾飘扬在空中，化作一大片迷雾，车辆的灯光成了昏黄的光晕。马哈茂德和在场其他人踩着街上的玻璃碎片、小铁块和满地炸飞散落的东西。他们带着恐惧和不安越走越远，脚下踩过许多东西，却什么也看不见。

5

哈迪极度吃力地走着,双臂和骨盆非常疼痛,前额和颧骨也因为撞到柏油路而受了伤。他无法自然地走路,只能跛着脚,拖着吃力的步伐。他完全忘了可以搭乘去东门的公交车,可能是脑袋有点短路了吧!他根本无法再思考任何事。他像个短路的机器人,跌跌撞撞地走着,也许体力耗尽后,就会静静倒在地上。

他常说自己福大命大,遇过好几次爆炸,每次都能死里逃生,而且身体没有被任何爆炸碎片伤到。他全身的伤都是因为撞到地上造成的,而且只是皮肉伤。

他回到家,却把麻布袋和外带晚餐都忘在事故地点。他推开沉重的木门把手,进去后没把门关上。他望着远处的房间,感觉比平常还要遥远,走在庭院破碎的地砖上,也觉得距离好长。他害怕自己会倒在地上,就这样死了或是昏过去。他好想回到自己的床上,于是走进房间,一倒在床垫上立刻沉沉入睡。也有可能他只是昏了过去,毕竟好不容易才撑到现在。

翌日白昼,他听到收音机和新闻报道的声音,也许是后头邻居家传来的,也可能是对面的培德太太刚好坐在她家门口。她有时会抱着收音机,坐着观察进进出出的人们。

他从枕头上抬起头来,看到枕头上沾了许多口水,还有头上伤口的斑斑血渍。他原先以为自己又喝得烂醉,但随即想起昨天下午的爆炸，接着又想到仓库内的尸体。尸体今天肯定又更加腐烂，气味都跑出来了吧，说不定已经臭气熏天了，臭到每个路过门口的人都闻得到。

他起身，日光相当刺眼，应该快中午了吧。他在厕所的洗手台洗脸，连脖子也洗了，再伸了个懒腰，脸上的伤口和全身骨头都很痛。然后他转过头，发现昨天不在家的时候，狂风把院子里的东西吹得一团乱。几个柜子翻倒了，木头仓库有一部分吹落在庭院里，仓库的屋顶不知道消失去哪儿了。他上前查看才发现有其他东西也不见了。

尸体不见了——昨天刚拼装完成的人尸不见了。不可能就这样不见的呀！不可能是被暴风卷走了吧！他东翻西找，一度还怀疑自己是不是搞错了。接着他到房间里，又是一阵翻找，然后又从头再找一遍。他的心脏越跳越快，浑然忘了嘎吱作响的骨头还在疼痛。他慌了起来，究竟尸体跑哪里去了？他杵在院子中央，既害怕又不安，他看着清澄的蓝天，望着邻居家的高墙，又望向伊利希娃老太太塌陷的楼房露出的小小平面。那儿有只毛快掉光的老猫，眼睛定定地望着他，像是在监视这捡破烂的老头所做的一切。它发出长长的叫声，似乎想告诉他什么事，然后它默默转身，消失在颓圮的墙后。

（"哎？那然后呢？"

"就这样啊！"

"什么就这样？尸体倒是跑哪去了？哈迪？"

"我怎么知道……"

"这个故事不好！哈迪……讲个别的故事来听听。"

"信不信随便你们了！老子现在要闪了……记得帮我付茶水费啊！"）

第三章　迷魂

1

哈西卜·穆罕默德·贾法尔，二十一岁，棕色皮肤、身形瘦长，他和妻子朵娥·贾巴尔与出生没多久的女儿扎赫拉住在萨德尔城的四十四区，和家族的亲戚住在同一栋房子。他的小家庭蜗居在其中一个房间。

哈西卜在萨迪尔饭店做了七个月的警卫。他在苏丹籍自杀袭击者引爆的爆炸中丧生，该名袭击者驾驶一辆从巴格达市政当局偷来的垃圾车，上面装满土制炸药，原本计划突破外门，驾车直闯饭店接待大厅，在那里引爆炸弹，把整栋大楼和里面的人都炸掉。但计划失败了，因为英勇的警卫接连朝着垃圾车开火，使得雷管提早引爆。

警卫生前的物品已交给他的家人：便服、一双未拆封的袜子、一罐体香剂和黎巴嫩回归出版社发行的《赛义卜诗集》[1]第一卷。他的棺木里放着一双焦黑的鞋子和沾染血迹的衣物碎片，还有他仅存的遗骸——都已烧成焦炭了。哈西卜已经完全

---

[1] 赛义卜（Badr Shakir al-Sayyab, 1926–1964）是知名伊拉克诗人。

消失了,他的棺木只是象征性地葬在纳杰夫墓园。他的年轻妻子抱着棺木撕心裂肺地哭着,那哭声相当凄厉,久久不能停歇。而他的母亲、兄弟姐妹和邻居也是这般哭着。他的小女儿完全惊呆了,她流着口水,被众人轮流抱着。每个人抱了她都不免悲从中来,又是一阵哭哭啼啼。

大哭一场后,每个人回家都累得睡着了。他们都梦见了哈西卜,梦见他回到家中,肩上背着一个布包。每个人的梦相互衔接着,彼此互补,小的梦刚好补上了大的梦的缺口,梦境的丝线交织着。在梦中,哈西卜的肉体又活了过来;而现实中,他的灵魂正在他们头上徘徊。他想安息却没有依归。他的遗体去哪儿了呢?他得回到遗体上,才能像其他往生者一样留在"魂界"。

他们有些人入梦太深,梦到梦境的丝线交织成一颗球,而且越滚越大。他们用手将球推向远处,远到一个所有亲朋好友和邻居都无法想象的地方——就连幻想也想不到的地方。

2

哈西卜眼看垃圾车冲来,脑中瞬间冒出一连串的臆测,犹豫着该如何应对。只不过是一辆垃圾车,可能是司机不小心让方向盘咬死了,车子才会朝着大门口冲来。有些交通意外就是这样发生的。应该是这样吧!难免会有些白痴司机横冲直撞的。不对!他是自杀袭击者!停下!快停下!

哈西卜开了一枪又一枪。他根本不敢杀人，他没有胆量杀任何人。但保护饭店是他的职责，相关的规定都极为严格，他也不是不知道。饭店里有保全公司的人，还有一些他惹不起的人，说不定还有美国人住在里头。人们总说，他担任警卫可以合法杀人。不到 0.1 秒之间，人生跑马灯一闪而过。他甚至还来不及想清楚怎么应对，就扣下了机关枪的扳机。垃圾车爆炸了。哈西卜意识到自己观看着爆炸，但他并不是站在木制岗哨和饭店的大铁栅门之间看着这一切。他看着火势与浓烟，还有飘散在空中的碎铁屑，却感到异常平静。

他看见一个人和一只白色麻布袋腾空炸飞，飞离爆炸地点好长一段距离才坠地。他看到饭店窗户和接待大厅长长的一溜落地窗玻璃朝前庭散射开来。过了好一阵子，爆炸烟雾产生的黑云尘埃落定。又过了半小时，救护车和消防车才赶到。

一切都结束了。他看着漆黑的暗夜笼罩整座城市，看着远处大楼、房子和汽车发出的光亮，看着邻近的几座高架桥，看着市民运动场探照灯的光线，看着远处几座清真寺宣礼塔打着耀眼的灯光。

他还看到一条河，河流在阴暗之中漆黑而深沉。他想用手摸它。他从来没有摸过河水。他一生总是对河水敬而远之。他或许曾乘车经过河流上游，从远处看着它，或是在电视上见过。但他从未感受过河水的冷冽，也没尝过它的味道。他看到一个肥胖的男子穿着白色汗衫、白色短裤在水中游着仰泳。可真有闲情逸致！这样万里无云的夜晚，最适合看星星了。

那人随着水流缓缓而下，漂到他身边时，看着他的脸说道：

"年轻小伙子，干吗盯着我看呢？快去找你的遗体，看它跑哪去了……别待在这里。"

他还看到另一个"人"也在水中游泳，那张脸埋在水面下，并没有和他攀谈，只是安静而缓慢地游着。

3

他飘回饭店大门，仔细研究汽车自杀炸弹炸出来的大坑洞。他扫视现场的每个角落，看到焦黑的军靴。那是他的。但他找不到自己的遗体。他沿路寻找遗体，飘去了费道斯广场，然后又去了解放广场，在自由纪念碑的青铜雕饰上看到许多鸟儿正熟睡着。然后他忽然想到，遗体说不定已经下葬了，于是便动身前往墓园。

他到了纳杰夫的安息谷墓园，找遍了所有坟墓，却只是徒劳无功。他不知道该如何解决眼前的僵局。后来，他看到一名穿红色T恤的少年，双手手腕戴着银手镯，脖子上挂着一条黑色布编项链，高高地坐在一座坟上，跷着脚。

"你怎么会在这里？你应该待在你的遗体旁边。"少年说。

"它不见了。"

"怎么会不见？一定要找到遗体，不管是你的或别人的都好……不然你就大难临头了。"

"怎么个大难临头？"

"我也不清楚……但总之会很惨。"

"那你怎么会在这里？"

"这是我的坟……我的肉体就埋在下面。再过几天，我就没办法这样出来了，我的肉体会腐化、分解，我将永远永远被关在坟墓里。"

他坐在少年身旁，感到非常混乱。那么现在他该怎么做呢？以前从来没有人跟他说过这些事。所谓的大难临头到底是什么意思？

"说不定你不是真的死掉……说不定你只是在做梦。"

"什么？"

"嗯……就是做梦啊……或者可能只是灵魂出窍吧！说不定你只是出来逛逛，等下就回魂啦！"

"真希望一切就像你说的这么简单……我不习惯自己这个样子……我还年轻，女儿这么小，我还……"

"年轻？你没有比我年轻啦！"

他跟戴银手镯的少年聊开了，少年不时对他强调回到遗体身边的重要性。搞不好真主会让他重获新生也不一定。

"有时灵魂离开肉体，人就死了，但有时引渡亡魂的天使可能会发现弄错了，就把灵魂又送回身体里……接着神就用他的权能让身体活过来……也就是说呢，灵魂就像汽车油箱的汽油，但要点燃汽油还需要火花塞啊！"

他们两人沉默了下来。片刻宁静后，他听到远方传来哭声，看到一群狗相互扭打着，它们的毛色黑如墨水。手镯少年担忧地看着他，用命令的口吻对他说："快去找你的遗体，看它跑哪儿去了……不管怎样，你总得想个办法……否则就大难临头了。"

4

他回到饭店前方,沿着整条街又从头仔细找了一遍。过了很久很久,他回到家中,看到家人正熟睡着。他看着妻子和年幼的女儿,还有其他家人。天就快亮了,他该回到事故现场再找一遍吗?他觉得这样只是在原地打转。唉!这下麻烦大了!他在拜塔温区一户人家看到一个光溜溜的人倒在地上,上前一看,确认它是个死人,但长得不太像一般的人。他端详着它,那模样又怪又丑。

他望着天空,种种变化预告着黎明将至。他确信一旦太阳升起,肯定就是他大难临头的时候。他已经没有力气,也没有意愿再回到街头和广场上绕来绕去,也不想再回到饭店门口的事故地点。他伸出透明的手,碰了一下毫无血色的人体,随即被吸进去。先是手臂沉了进去,然后是头,接着是身体其他部位。一股沉重的疲惫感袭来,他附身于整具尸体了。此刻他忽然觉得这八成是一具没有灵魂的肉体,刚好和他恰恰相反。他是没有肉体的灵魂。

5

这么说来,这一切并非徒然,也并非没有意义。原来他们彼此呼唤着对方。接下来，他就等着这具尸体的家属前来，把它移到墓园之中，撒下泥土，将它/他们安葬。至于墓志上写着谁的名字，对他来说一点也不重要了。

第四章 记者

1

七点半,泰伊兰广场的爆炸吵醒了马哈茂德,但他没有从被窝里爬起来。他头痛得厉害,一直介于半睡半醒之间。直到早上十点钟左右,《真相》杂志社总编辑——他的顶头上司——打他手机,他才完全清醒过来。

电话那端劈头就问:"你怎么这个时候还在睡?"

"啊!啊……我……"

"马哈茂德!我要你立刻起床,赶快到金迪医院拍些伤员的照片,然后找几个医护人员和警察采访一下……听懂了吗?"

"是的!我现在马上就去。"

"立刻过去,不要给我拖拖拉拉的!行吗,马哈茂德?"

马哈茂德住在欧鲁巴旅舍。他出了房门,走到楼下,看见旅舍老板阿布·安马尔站在街道中央,用手背打着另一只手的掌心,似乎在为碎了满地的旅舍窗玻璃而心痛。马哈茂德走在横跨拜塔温区中央的商店街,路过阿齐兹咖啡厅,顺道在那儿喝了杯茶,但他并不想耽搁太久。他全部的家伙都带上了:相机和录音笔,公文包里还有纸笔。他把黑色的皮质工作包挂在肩上，一边走路，工作包一边轻拍着他的屁股。

他来到泰伊兰广场，看到爆炸肆虐后的痕迹。广场空荡荡的，中间炸出了一个直径两米、不怎么深的坑洞，路边摊的店铺和摊车一片焦黑。他想象着爆炸发生当时的威力，想象着它造成的破坏和伤亡。

他站在安全岛上，深深吸了一口气，拿出录音笔靠近嘴巴，按下录音钮，好记录此时此刻他觉得有必要录下的想法：

"该死的哈奇姆·阿布德！现在我真想对你说声他妈的！"

哈奇姆也从事新闻业，他是兼职摄影师。理论上他是马哈茂德的室友，他们一起住在欧鲁巴旅舍二楼的一个房间。但是他不常住在旅舍，只是把这里当作休息站，或是在紧急状况下的避难所。而且大肚腩老板阿布·安马尔还是哈奇姆的老朋友，根本没把他当外人。再说，虽然欧鲁巴旅舍在过去的鼎盛时期曾经住满七十人以上，但现在已变成一间快倒的破旅舍。还多亏了哈奇姆，是他把好友马哈茂德拉来这里住，旅舍才能维持三到四个房客的生意。所以，说不定阿布·安马尔还要感谢他咧！

时间回到昨日傍晚。哈奇姆看马哈茂德一副郁郁寡欢的样子，便说要带他出去庆祝庆祝，即使根本就没什么好庆祝的。他硬是把他带到五号胡同的一间"茶室"。虽然马哈茂德有点局促不安，但好友的提议似乎也不错。于是两人喝了几罐冰凉的啤酒，还叫了两个皮肤白皙的辣妹坐在身边，外面天气很冷，她们却只穿热裤和薄衫。他们接连喝了两个小时的啤酒，马哈茂德觉得自己脸红心跳，有时身边的辣妹拿起杯子或伸手拿盘子里的坚果，肢体触碰到他，他的心脏便跳得更加猛烈。这是他从没体验过的事情，他从来不曾和女人靠得这么近。

哈奇姆一直鼓励他多喝一点，还时不时对他说："如果你觉得不舒服，我们现在离开没关系。"

但马哈茂德才不想离开呢。他喝完酒，两个辣妹起身，拉着醉醺醺的他去了二楼的房间。半个钟头后，其中一个辣妹笑脸盈盈地走出房间，回到座位上继续喝啤酒。另一个辣妹整整过了一个小时才出来。

"你为什么不跟她们一起进房间？"马哈茂德问。他和哈奇姆走在胡同里，迎着冷风。

"我？我可以晚点再去找她们……重要的是你现在开心。"

"哎呀……你真是好哥们。"马哈茂德说着一边傻笑，笑得有点不自然。他喝多了，头晕晕的，世界开始天旋地转，有一种酥酥麻麻的感觉在体内扩散，夹杂着情绪和情欲。

他们一起走到欧鲁巴旅舍门口，哈奇姆忽然站住不动。他抽起烟来，熟练地用鼻孔喷出烟，然后望向马哈茂德，手里夹住烟指着他说："重点是……以后别再跟我提到纳瓦勒·瓦齐尔……好吗？他妈的纳瓦勒·瓦齐尔！"

"嗯……他妈的！"

2

纳瓦勒·瓦齐尔自称是电影导演，大约四十来岁。她皮肤白皙，留着一头乌黑秀发，体态丰腴，脸上总是化着明亮的妆。如此妆容配上她的双下巴，更衬托出一种东方美的韵味。她涂着深色口红，眼线画得粗黑，黑眉毛勾勒得相当别致，弯得恰到好处。她头上戴着若隐若现的丝巾，身上总穿着两件式的同色系套装。她还有许多五颜六色的塑料饰品，时常变换搭配。

若你问起马哈茂德关于纳瓦勒的事情，他可以讲个没完没了，巨细靡遗的程度根本和变态没两样。不过有件事让马哈茂德相当烦心，虽然他总想要视而不见：纳瓦勒与杂志社总编辑阿里·巴希尔·赛义迪过从甚密。赛义迪是颇有名气的媒体人和作家，在旧政权时期一直是个异议分子，目前则和许多现任政客保持良好关系，都是最近电视上有头有脸的大人物。

杂志社办公室位于科拉达区，有时纳瓦勒会在下午来访。她会待上半个钟头或者更久。而她离开的时候，都是总编辑开车载她走的。在这半个小时里，只要马哈茂德进了总编辑室，就会无可避免地见到她。有时是总编叫他进来讨论一些事，而这种时候，他往往会像个应声虫似的附和，对总编的要求统统答应，因为只要有这个女人在，他就会分心，没法好好思考。

"她只是老总'床上'的朋友啦！"

杂志社的同事法里德·沙瓦夫有一次这样跟他说。那次马哈茂德还为此跟他扭打起来，因为这种话根本是抹黑。但后来他也默认了这样的说法，毕竟好像也只有上床才能解释她和赛义迪的这种亲密关系。

那之后又过了几天，马哈茂德正好有机会和纳瓦勒在总编辑室独处。刚好赛义迪不在，或是他还没来上班。马哈茂德和她聊了之后才知道，她正着手拍摄一部纪录长片，探讨旧政权所犯下的罪行，说不定将成为这个时期的伊拉克颇具代表性的伟大电影呢！又因为赛义迪和政坛关系很好，所以她靠赛义迪来帮她和公家单位打通关，借此取得相关的拍摄许可，让电影顺利进行。和她聊过之后，马哈茂德终于可以释怀了。都怪法里德太龌龊，什么事情都往肮脏的地方想。

于是乎，他又能继续安心地偷偷看着纳瓦勒的举手投足，细数着她的点点滴滴，在她每次出现时观察她哪里有所不同。他也能够继续和好友哈奇姆聊她的事情。糟糕的是，他已经变成总编最爱用的乖乖牌编辑了，他已经习惯毫无异议地答应赛义迪的每个要求：去那里采访一下！去参加这个会议，帮我追踪这个议题！他一个人的工作量已相当于杂志社其他编辑的工作总和。

3

马哈茂德原先在一间名为"愿景"的小报社做编辑，后来才被赛义迪找来杂志社工作。但他的记者生涯开始得更早，从2004年4月起，就在家乡阿玛拉市的《湖底回音周报》当编辑。但因为一些马哈茂德不愿透露的原因，他才突然搬到巴格达——时间点正好是在当地居民大举迁出巴格达的时候。

当时马哈茂德最后一次从南方的阿玛拉打电话给哈奇姆，哈奇姆跟他说："你还是待在阿玛拉吧！等到巴格达局势稳定下来，你再过来。"

然而巴格达的局势非但没有稳定的迹象，反而越来越乱了。但马哈茂德并没有听从朋友的建议。他当时来到巴格达是出于迫切的需要，更精准地说：他必须要逃离阿玛拉。哈奇姆也是到后来才知道他的苦衷。

他首先在愿景报社工作了几个月，后来透过友人法里德居中牵线，赛义迪才联络上他，当时法里德已经在杂志社工作了。

马哈茂德和赛义迪见了几次面，随即发觉自己被这个至少大他二十岁的人所吸引。不过其实很难从赛义迪的外表来判定他的实际年龄。他看起来非常有品味，堪称把"品味"二字发挥得淋漓尽致。几个月下来，马哈茂德觉得他的穿着举止根本无懈可击。而且他总是活力充沛，是个标准的行动派，脸上永远带着微笑，遇上任何危机都能大事化小、小事化无。除此之外，他还能为周遭的人注入活力与行动力。

也许正因如此，马哈茂德才对于他工作上的指示没有太多异议。马哈茂德在过去两年工作过的地方从来不曾如此卖力。虽然在杂志社经常累个半死，但他对赛义迪有着无比的"信仰"。内心深处的声音告诉他，跟随赛义迪是正确的选择。

"该死的哈奇姆·阿布德！现在我真想对你说声他妈的！"

他对录音笔重复着相同的话，但这次语气更为悠扬，充满哀怨。他一路走到金迪医院门口，头痛从没停歇。有可能是他什么都没吃，饿昏了才会头痛，但也可能是酒喝多了。毕竟他昨晚从"茶室"出来后又灌了不少酒，以为可以缓和紧绷的情绪。此刻他已站在医院柜台前，却感觉自己似乎哪里怪怪的。

他无法不去在意护士小姐和女清洁员的屁股，情不自禁地意淫眼前的每一个女人，想象她们和他上床时衣衫不整的样子。他疲惫地揉着脸，发现自己下巴的胡子已经长了。

如果赛义迪见到他这个样子，一定会念叨："别让见到你的人觉得乌烟瘴气。要常保正面，保持正面能量，你就可以得救。胡子刮一刮，换件像样的衬衫，再把头发梳整齐。多向女人学学吧！你要好好把握每次照镜子整理仪容的机会，就算是路边的汽车车窗也行。别让自己成为老土的东方人！"

"什么'老土的东方人'？"

"所谓的'东方人'在安塔拉·本·夏达德[1]的这节诗里表露无遗：'吾爱！汝是否讶异？吾已两年未浴身，未曾涂抹膏脂。'"

马哈茂德是第一次听到这种说法，这对他而言可是全新的"理论"，但他奉为圭臬。他背下了安塔拉的诗，有时会喃喃自语念着这节诗。嗯，这么说来，他这才发现自己今天早上非常的"安塔拉"。

他想接近早上泰伊兰广场爆炸案的伤员，却发现困难重重，到处都挤满了人。他看着其他的新闻从业人员，有些是摄影师，有些是各大媒体的特派记者。他只能跟在他们后面移动，他们进到哪，他也跟着去。不过他们的目的只是为了产出每天虚应故事的小报道。但他不一样，他可是在周刊杂志工作，他必须做深度报道，进行深入访问，还需要拍下独家照片才行。

---

[1] 安塔拉·本·夏达德（Antarah Ibn Shaddad，525-608），阿拉伯诗人。

好不容易采访完毕，虽然他觉得不够好，但还是走出医院，毕竟自己都快累垮了。他买了支轻便刮胡刀，走进萨尔敦街的一家餐厅，吃完午餐后就在洗手台前洗手、漱漱口里的菜渣，接着拿出刮胡刀快速刮起胡子，完全不管餐厅员工和其他顾客异样的眼光。然后他沾湿双手，用手指将毛糙的头发往后梳，接着走到街上。他没走几步便停下来，从工作包拿出录音笔，录下这段内容：

"哎！我已故的父亲，利亚德·萨瓦迪，愿真主让你安息……因为有你我才会在这里，因为有你我才来到这个地方。但我好累，我全身筋骨酸痛，睡也睡不饱。在我二十三岁生日之前，这一切都必须有个结果。"

事实上，的确有件事就快要有结果了。或者说，转折点就快发生了。马哈茂德回到杂志社大楼后，一直待在编辑室。他整理着访谈内容，忙着把拍摄的照片传到计算机里，然后一边和法里德与其他同事闲聊。接着，老送信人走了过来，跟他说总编辑要见他。

他走进赛义迪的办公室，见到赛义迪独自坐在高级办公桌后方，手持遥控器，对着墙上的大屏幕电视机切换频道。他的另一只手拿着一支粗雪茄烟，像是握着笔一样悬空举着。赛义迪问马哈茂德今天做了什么，问他工作的进度，接着又问起前几天他答应要做的专题报道。

赛义迪桌上有个大文件夹，他把手伸了过去，翻起文件夹，然后看着马哈茂德说："这些都是你的同事上个月写的文章……但事实上，没有一篇能用。"

他点起雪茄烟,大口大口地抽着,直到呼出浓浓的烟。他舒畅地把烟吐到空中,又转过头继续和马哈茂德说话。但马哈茂德却紧张了起来,因为老板似乎正要说出什么重要的事情或决定。

"我要把扎伊德·默席德、阿德南·安瓦尔,还有那个瘦瘦的女生梅莎统统开除……另外告诉你的朋友法里德·沙瓦夫,叫他别打混过头了……他文笔不错,但似乎对工作没什么热忱。"

"我该怎么跟他说?我还以为他跟你的关系很好。"

"我不想跟他吵……他这家伙最会斗嘴……如果他写稿也像斗嘴么认真就好了。帮我把这些话转达给他吧!你是他的朋友……可以用暗示的方式让他知道。"

马哈茂德听到的第一个反应是:好想反问他"什么叫作暗示的方式?"不过他没胆量问。他只是静静注视着赛义迪的脸。然后,他也转过头看电视机的画面。

"还有一件事,我亲爱的朋友……你在工作上很努力。"

赛义迪这样说,让马哈茂德吃了一惊。他没有预期会有这样的称赞。这句话让他放心不少,因为这代表着他不在黑名单里。"你在工作上很努力",耶!虽然不是什么了不起的事,但至少让他松了一口气。他没有被台风尾扫到。

赛义迪手上的雪茄烧完了,他把烟放在大陶瓷烟灰缸的边缘,看着自己的表。原来是纳瓦勒·瓦齐尔该来了,但是她却没出现——马哈茂德这般猜想着。接着他又想到法里德把她讲得那么不堪。不过,他没注意到赛义迪还没说完呢!这位总编老是不一次把话说完，讲到重点之前，他最爱来个戏剧性的停顿。

赛义迪的目光又回到马哈茂德身上，然后说："你干得不错。所以，明天起你就是《真相》杂志社的编辑主任了。"

4

坐在马哈茂德眼前的是扎伊德、阿德南和法里德三人，他们在一张铺着红色桌布的木桌边坐下，桌上压着厚重的亚克力板。三人面前都摆了一罐喜力和一个玻璃酒杯，还点了三盘水煮蚕豆。但马哈茂德却只点了一瓶气泡水。他们本来叫他也点一罐啤酒一起喝，却劝不动他。他的肠胃还不太舒服，昨天真是喝过头了。他望着三人的脸，望着他们的笑容。扎伊德、阿德南和法里德，赛义迪已经决定开除他们之中的两人，而第三人也处于失业边缘。至于马哈茂德呢，却反倒往上爬了，还即将成为杂志社的二当家。他要如何告诉同事这个消息，同时又不会让他们想要翻桌呢？是不是该趁他们还没喝醉以前先告知赛义迪的决定，免得他们发酒疯？或是等到微醺了再说，会让他们比较容易接受这样的打击？

唉！早知道他也跟他们一起喝就好了。这样他也比较有胆量当着同事的面把坏消息一次说出来。他陷入天人交战，不晓得该怎么做才好，只能说服自己把此事延到明天再说。

他们都笑着，法里德正兴致盎然地聊着他想做的事。他最近忙着写一本书，一本收录一百则伊拉克奇闻的书。

（朋友啊！你为何不把心力放在工作上呢？现在先把这些事丢一边吧！）

马哈茂德心里这样想，同时听着正在兴头上的朋友阐述自己的点子。法里德说那些实际发生的奇闻轶事应该要记载下来，才不会被人们遗忘。

"哎！我们杂志社也需要类似奇闻轶事的内容啊！你为何不来写个深入报道？"马哈茂德如此说着。

法里德嘲讽地回应："写在杂志上？拜托，那只是消费性刊物……今天印刷出来，明日就不见踪影了……弄杂志只是混口饭吃而已啦！我现在讲的可是出书！"

"哎！一开始先写成杂志文章，之后你再结集成书啊！"

"不对！一开始就应该要当作书来写。"

"你可以当作一本书来写，然后一篇一篇发表在杂志里当系列专栏。"

扎伊德和阿德南都笑了，法里德望着他们两个，大声喊着："这家伙满脑子杂志社！他妈的烂杂志社！"

马哈茂德觉得再辩下去也没意思，他放弃了。这个地方灯光昏暗、烟雾弥漫，充斥着年轻人。还有一些男子挺着啤酒肚，留着八字胡，光头秃得发亮呢！马哈茂德后来才知道有些人来自巴格达以外的地方，说不定还是大老远从其他省份来的。许多人都被这间地下酒吧的气氛所吸引。它的位置离安达鲁斯广场有段距离，要进入酒吧得先通过一间掩人耳目用的小餐厅的隔间。虽然酒吧有点破烂，但仍是法里德和朋友们最爱的秘密基地。

四人走了出来,并没有喝得很醉。大家对于马哈茂德只喝了一罐气泡水还是颇有微词。他们朝广场的方向走去,踩着慵懒的步伐。法里德要在广场乘车回科拉达的租屋处,而扎伊德和阿德南要乘车回东门。

当时天空一片灰蒙蒙,天色很快暗了下来。四人站在安达鲁斯广场旁,对面就是萨迪尔饭店。他们面朝左手边,等待起亚巴士开过来。法里德还没过马路,他的车要到另一头等。他还一直在聊那个写书计划。如果法里德在这个时间点走到马路另一头,他肯定难逃一死。就是在那里,橘色垃圾车突然调头,满载数十公斤的炸药,直直撞上萨迪尔饭店的铁门。紧接着的是他们四名记者从未见过的大爆炸。

法里德马上就意识到,假如他刚才抛下朋友,急着走到马路另一头,那么他的下场可能惨不忍睹。因为他乘车的地点距离饭店铁门只有十多米。

爆炸的冲击瞬间扫过,夹带着尘土与砂石,四人全部往后倒下,一开始都以为自己受伤了,过了一分钟,或者再久一点,他们才回神望向爆炸地点,但身体却下意识往另一边跑。安全岛附近的柏油路面上有个男子无声地倒在那里,他们慢慢接近男子,伸手摸了他一下,他的身体突然动了。他们扶他站起来,马哈茂德立刻认出此人:是那个捡破烂的哈迪,阿齐兹咖啡厅的客人都叫他骗子哈迪。

哈迪似乎吓坏了,他愣愣地看着四名记者的脸,然后把他们的手从身上拨开。他丝毫不理会他们的呼唤,直接快步离去。

"嘿！停一下啊！你说不定受重伤了，只是现在没感觉而已。"

除了哈迪，他们没有看到别的东西。这场爆炸似乎没有无辜者被炸死，驾驶炸弹垃圾车的袭击者八成已经人间蒸发了。他们讨论着，同时看到饭店员工往前庭跑来，也听到警车鸣笛声渐渐接近。他们觉得最好赶快离开，便朝着东门的方向走去。

来到胜利广场，扎伊德和阿德南在那里搭巴士回东门，不过法里德宁可搭出租车。法里德似乎还惊魂未定。他走出地下酒吧时满身醉意，但现在全都退了。

"你差一点就要死了！好在你刚刚只顾着聊天……朋友啊！你的伊拉克奇闻救了你！"

马哈茂德用戏谑的语调说着。他刻意学赛义迪在句子之间作戏剧性的停顿。法里德惊恐地瞪大双眼，可能是真的受到了震撼，或是刚刚马哈茂德下的结论太过犀利。

法里德也离开了。但马哈茂德还有精神，打算徒步走回欧鲁巴旅舍。他拿出一根烟叼在嘴里，但没有点上。尽管眼前发生了这样的灾难，他却异常地愉悦。他没有进一步追究自己的矛盾，反倒想起一句话，口中念念有词，越念越起劲，接着拿出录音笔，按下按钮：

"常保正面。保持正面能量，你就可以得救。常保正面。保持正面能量……就可以得救。"

他像个疯子一样反复说着这句话，直到发觉录音笔没电了才停下来。

第五章　尸体

1

老妇人对他喊着："丹尼尔，起来啊！小丹尼，来这边……我的孩子啊！过来我这边。"

他立即从原本坐的地方站了起来。昨晚纳杰夫墓园的银手镯少年跟他说的"那件事"，果真发生在他身上了。这个怪异组合的存在——由不同尸体残肢拼凑而成的躯体，再加上失去肉体的饭店警卫灵魂——似乎被老妇人的呼唤叫醒了。老妇人给了他"丹尼尔"这个名字，他再也不是未知的存在了。

"丹尼尔"朝她望去，见她站在二楼房间坍方的洞口，裹着黑色头巾，绑得不太讲究，有几缕白发跑了出来，随风摇摆。她身上紧紧裹着一条深色羊毛披巾，下摆微微磨破。她脚下跟着一只灰褐色的猫，毛几乎掉光了。

猫咪张大眼睛惊恐地看着他，发出"喵呜喵呜"的声音，短促地叫着，好像在自言自语。时间已接近清晨六点，气温非常寒冷，户外传来的声音十分细小，白昼的喧嚣尚未开始。骗子哈迪仍在房间里睡着，全身骨头的疼痛让他睡得不安稳，等他醒来已是接近中午了。

"丹尼尔"爬过砖瓦堆,像是踩楼梯似的一步步爬上房间的坍方口,然后跟随老妇人和她的猫一同走向楼下,进入室内。

在客厅,她把暖炉移到他身边,然后离开了几分钟,回来时手里拿着一件皱皱的白衬衫,还有青绿色旧毛衣和一条牛仔裤,衣物全都散发强烈的樟脑气味。这些是她从儿子丹尼尔的衣橱拿出来的,这么多年来,她仍旧好好保存着。她把衣服丢给他,要他穿上,接着只是看了他一眼,什么也没问便径自离去。她已经答应圣骑士不要问太多问题。

这过程之中她根本没戴上厚重的眼镜,只是任由它挂在脖子上晃来晃去。虽然如此,她仍看得出来这个人长得不太像丹尼尔。不过这不重要,许多游子返家时的样貌难免和离家时不太一样。类似的故事她已经听太多了,所以丹尼尔长相变了也不足为奇。不知道有多少女人都和她一样痴痴等着,饱受时间的折磨与摧残。每个女人的故事里都有一个离家未归的人,只是那面容徒留在记忆之中,再也唤不回。

她相信这一切都是奇迹,她也相信奇迹是有可能改变的。她原本已经打算把墙上的圣骑士大画像拿下来,摆在房子的某个角落。她原本已经快要遗弃圣骑士,把他关在满是尘埃的阁楼里,当作他不存在。就让他和他的白马好好反省一下,他可以用他美丽的双眼看着小尘埃从临街玻璃窗破裂的缝隙里飘进来。谁教他这些年来忽略了她呢?她的绝望原本已经快达到临界点,她以为天主和圣骑士的画像没有听见她的呼求,她以为自己是只无可救药的羔羊,只等着坠入全然的迷途,只等着她与这世界最后的一丝牵挂也断了。

她走出房间，留下古怪的裸身男子一个人愣愣地看着墙壁和家具。他站在那儿盯着几张照片：其中一张照片里有个年约五十的男子，留黑色八字胡，穿着西装；旁边的另一张照片是个头发茂密的少年，脸上的胡子刮得干干净净，有一双浓眉和惺忪睡眼，视线看着镜头之外的远方。

他慢慢走近相框。这肯定是二十年前的照片。他发现相框玻璃上倒映出自己的脸，有点吓了一跳。他是第一次这样看着自己。他摸着脸上和脖子上的缝线处。他看上去丑陋极了。为什么老太太没有被他丑陋的样子吓到呢？他继续看向另一幅挂画，画中有一位驾着白马的骑士，正要将长枪刺进恶龙的咽喉。他仔细端详那张画像。骑士的脸温和柔美，和所有宗教图像里的圣徒一样。老太太在屋内忙东忙西，他听见碗盘撞击的清脆声响，也许她在准备早餐，或是在做家务吧！

他慢慢穿上两件上衣和裤子，刚好都很合身。他的目光又回到丹尼尔·泰达洛斯·慕夏的相框上，看着自己的倒影。虽然是黑白照片，但他注意到照片主角也穿着同样的衣服：白色衬衫衣领微微往上翻，外面套着V领毛衣。除去他脸上和脖子上不太专业的缝线之外，现在他似乎和照片中的人有些相像了。原来老太太故意要他穿上她儿子的衣服。再说她的视力好像也不好，等她再次进客厅看他的时候，他看起来就像她儿子一样。

他又把目光移向圣骑士的画像，在窗外照进的日光下端详。那画工吸引了他的注意，鲜红色斗篷的皱褶画得栩栩如生，飘扬在圣骑士结实的身躯后方。那是一幅细腻的画像，圣骑士长相俊秀，双唇细薄。但他此刻竟开了口：

"你最好注意一点……"圣骑士的嘴唇真的在动，"她是个命运坎坷的老太太……如果你敢伤害她，或是让她伤心难过……我发誓我会把长枪送进你的咽喉。"

2

"丹尼尔"——或者称之为"新版的丹尼尔"——睡了，睡在客厅的沙发上。她替他盖上厚重的被子就走了。她继续做着日常家务，而这些家务不外乎是整理她早已整理过的东西，把家具、雕像和画框上的灰尘掸一掸，扫一扫自家门庭。这些看似并非十分必要的工作，占据了她白日里一半的时间。

猫咪又跑到屋顶上，它一贯俯视着哈迪那烂房子的庭院，见到哈迪迷惘地搔着头。哈迪四处张望，心想说不定会看到他制作的人尸挂在墙上，或是在这样的大好晴天里飞天而过。

哈迪忍痛走出家门，他的头受了伤，全身筋骨都在痛。他观察胡同里的动静和往来行人，察看是否有什么怪事发生的征兆。他可不想贸然拦下一个邻居，问他类似这样的问题：

"不好意思……你有看到一个没穿衣服的死人在路上走来走去吗？"

他可是众所皆知的骗子啊！就连他发誓早餐吃了煎蛋，都还需要目击者来证实他说的是真的。更何况他想问的是一具裸尸，而且还是由爆炸案死者的残骸拼凑出来的。

他伸头望着伊利希娃老太太的屋顶，再看看邻近房子的屋顶，想推测尸体可能被人移去哪些地方，却一无所获。他在庭院里翻箱倒柜地找，也到街上转了一大圈。看到老理发师阿布·扎伊顿坐在理发厅门口的白色摇椅上，他便站在这老人面前想着：就算有东西从他鼻子前面经过，他八成也看不到吧！

他还跑去找其他人聊天聊了好一会儿。"哥俩好"洗衣店的老板告诉他，警方从早上就展开突击行动，搜查了好几间民宅，目标是要抓到把妇女贩运到国外的武装分子。烤饼店师傅跟他说，据说外地来的"恐怖分子"就住在镇上某间旅馆，警察和美军为了缉捕罪犯，正在地毯式搜索镇上的各家旅馆。他还知道两个和他上过床的年轻女人在今天早上动身前往叙利亚，要去大马士革的夜总会工作，看来巴格达的特种行业也快做不下去了。

他花了大半天的时间打听消息，得知了许多有的没的。但关于那个离奇消失的尸体，他还是毫无头绪。

3

培德太太在肉铺巧遇伊利希娃，心里觉得这是个好兆头。她看到伊利希娃买了一斤牛肉和清理干净的羊肠，又看着老太太往隔壁蔬果摊走去。她发现伊利希娃绑着红色头巾，还插了一朵小白花，像个小女孩一样。老太太换掉了颜色哀戚的黑头巾。究竟是怎么一回事？

两位太太一起采买完东西，慢步走回胡同。一路上培德太太跟伊利希娃说着昨天早上发生的事，可怕的爆炸甚至把几栋房子的墙壁给震裂了。培德太太在言谈间得知伊利希娃当时去了教堂，她只听到后方传来爆炸声，但在回程途中什么也没看见。这对培德太太而言已足够解释爆炸发生的原因，她心中又更加确信伊利希娃有神的恩典眷顾。

当她问起老太太的亮红色头巾时，伊利希娃只是看着前方道路，缓缓地说："我已经不再悲伤了。天主终于听到了我的呼唤……"

"嗯，愿神祝福你……"

老太太说着儿子回来的事。她的一言一语听在亲爱的邻居耳里，有如小小的炸弹一个个炸开。对培德太太而言，这真是突如其来的怪事。她只是默不作声地听着，心里却惊呆了。究竟老太太说的是怎么一回事？

走到伊利希娃家门口，培德太太家也只剩几步之遥。她在回家前问伊利希娃："他现在在家吗？"

"对啊，在睡觉呢！他很累。"

培德太太嘴唇扭动了一下，一副似懂非懂的神情。她大可和老太太一起进屋确认一下，但她没这么做。她日后将为此懊悔不已。她当时满脑子想的都是该回去为先生准备午饭了。培德先生沉默寡言，整天只知道坐在面向胡同的二楼阳台读旧报纸或是翻翻书。总之，她当时并没有认真看待伊利希娃的话。这件事感觉不是简单的三言两语就能解释的。她心想干脆晚一点——也许是下午的时候——再来找老太太问个清楚好了。

不过她似乎已无法再去一探究竟了。下午的时候，她的二儿子突然告诉她他想娶的女孩叫什么名字，光是这件事就让她忙得不可开交。她再也没机会去看看回到伊利希娃身边的儿子——一个二十多年前在战争中失踪的人。时移势迁，她终究会和其他太太一样，开始相信伊利希娃是老年痴呆、脑子不清楚了。而伊利希娃也将因此失去最后一名忠实的盟友。

4

哈迪回到家，开始检查院子的地面，想找找看人体遗骸的血迹和残留物。他明明亲手把那些残肢裁切、缝合过，好不容易才弄成一副尸体的样子啊。不过他什么也没发现。昨天夜里的滂沱大雨洗刷了一切。他整个中午都倒在床上，盯着被潮湿侵蚀的天花板，然后望着远处的墙壁，墙上挂着已故老友纳希姆黏上去的宝座经文。嗯，经文的瓦楞纸板有一角已经受潮翘了起来。如果顺着那一角往下扯，说不定会把整张经文给扯下来。他想着：到头来，这样的结果也许适合他。反正他本来就想把尸体处理掉，现在尸体不见了，他也不必再去做另一件见不得人的事情：切割尸体、拆线，然后一点一点分别丢到街头巷尾的垃圾桶。

午后，他到了阿齐兹的咖啡厅，但他发现这位埃及朋友正忙着应付众多客人，没空跟他说话。他只好去找阿密里老头，再次试着说服他把旧家具卖给他，却发现老头又开始坚持家具要卖多少钱。两人吵了许久，老头又讲起他那部黑胶老唱机的制造日期，以及购自何处，哈迪都听他讲第十次了。接着他又说起眼前每件家具和古董的故事。

嘿！要是这位胡子刮得一干二净的老绅士知道身旁这人是个捡拾肢骸来玩的歹徒，那会怎么样呢？老人肯定会推着他走过水泥走廊、赶出外门，然后再也不欢迎他来访。

哈迪下次打算把这些经过讲成故事，一讲再讲。这些小细节会让他的故事更充实、更精彩，他爱死了。他要向别人讲述他如何度过这凄惨的一天，但他们听了以后，只会当作是骗子哈迪截至目前讲过最棒的传奇故事。

他坐在咖啡厅里，又从头说起他的故事。重复叙述同样的情节，他一点也不觉得无聊。他相当陶醉于故事的氛围，这或许是为了娱乐他人，但也说不定只是为了说服他自己：这一切的一切都未曾发生过，只是他丰富的想象力编造出来的。

5

伊利希娃正忙着做"克什卡"[1]。她把去壳的小麦和烫过的布格麦放在一起，再加入鹰嘴豆、香料与切块牛肉。她对于传统料理十分拿手，只是平常根本没机会好好施展厨艺。再说，猫咪也不必吃得那么好，任何料理到了它的胃里还不都一样？

---

[1] 克什卡（Keshka）：伊拉克料理。

可是今天不同,她有贵客要款待,要还一个很久以前许下的愿。

老太太用手指轻轻弹着锅子,口中念念有词:"愿恩惠与平安从我们的父和主耶稣基督临到你们。"[1]

受到街区居民的潜移默化,她的许多想法已渐渐和他们一样,因此她认为自己必须还愿。但其实约西亚神父常常告诉她,这个观念是错的。

"我们不会像穆斯林那样向神许愿、还愿……如果他帮了我这个……那我就做那个。"

她当然明白神父的话,但她觉得像培德太太或是其他穆斯林邻居太太一样,也没什么不好,她们全都这么做啊!因为她所认知的天主和约西亚神父想的也不完全一样。天主并非高高在上,她不会觉得他专横独裁。她觉得他就像个老朋友——一个很难说断就断的朋友。

大餐上桌,但她的贵客并没有吃。她自己吃了一点点,猫儿纳布一口气就把剩下的肉块一扫而空,还舔着餐盘呢!她发现她儿子——或者说,儿子归来的形体——没有要食指大动的意思。说不定他和《加拉太书》中的立约者一样无欲无求吧!不过她不敢多问,她怕吓跑了他。

她的贵客相当沉默,但她还是把握剩下的日光和他有一句、没一句地说话,一直聊到入夜时分——虽然她比较像是自言自语,或是跟猫说话,就像她会坐在客厅和墙上的圣骑士对话那样。这期间没发生什么重要的事。卖瓦斯的人停在她家门口,

---

[1] 语出《圣经·加拉太书》。

为她换下空的瓦斯桶，还帮她把新的瓦斯桶扛到门廊尽头，好让老太太轻松点。美国军机低空飞过，刺耳的声音撼动着房子。天空飘满了鸟羽毛，羽毛来自住在后面房子的小男孩养的鸟。培德太太和其他邻居都没有来串门。那位住隔壁胡同的漂亮亚美尼亚少女黛安娜也没过来——她妈妈维罗妮卡有时会派她来看看老太太有没有需要什么，或是缺什么。

她儿子的魂魄终于有了人类的形体。她一直和他说话，那些埋藏在心底的话全都一一解除封印，她掏心掏肺地说着。她坐在沙发上睡着了，而沉默的怪客就坐在她对面的沙发上。她醒来时，看到他坐在位子上，望着窗外从胡同散射进来的微弱灯光。

她告诉他，她儿子丹尼尔的空棺下葬之前，她和丈夫泰达洛斯大吵了一架——泰达洛斯是个客运公司的小职员。那天，他与至亲好友一起在巴格达东部的"东方基督教会墓园"把空棺给下葬了。棺里放了丹尼尔的几件衣服和一把摔烂的吉他。他们一起为他祝祷，立起墓碑，碑文用叙利亚语[1]和阿拉伯语写着："丹尼尔在此安息"。然后他们就回家了。

她没有和他们一起为丹尼尔下葬，因为内心有个声音告诉她：她的儿子没有死，就算真的难逃一劫，他也不会就这样死了。她绝不会立一个空坟就当作他死了。直到泰达洛斯去世，她去参加他的葬礼，将他葬在儿子的坟旁，这才第一次看到儿子的墓。当她读着大理石墓碑上儿子的名字时，心都纠结在一

---

[1] 叙利亚语（Syriac Language）是亚述基督徒的宗教用语。

块了。但尽管如此,她还是不承认儿子死了,虽然距离他的葬礼已过了两年。

那段时期,尼诺斯·麦拉库一家人搬到她家来住。他们住在二楼的房间,本来在拜塔温区租的房子就不住了。正因如此,后来伊利希娃的二女儿玛提尔达才会嫁给尼诺斯的弟弟。尼诺斯夫妇和伊利希娃的关系也变得更紧密。这一切就像是上天给她的补偿,毕竟这些年她已接连失去太多。

丹尼尔和她丈夫都去世后,就连她的两个女儿也搬走了。起初,尼诺斯和他妻子多少也能接受丹尼尔总有一天会回来的说法。毕竟失踪的人那么多,有一些人能回来也不足为奇,这是常有的事嘛!尼诺斯有个弟弟被关在伊朗做长期俘虏,但他不也自己回来了?不过他却改信伊斯兰教的十二伊玛目教派,抛弃了本来的信仰,这对当时的许多人来说可是惊天动地的事,人们都议论纷纷呢!不过几年之后,他又慢慢回到自己本来的信仰——当然也可能只是做做样子而已,毕竟这样才能结束他叛教的争议。

第二次海湾战争后,许多战俘被放回来了,那是伊拉克遭遇严峻经济制裁的九十年代中期。希尔达和玛提尔达的丈夫都决定移民。两姊妹认为要走就带妈妈一起走,但是她们的母亲就像顽固的公山羊,怎么也不肯移民。她们为了这件事足足吵了一整年,巴格达的局势越来越不稳定、越来越复杂,但伊利希娃丝毫没有改变心意。

后来她告诉两个女儿:"你们先走,先去安顿下来。我还要等丹尼尔回来。等我完全死了这条心,再去找你们会合。"但她是不可能死了这条心的。

之前至少有尼诺斯一家陪着母亲,让两个女儿还算安心。然而就在美国攻打伊拉克的前夕,尼诺斯的妻子却指控伊利希娃操控邪恶黑魔法,害了她的两个孩子,她其中一个小孩满六岁了还不会讲话。她非常害怕伊利希娃,有时一进门就看到她在跟画像或是好几只猫咪说话,总是觉得很恐怖。老太太的猫在家里个个都是大爷,她不准任何人对她的猫不好。有次妻子告诉尼诺斯,其中一只猫会响应伊利希娃的话,还能跟她交谈。她甚至一度怀疑,这些猫本来是人类,是伊利希娃用邪恶的魔法把他们变成了猫。

尼诺斯不相信这些鬼扯,但他也无法忍受太太对于房子的不满以及想要搬走的欲望。总之,一点一滴的原因持续累积,他的小家庭终于搬走了。美军还没攻到巴格达,他们已搬到了艾比勒[1]的安卡瓦区。他没有把这个决定告诉希尔达和玛提尔达,伊利希娃也不反对他们搬走。她似乎还觉得挺好的,或者说,这件事对她而言根本不重要。但两个女儿得知后简直吓坏了。老妈一个人住在偌大的空屋,面对兵荒马乱的城市,妖魔鬼怪全都倾巢而出——她们这般想象着。

这段时期每逢周日,圣奥迪什教堂的卫星电话就是她们联系妈妈的唯一方式。如果伊利希娃有事没去教堂,约西亚神父会主动代她跟女儿报平安。神父想尽量做到公平,因此每个人

---

[1] 艾比勒(Erbil)是伊拉克北部的石油重镇,为库尔德族人自治区库尔德斯坦(Kurdistan)的首府。

使用电话不能超过一分钟，毕竟想打电话的人可多着呢！往往在短短一分钟之间，伊利希娃就会为了移民一事和女儿争执起来，吵到最后几乎都是以挂掉电话、神父从她手上拿走话筒收场。两个女儿很想回巴格达把母亲带走，不过目前这一切都还只是说说的阶段，她们并没有任何实际行动。

电话挂断后，伊利希娃往往还会喃喃自语，像是还没吵完一样。她会抓着教会里的其他女人，滔滔不绝地说她才不要搬家，才不要移民到一个她完全不知道的地方。再说约西亚神父也支持她。毕竟出于宗教因素，他有责任把人留下来。"每个人都离开家园并不是好事。过去几个世纪，亚述基督徒的日子不好过，但我们还是熬了过来，持续生存着。我们不能只想到自己。"神父有时会在布道上这么说。

伊利希娃的女儿一直威胁她，说要回来逼她把房子卖了，就算是架着她也要把她带走。但她们才不会这么做呢！今年初，杉奇洛一家人因教派冲突从巴格达南方的杜拉城逃难过来，约西亚神父要她帮忙安顿他们。他们暂住在尼诺斯一家从前住的房间，过了几周就逃到叙利亚，想从那里引渡到欧洲。杉奇洛一家离开后，有三只老猫不见了。不久她又发现另一只猫死在屋顶上，肚子胀满恶气。她怀疑它可能被什么东西伤到，不然就是吃了有毒的肉。

老太太聊她的猫聊了半个小时，她说最后只有"纳布"留下来陪她。然后她忽然想到阿布·扎伊顿——就是这个复兴党党员害她儿子被抓去上战场。他专门检举逃兵役的人，而丹尼尔没有在第一时间就去参加招募。他不愿意去军事训练营报到，因为他想要继续学音乐。他很喜欢弹吉他，虽然弹得不太好，但还是买了一把吉他放在衣柜里。

后来复兴党的阿布·扎伊顿硬是把他拖到军事训练营。然后，丹尼尔就上了前线，再也没回来。阿布·扎伊顿当然就成了伊利希娃的死对头。后来，丹尼尔的个人衣物和用品放在空棺里运回家，她先生见状忽然失控，悲愤地摔烂儿子的吉他。其实他也不是故意摔坏的，毕竟那是儿子的遗物，但他实在太过悲伤，脑中一片混乱，当时应该也不晓得自己在做什么吧！

于是，摔烂的吉他也放进了泰达洛斯买的高级红柚木棺。家中唯一的儿子就这么走了，该死的阿布·扎伊顿却还在镇上逍遥，残害着大家。没有任何人跳出来阻止他，只有伊利希娃挺身而出。她每次在路上遇到他，就当着他的面恶狠狠地诅咒他遭到报应，持续了好一阵子，后来阿布·扎伊顿只好躲着她，刻意避开任何可能被她撞见的机会。他再也不敢走七号胡同，很怕她突然从家里冲出来骂他，没完没了的诅咒实在是太可怕了。据说许多女人都向神发愿，要是这个邪恶的人死了，她们就宰羊作为献祭。伊利希娃自己也发了愿，但她没告诉约西亚神父这件事，怕神父会责备她。所以说，这是伊利希娃第一次把这些藏在心中的事情跟别人讲。她对眼前的沉默怪客毫无保留。

天色已黑，但伊利希娃天南地北的话题还没讲完呢！她的话匣子全开了。黑夜已完全笼罩大地。她对他说了好几次："我知道你一定会回来。"她的亲戚安东妮特和玛尔塔不相信，就连她的哥哥尤瓦里希的太太也不相信他会回来。如今这些人过世的过世，移民的移民了。

她拿出一本旧相册，就着煤油灯给他看丹尼尔小时候的照片。一张照片里，他穿着漂亮的衣服站在教会的唱诗班队伍里，还有他和同学的合照，有些是在学校拍的，有些在酒吧或餐厅。丹尼尔穿着运动服，把脚放在足球上，做出球星阿里·卡齐姆的招牌动作——当时的青少年都要把右脚放在球上，左手叉腰露出微笑，这样拍起照片才酷。另一张是他和球队的照片，他站在队员之间，大家搭肩围成一圈。照片有点褪色了，上面有受潮的斑驳。

他仔细研究这些照片，翻完相本之后，他站了起来，走到别的房间。看来他对这栋房子还有些好奇，而老太太仍坐在原处，就着煤油灯火痴痴望着她的骑士。但圣骑士一动也不动，今晚他似乎不打算和她说话。

她听见锅碗瓢盆撞击、掉到地上的声音。他八成是在黑暗中撞到了东西。她听到他上楼的脚步声。他在楼顶待了几分钟，回来时手里拿着某样东西，但他迅速藏到裤子口袋里。然后她听到他说话了。

这是他第一次开口，声音嘶哑，像是出生后都没说过话一样。他吃力地咬着字，告诉她他该走了。

她好想对他说："你要去哪里？才刚回来没多久，怎么又要抛下我？怎么又要出去？从这扇门出去的人都不回来了，难道门边有黑洞吗？"她想叫住他，但最后只是轻轻抓着他绿色羊毛衫的下摆，摸着他干硬如枯萎树干的手臂。她想走近看他的脸，在这漆黑中却什么也看不见。他的目光望着远方，猫咪走过他们两人之间，磨蹭他的裤子，低声呼噜呼噜叫着。

"我会回来……别害怕。"

他嘶哑地说道，然后挣脱她的手，朝门口走去。她听着他的脚步声重重压过庭院的地板、踩着通往门口的走廊，她听着他开门然后轻轻关上门的声音。空荡荡的大房子恢复寂静。她口干舌燥，感到前所未有的疲惫。她坐在沙发上，面对殉道者圣乔治的画像，任由绝望在胸口蔓延。她好想问问她的骑士，好想和他聊聊，但已经没有力气……她望着他，发现他的金属铠甲闪耀新的光芒，仿佛有只手在画中把它擦亮了……他们说完话的时候，光芒也跟着黯淡下来。她把心里的话全都说出来了。接下来几天，她已经没有话想说，只是望着圣骑士的老旧画像，看着煤油灯映出的昏黄火光在画上冉冉闪烁，老猫咪盘在她的大腿上安歇取暖。

第六章 奇怪的事件

1

一号胡同来了两辆厢型警车,封锁了两侧的出入口。五名持枪警员下了车,还有一名美军宪兵跟在一旁。他们把好奇的民众赶到警车后方。马路一大早就清空了,街道旁的高处有许多民众站在古色古香的飘窗旁,安静而戒慎恐惧地张望。看热闹的人不知情,还以为警方随时可能会轰掉整条街呢!一切都静悄悄的,一名警察手里拿着相机,拍着一张又一张的照片。

过了几分钟,法拉吉气喘吁吁地跑来。他浓密的大胡子随着步伐一同律动,腋下夹着皮质小公文包,包里放着他在公家机关办事用的官方文件和资料。

美军宪兵马上找法拉吉问起那间房子的事,问他里面住了什么人,还问他对于这起案件知道些什么。穿着警装的翻译官一句一句翻译着美国人的话,他看法拉吉的眼神就像是把他当作嫌犯。而法拉吉对眼前所见的一切只能用目瞪口呆来形容。尽管他在地方上作威作福,但他最怕的就是美国人。他知道他们做任何事情都有相当独立的权限,不受法律管束,看谁不顺眼就可以把谁当嫌犯抓起来。法拉吉张开干硬的双唇,向他们解释这间房子是他的。更确切地说,他从十五年前就向政府承租了这间房子,也定时付租金给国有财产局的律师——他说着还从公文包里拿出相关证明。他在警察面前高高举起文件,拿着文件的手却在发抖。

那个美国人让法拉吉继续说,却将视线从他身上移开。美国人站在四名乞丐的尸体前,看着四具僵硬的尸体围坐在胡同里,然后转过头,再次问法拉吉到底认不认识他们。法拉吉点头示意。一大早就发生这么恐怖的事件,他觉得身上的血液都要凝固了。是谁杀了这几个可怜的乞丐?难道是真主的神谴从天而降,他们坐着坐着就死了?

乞丐们呈正方形围坐,一个个紧勒着前面一人的脖子,整个画面像是某幅画作或某种行为艺术。他们的衣服十分污秽,穿得破破烂烂,四个人的头全都往前下垂。如果摄影师哈奇姆目睹这一幕,拍下几张照的话,肯定可以夺下什么国际摄影奖。

巷子两侧好奇的围观者越来越多,躲在飘窗和木窗后方的人也开始谨慎地探出头来。在场的人越来越多,这让美国人不太满意。他示意警员加快节奏。他们要了法拉吉的电话号码,要求他若是得知此案的相关消息,或是找到目击者,请前往萨尔敦的警察局备案。法拉吉这才松了一口气,他摸摸浓密的大胡子,拿出赞珠[1],鼓起勇气靠近那几个乞丐的尸体,轻蔑地看着他们。

警员戴上白色橡胶手套,将勒在乞丐脖子上的手一一分开,

---

[1] 穆斯林赞主赞圣时用来计数的专属珠串。

接着迅速把尸体搬到面包车上，然后全都走了。

突然间，胡同里的人全都挤向法拉吉，团团围住他。他们想问他到底发生了什么事。但他用手推开人群，还用黑色赞珠打了几个年轻人，接着就走远了。

乞丐们住的房子正对面是一栋破烂老屋，高处有扇木窗，位置正好对着四具尸体。巷子里没人发现木窗后有个老乞丐俯视着一切。昨晚案发时他正好也在那里。他本来独自喝着酒，听到暗巷里传来争执的时候，早已喝了半瓶亚力酒。一开始他懒得去管那些吵闹声，反正也是常有的事嘛！大半夜那些乞丐喝完酒回贫民窟的路上，总是吵吵闹闹、互飙脏话，每个人都说着自己有多命苦。这时候只要突然出现一个路人或别的乞丐，他们便开始找他麻烦。

争吵持续着，咒骂声越来越大，还混杂着喘气、呻吟和哀嚎。当时喝醉的老乞丐探头望去，不过太暗了，他什么也没看见。后来巷口远处有辆车子在回转，车灯照了过来，他才看到有五个人影围成一圈彼此互抓。

四名乞丐尸体被发现的当天下午，醉醺醺的老乞丐被带到法拉吉的办公室。因为他根本不晓得保持低调，到处跟人说他看到的事，消息很快就传到了法拉吉那里。法拉吉认为这是个巩固势力的大好机会，虽说老乞丐只是在疯言疯语——他根本就没有清醒过吧！一般人也不会把他的话照单全收。不过，这是个可以好好利用的机会。

法拉吉痛斥他，还说要诅咒所有喝酒的人和酒醉的人，他祈求真主替国家消灭这类人和他们的罪孽。他说这都怪政府害怕美国人，没有落实伊斯兰律法，让人民堕落，国家才会变得这么乱。酒醉的老乞丐听他不断说着这种可怕的话，一双眼直直望着他，就像一只吓到腿软的老鼠。

法拉吉又问了老乞丐一次，但他的回答还是一样："那五人之中有一个长得很丑、血盆大口的家伙。"这些话在警方离开后一个小时传遍了整个街区。

"他们明明是四个人！"

"不，是五个人……那四个人都想掐住第五个人的脖子，却都掐住了自己人。"

"你他妈的，这是在鬼扯什么？！"

法拉吉悠哉地喝茶，不屑地看着老乞丐。同一时间，有个人也正悠哉地喝着茶——苏鲁尔·穆罕默德·马吉德准将，侦搜调查局局长。一名部属走进他的办公室，在他桌上放了"乞丐四尸命案"的文件夹。马吉德准将把大茶杯放在茶盘上，翻阅文件夹，想先确定这起案件是否属于侦调局的管辖范畴。刑事报告书的摘要清楚指出：四名乞丐的死因是相互勒死了彼此。

2

马哈茂德和赛义迪一起出了杂志社，搭着赛义迪的黑色奔驰。赛义迪有时会要马哈茂德和他一起出去，而且不会留给他太多选择余地。有时赛义迪在杂志社把他叫过来，马哈茂德就会发现他已站在办公室门口，手里拿着黑皮箱，一副马上要出门的样子。

"我们有一些小事要办呢!我要你一起来。"

赛义迪通常说得很笼统,但马哈茂德总是很好奇他葫芦里卖什么药。赛义迪就是喜欢吊人胃口,他不喜欢一句话就把事情说明白,让别人一点一滴地拼凑他的意思才好玩。有时候,马哈茂德发现自己跟赛义迪走着走着,就进到了"绿区"[1]。他们得接受严密安检,搭乘电梯时还会看到一些有头有脸的政治人物。有一次他在电梯里遇见国发会主席,看到他跟赛义迪有说有笑。啊哈!他们是朋友!那边还有很多女性会和赛义迪握手问好,有女翻译、女侍者、女记者和国会的女职员——只是她们打扮得比较随便,并不亮眼。而马哈茂德一有机会就到处对着玻璃或镜子检查仪容。不过他可能也没有专心看自己,反而更在意赛义迪,想知道他的人脉究竟有多强大。

"我们要去哪里?"

马哈茂德说着上了赛义迪的车。正是日夜交替之际,夜幕逐渐低垂。马哈茂德不得已取消了跟哈奇姆的约。哈奇姆一大早就找他去瓦济利亚区"对话艺廊"的摄影展,是他在媒体界的摄影师朋友办的。也许明天再去吧!

"去见我一个老朋友。说不定他可以提供我们有用的情报。"

"什么情报?"

"我已经试着找他探听消息好一阵子了。我们国家不晓得有

---

[1] 绿区(The Green Zone)为伊拉克政府与外国大使馆所在地,也是巴格达市中心安全管理最严密的区域。

多少不为人知的勾当暗中进行，我们却一无所知。治安这么乱，背后肯定有什么秘密吧？我们必须利用所有能用上的情报，给美国人和政府一点颜色瞧瞧。"

赛义迪如此说道，但马哈茂德却一点也听不懂。他原以为赛义迪是美国人和政府的好朋友。为何要给他们一点颜色瞧瞧？但他没有勇气追问。也许等他见到赛义迪所谓的"老朋友"，就会知道了。两人的车进了科拉达区以后却遇上了堵车，都是美军悍马车车队造成的。几辆悍马车缓慢地行驶在路上，上面有士兵负责操控机枪，正对着后方车辆。因此，所有车子都至少和悍马车车队保持二十米以上的距离。

赛义迪打开车上的数字音响，惠特妮·休斯顿的歌曲流泻而出。他对于眼前的景况丝毫没有不耐烦的样子。赛义迪面对任何事总能怡然自得，"因为他知道未来会更好。"法里德这么形容他，但这句话其实语带讽刺，他指的是赛义迪知道"他自己的"未来会更好，无关乎国家、无关乎这里的一切。

马哈茂德听了这话，只觉得法里德是在恶意中伤。马哈茂德没办法静下心来思考赛义迪是什么样的人，他根本无暇去想赛义迪投身公众事务的目的，因为他实在太忙了。当然，这可能只是马哈茂德在自欺欺人罢了。他觉得法里德人品有问题，见不得别人好，总是一副高人一等的样子。马哈茂德还帮他擦过不少屁股，否则他哪还能继续待在杂志社？但法里德却从来没有感谢过他。他本来应该和扎伊德、阿德南和梅莎一起被解雇的，瘦弱的梅莎听到她被开除的时候，还哭得稀里哗啦。

赛义迪把车开到一面厚重的大铁门前，大门两旁是水泥墙，马哈茂德从未在巴格达的路上见过这样巨大的高墙。稍早时天色已全暗,赛义迪为了避开车流,开着车在加迪利亚区的巷弄绕来绕去,马哈茂德根本已经搞不清楚车开到哪里了。大门打开,他们进入一条无人的长街,两旁种着成排的茂密桉树。越往前开,周遭越是静谧,车辆的喧嚣和警车鸣笛声也随之远去。

开到路的尽头,转入侧边一条小巷。马哈茂德看到路边停着几部警车和一辆美军悍马车,还有几辆民用汽车。一位穿着警装的人指引他们停车的地方。

两人下了车,走入一栋两层楼的建筑。有一名穿着便衣的人带着他们走。赛义迪转头看着马哈茂德,一如往常微笑着说:"老弟,你没有约会或其他事吧?今天晚餐就一起吃吧!"

他们走进一间气派的办公室。马哈茂德一进去就闻到空气芳香剂的味道,是苹果味。办公桌后面有个男子站了起来,他长得不高,皮肤白白的,秃头光得发亮,身穿便装,嘴里嚼着某种东西。他上前给了赛义迪一个拥抱,两人有说有笑,接着他和马哈茂德握了手,三人在办公桌前方的高级沙发上坐下。

马哈茂德得知这人就是马吉德准将——侦搜调查局局长。不过,侦搜什么?调查什么?也许继续聊下去就会知道了——他这般猜想。

赛义迪本来只说要拜访一下朋友,但已经过了两个多小时。他们的话题包罗万象,有时甚至笑得都要流眼泪了。马哈茂德也跟着笑。他不会因为耽搁了时间而困扰,反正上无父母要养、下无子女要顾。他眼前的事只剩回到拜塔温区的一间破烂旅舍而已。不过他非常想要抽烟。只是这位办公室弥漫着苹果香精气味的大人物似乎不喜欢别人抽烟。就连赛义迪自己也没点烟。

谈话之间，马哈茂德得知马吉德准将是赛义迪的老朋友。他们是多年未联络的中学同学，之所以又聚在一起，是因为两人有个共同的目标：为新伊拉克服务。

马吉德准将原本在伊拉克旧政权的军情局体系里是中校官阶。虽然新政权对旧有的复兴党政权进行肃清，但准将不仅逃过一劫，还晋升到一个要职，是个平常不太可能升上去的位置。他负责掌管美军设置的特别情报局。这单位目前主要由美军督导，专职侦办所有离奇的犯罪案件。有些案件可能还有鬼神之说穿凿附会，而他们的职责正是厘清事实真相。更重要的是，侦调局会预测未来即将发生的犯罪案件，像是汽车炸弹案、锁定政商名流的暗杀事件。关于这方面的案子，过去两年他们贡献卓著。他们所做的一切全都不为人知，提供情报给相关人士也都是透过第三方，绝对不会提到侦搜调查局的名字，这一切都是为了保密和保护局内同仁的安全。

马哈茂德不明白，为什么赛义迪要让他听到这些？为什么他会这么相信他，还让他陪同来办这种需要保密的事？这已经不是第一次了，似乎也不会是最后一次。过去两个月，他搭着赛义迪的黑色奔驰去了很多地方。他知道——他想赛义迪应该也清楚——不是只有那些有头有脸的大人物会遇到暗杀，任何像赛义迪这样穿着帅气西装、开着高级轿车的人都有可能被暗杀。他心想，赛义迪或许哪天怎么死的都不知道吧！而他自己也很可能一起陪葬。马哈茂德的故事可能就此写下完结篇，一心想平步青云的美梦也都不用做了。

赛义迪要么是太笨，笨到没发现环境的险恶；要么就是不怕死，好一个冒险勇者！至于马哈茂德，他比较倾向把自己看成笨蛋，虽然他在别人面前不会这么说，但他独处时总觉得自己愚蠢。他生命里的重大转折都是因为愚蠢造成的，而不是因为他聪明或懂得规划。他之所以来到巴格达，正是因为他在阿玛拉市干了一件大蠢事。

一名满身肌肉的青年端着茶盘走来，上面放着几个大茶杯。青年把杯子放在他们身旁的茶几上，马哈茂德这才回过神。马吉德准将正在婉拒赛义迪，表示他不能提供任何资料给杂志社刊登。

"我们拥有超心理学[1]分析师、占卜师、预言家、灵媒和通灵专家。"

"你真的相信这些吗？"

"这是工作。你不知道我们处理的案件有多离奇。我们的目的是尽量控制住局面，尽可能搜集与暴力事件相关的情报，避免仇恨蔓延，并阻止内战发生。"

"内战？"

"现在情势充满火药味，有情报指出内战已经开打。我手下好几个预言师都算出接下来六到七个月将有一场真正的战争。"

马哈茂德听了心头一惊。他的小脑袋像是喷射机引擎转个不停。这些话实在太离奇了，他想试着搞懂却无能为力。他只

---

[1] 超心理学（Parapsychology）：研究超自然现象，亦称心灵学。

是静静愣在那里，紧抓茶杯的玻璃握把，也没喝茶。他觉得全身上下只剩耳朵在正常运作，他仔细听着。

"我跟你说过的那间印刷厂，你觉得我要不要买下来？要不要继续进行？"赛义迪说。

这时马吉德准将的手机突然全都响了起来，他起身去一一关掉，将眼镜往下推，从稍远处看着赛义迪说："我觉得不要。现在先别管那件事。"

赛义迪没再多说什么，又把话题转回杂志社能采用的情报。准将拿起办公桌上的一份数据，用力晃着那一叠纸，说："这是几天前发生在拜塔温区的乞丐四尸命案。他们相互勒死了对方。这件事隐含着某个信息。有人想借此传达些什么。我们没有太多信息能提供，但你若是想进一步调查，可以联系萨尔敦警局。"

赛义迪望着马哈茂德，像是在跟他说："这件事就交给你办。"然后赛义迪的目光又回到准将身上。准将还站在办公桌前，没有回沙发和两位访客一起坐。赛义迪问他是否还有其他类似案件，但准将强调他不能再透露了。

赛义迪沉默了一会，接着走到房间中央说："最近有传闻说出现了子弹打不死的歹徒。巴格达好几个地方都传出了类似流言。子弹明明打穿了歹徒的脑袋和身体，他却还能继续走、继续逃跑，而且不会流血。我们正在搜集这个传闻的相关信息，我认为那并不是单纯的危言耸听。"

马吉德准将走到办公桌旁，按下传令铃。在肌肉男进来听候准将下令之前，准将微笑看着他的老朋友，仿佛早已经识破了赛义迪此番谈话的真正目的："你是来找我谈印刷厂的事呢，还是你其实是来做调查的？"

"我的朋友，我只是为了见你啊……什么印刷厂啦、歹徒啦！那些我才懒得管呢！"

两人笑了起来，马哈茂德发现自己也跟他们一起笑着。

3

晚上马哈茂德回到欧鲁巴旅舍，躺在床上，打开录音笔，录下了他的心得：

真是奇怪……赛义迪对他朋友特殊的工作表达了不屑，他对于通灵、预知未来这类事情相当嗤之以鼻，却还是向准将请教要不要买下印刷厂。说不定他以前就找他问过类似的事，所以准将才没跟他争论。赛义迪似乎把准将的话都视为理所当然，那些关于预知未来的信息，他应该经常问得到吧！所以说，他在巴格达路上开车才会这么安心。赛义迪之所以不怕外出时太过高调，不是因为他勇敢或者少一根筋，而是他知道自己不会死。

两人还谈论着内战的事，像是在电影院等着看即将开播的片子，还一边有说有笑。可以肯定的是事情不会太糟。嗯，对我来说，待在赛义迪身边应该也算是买个保险吧！

赛义迪是伊斯兰教徒，而他的朋友是复兴党党员。但赛义迪是个"变节"的伊斯兰教徒，他在海外期间，思想已经有所转变。而他的准将朋友也是个变节的复兴党党员。赛义迪对他表现得很热情,毕竟是老朋友嘛!他们俩看起来很熟。但是,为什么赛义迪在回程的车上开始嘲讽准将呢?他嘲笑那苹果味的芳香剂——每隔几分钟,挂在墙上的空气芳香器就会喷出苹果香——他说:"复兴党分子就喜欢苹果香精的气味……因为那跟他们用来轰炸哈拉布加[1]的化学武器味道一样。哈哈哈哈!"

这难道是他的黑色幽默吗……噢!天啊!但是,他为什么要让我知道这些呢?我问过阿布·安马尔关于四名乞丐的案子,他跟我说确有其事,整个街区的人都晓得。街区弥漫着一股恐慌不安的气氛,因为这几个默默无闻的乞丐死得太离奇了。有人掐死他们,然后用一种复杂又诡异的方式让他们勒住彼此的脖子。

"据说有一种针灸,如果把一组针布在肩膀、背部和脊椎的特定部位,全身经脉就会绷缩,然后身体就会缩小,突然变成一块木头。也许那四个神经病就是这么死的。"

"是四个乞丐。"

"嗯,对,是乞丐!路口的交通标志一定很想念他们吧!出租车司机堵车的时候应该也会特别想念他们吧。哈哈哈哈!"赛义迪快把车开到七号胡同巷口时——他通常在这里让马哈茂德下车——说了这番话。但马哈茂德问他是否要继续追

---

[1] 哈拉布加(Halabja)是邻近伊朗边境的库尔德族城市,曾于两伊战争期间遭伊拉克政府化学武器空袭。

踪这个议题，他却说："别的议题更有报道价值。把这些鬼扯忘了吧！"

当时马哈茂德下了车，踩着疲惫的步伐。他吃得很撑，同时想起刚刚听到的许多令人讶异的话题，特别是晚宴的时候。那是马吉德准将为他的两名记者贵宾准备的丰盛晚宴。餐桌上除了酒精饮料之外，摆满了各种佳肴。马哈茂德得知准将很小心维护自己的形象，以免执政党抓到他的小辫子。毕竟他的职位相当尴尬，一方面监控人民，同时也有人监控着他，他的一举一动执政当局都会知道。他过去曾经替旧政权做事，所以执政党看他并不顺眼。但又因为他的能力有目共睹，加上美军也支持他——他能提供美军在外行动用来保命的情报——所以执政党迫于无奈也只能接受他。

赛义迪和准将的话题触及伊拉克所有的问题，就好像他们知道执政者所不知道的解决办法。新的政客愚蠢又目光狭隘。这些解决办法可行性都很高啊！理论上，如果他们有心要做的话，伊拉克全部的问题大概只需要半个小时就能解决了。

马哈茂德一边录音，一边反问自己：可是现在有两个阵营，一是美军和伊拉克政府，二是与他们对立的恐怖分子与各方武装分子。只要是反政府、反美国人的，通常就会被归类到另一个阵营。

他再度打开录音笔，靠近嘴边，录下第二段心得：

就某方面而言，难道他们两人不是和美国人同一阵线的吗？为什么他们要在我面前表现出一副为国为民的样子？真是乱七八糟！哎呀！烦死了……下次赛义迪再找我出去办事，我要跟他说不行。这一切搞得我头昏眼花。我在杂志社工作到下午三四点就下班，下班后我和赛义迪就没有关系了。我是他杂志社的员工，不是他的小跟班。

翌日清晨，马哈茂德穿着仅存的最后两件干净衣服，手里抱着装脏衣服的大袋子，打算出门时顺便拿去旅舍附近的哥俩好洗衣店送洗。他下了楼，来到大厅，赫然发现哈奇姆跟阿布·安马尔和鲁格曼坐在一块。鲁格曼是伊拉克唯一的一名阿尔及利亚人，是欧鲁巴旅舍的老房客，他精通伊拉克方言，所以很难看出他是哪里人。他们几个人正围着桌子吃鲜奶油松饼[1]当早餐，搭配深色红茶，一边聊着天。在这个当下，体态丰腴的清洁妇维罗妮卡和她正值青春期的儿子正拿着拖把和水桶在旅舍的各个房间打扫。基本上他们每周来打扫一次，有时候会隔久一点才来——反正阿布·安马尔会和他们讲好。

哈奇姆昨晚睡在旅舍吗？马哈茂德跟他们打了声招呼，他们要他一起吃早餐。他坐了下来，接过一杯热茶，脑中又闪过一些昨晚还想不透的事，于是他喝了一大口茶，像是要抹去那些不好的阴影。

马哈茂德转头看着哈奇姆，想问他昨天晚上睡哪？何时到旅舍的？昨天的摄影展如何？不过阿布·安马尔也有话要对他说："马哈茂德先生，你出去的时候千万要小心，现在外面到处都是警察……今天早上好像有人被杀了。"

---

[1] 鲜奶油松饼为伊拉克的大众食物，松饼由酥皮制成，浸过糖浆，搭配鲜奶油食用，通常作为早餐。

4

死者正是理发师阿布·扎伊顿，一个瘦骨如柴的老头。他们发现他在自家理发店门口的白色塑料椅上睡着了——自从他多年前开始行动不便，理发店就交给了小儿子经营。他当时应该是在睡觉吧！至少，从远处看见他的人是这么想的。然而，一把不锈钢剪刀其实已经插在他胸口，穿透了他的胸腔。那把剪刀是他的理发师儿子帮人剪头发的工具。有人趁他儿子到商店街巷口茶摊喝茶时闯进店内，偷走了剪刀，把它深深刺进老先生的锁骨——他早已年迈痴呆，对外界几乎没有任何反应。

很久以前，就有人说过阿布·扎伊顿一定会不得好死，像他这种人若能躺在床上安详地善终，那岂不是没天理了吗？他的儿子们每天用白色塑料椅将他从家里抬到理发店门口，留他一个人坐在那里，离开时甚至不会对他说再见或是讲些好听的话。他就这样坐在胡同里，用微弱的视力看着往来行人。他见到认识的人还会打招呼呢！但有时他只是看到人影经过，就举手要找人问好。有时他儿子在店内听到他似乎在和谁互相问候，可是往外探头，却一个人也没看到。

后来，法医鉴定报告说这位老父亲死于心肌梗塞。也许凶嫌只是杀了一个早已死了的人。对于这样的说法，阿布·扎伊顿的子女反而蛮能接受的，因为他们根本没有办法替父亲报仇。

"可怜的家伙……他原本只差最后一里路，就能安详地去见真主。"法拉吉听到阿布·扎伊顿的死讯时这么说道。他的话满是嘲讽,还刻意把"真主"两字拖长,露出做作的笑容。

其他人也想起阿布·扎伊顿老头过去多年的所作所为,据说不知道有多少青年因为他被送上了前线。他当初对于那些逃避兵役、没有去军事训练营报到的人可是多么勿枉勿纵,说不定还曾带人挨家挨户地搜查呢。

仇恨他、厌恶他的人从来没少过,但是没有人知道是谁杀了他。毫无疑问,这绝对不是偶然的事件。有些人在阿布·扎伊顿的吊唁堂前试着感念他的德行,说他如何热心助人、有求必应。到头来,像他这样一名忠贞爱国的复兴党员,生平还是与两伊战争刚开打那几年最密不可分。人们都是以这样的方式来悼念他。对他们而言,死亡给死者添上了一种庄严的色彩。每个人都开始反省自己的过错,请求死者原谅。

然而至少有一个人绝对不会这样想,她才不会无缘无故就原谅阿布·扎伊顿过去所做的一切。所谓的现世报不就是一种"正义"?如果所有过错都要等到人死后才惩罚,不会太慢了吗?像他这种人死了以后,公正的上帝会惩罚他承受永无止境的痛苦,那才是他可怕的"报应"。所谓的"正义"在人活着之时、众目睽睽之下落实才有意义——当伊利希娃听到亲爱的培德太太惊惶地跑来告诉她那个坏老头是怎么死的时候,这是她心中的想法。

培德太太曾经立下誓言,如果真主能替她给阿布·扎伊顿报应的话,她就要在自家门口宰一头羊献祭,但她现在却全忘光了。她的大儿子萨林也死于战场,都已经过了二十多年。但伊利希娃绝不会忘记。培德太太还有三个孩子,她的家充满了热闹与活力。可是伊利希娃除了会掉毛的猫、画像和旧家具之外什么也没有了。她听到阿布·扎伊顿的死讯时，暗自祷告感谢上帝。她想起自己许过一个愿，要在附近亚美尼亚教堂的圣母祭坛前点上二十支玫瑰蜡烛。"二十"正好是阿布·扎伊顿把孩子从她身边带走的年岁。她等到蜡烛全都融了，二十支烛火在蜡油之中全熄了，这才离开祭坛。如此，她心中对于儿子的烈火也才得以平息。她见到了天主的正义，而这样的正义值得称谢。

她才不会原谅阿布·扎伊顿，虽然约西亚神父一定会告诉她要去原谅，不过她根本不会告诉神父这些事情。上帝、殉道者圣乔治、她的猫纳布，还有她儿子归来的形体一定都会跟她说：天理本应如此。她有绝对的权力去仇恨，如此，她才得以坚定信仰，才能让她枯萎的灵魂拥有继续活下去的能量。

5

哈迪在阿齐兹咖啡厅，待在他的老位子上。他眼前坐着两名年轻男子，都胖胖的，留着细细的八字胡，两人都穿粉红衬衫、黑色卡其裤，像是某个乐团或俱乐部的制服。他们的头发很短，鬓发与耳际切齐，还不时发出笑声，说些不正经的事。自从他们今天早上光顾之后，到目前为止已经喝了四杯茶。他们看到哈迪，马上坐到他前面。其中一人在木桌中央放了一支录音笔。两人看着哈迪，齐声对他说："跟我们说说尸体的故事吧!"

"是'无名氏'的故事。"

哈迪纠正他们,他称呼他亲手创造出的生物为"无名氏",毕竟它不是真正的尸体。尸体通常是指特定的人或生物,而这无法套用在无名氏身上。他大可一如往常滔滔不绝地说起这个故事,可是他见到眼前的录音笔,心中却有些不安。这几天镇上的气氛实在有点诡异。阿齐兹端着一杯新的茶,走来放在哈迪面前,对他眨眨眼。哈迪马上了解他的用意——阿齐兹觉得这两个年轻人不太对劲。肯定是情报局派来的,不然就是军情局,总之就是某个国安单位派来的,八成和哈迪讲完话之后就要拘捕他了。

"无名氏死了,愿真主让他安息。"

"怎么死的?不不……你把故事从头告诉我们,告诉我们尸体是怎么来的。"

"是无名氏。"

"对,是无名氏……你说给我们听,你喝的茶全都算我们请的。"

"兄弟,注意听嘛!我就跟你说已经死啦!"

哈迪说完马上站了起来。他叫阿齐兹来把那杯新的茶拿走,请他把茶倒回壶里。哈迪走出咖啡厅,留下两个笑得有点尴尬的年轻人。他们还想再问阿齐兹一些事情,但阿齐兹也没理他们。年轻人窃窃私语了半个小时,接着收起脸上的笑容,付给阿齐兹五千元,远超过茶水的价钱,然后他们就离开了。

中午哈迪又回到咖啡厅。他坐在老位子上,隔壁的瑟德餐厅把他点的米饭和豌豆汤用托盘送过来。他埋头吃饭。阿齐兹站在咖啡厅的茶水机前清洗杯碟，洗完后走到哈迪面前坐下，一脸严肃地说："你到底有什么毛病？最好忘掉你讲的这个鬼扯故事！"

"什么意思？到底怎么了？"

"怎么了？他们在抓凶手，有人杀了那四个乞丐和阿布·扎伊顿，还有那个死在乌姆·拉加德开的妓院里的军官，他们发现他是被掐死的。"

"这跟我有什么关系？"

"你讲的那个故事会害死你⋯⋯你知道如果美军把你抓走，会带去哪里吗？到时你怎么死的可能只有真主才知道了。"

哈迪心头突然震了好几下，但仍继续把午餐吃完。他没告诉阿齐兹他已暗自下定决心，今后绝不再讲尸体的故事。阿齐兹告诉他，那个喝醉的老乞丐形容杀死四名乞丐的凶手"长得非常丑，嘴巴像是脸上划出的一道伤口"。阿齐兹还告诉他乌姆·拉加德跟妓院小姐讲的版本："那个人摸黑闯进来，当时有个军官正在小姐的床上，他就把他掐死了。那人的皮肤黏黏的，像是涂了一层血或是西红柿酱，后来他还跳到屋顶，有几个人拿着枪想和他对干。你也知道最近大家都带着武器防身嘛！他们朝他开了好几枪。子弹穿过他的身体，但完全没有作用。他就这样轻快地跑着，在屋顶上越跳越远，最后无影无踪。"

培德太太也声称她看到了那个人。也许事情会就此打住，但也可能不会，没有人知道接下来还会发生什么事。她说那时她刚好在胡同里，坐在家门口的长凳上。她见到了一个身形奇怪的人，穿着一件褪色军装大衣，连搭配的帽子都戴上了，从远处根本看不到他的脸。他当时从阿布·扎伊顿理发店的方向走来，低着头从她身边走过，但她瞄到了他一部分的脸。那是她这辈子见过最丑陋的东西，真主绝对不会造出这样的人脸。光是看他一眼就会做噩梦。

培德太太一直和身边的每个人谈论这个怪人，还宣称就是此人杀了阿布·扎伊顿老头。她说阿布·扎伊顿的子女当天下午就跑到她家，在她的丈夫和孩子面前警告她别再乱说话，还纠正她说："父亲是死于心肌梗塞。"

"你讲的那些故事挺可怕的……还是照顾好自己比较重要。"

阿齐兹讲了一大串之后丢下这句话。后来店里来了几个老先生要找老板，他就起身去招呼客人了。哈迪一直坐在位子上，望着咖啡厅的落地窗外，看着车水马龙的商店街。他从口袋拿出一根烟点上，开始抽，接连抽了半小时。这是哈迪有生以来连续保持沉默最久的纪录。半晌时间里他完全没去想那些关于工作的事，也没去想他平常下午会做的事。他丝毫没有挣扎，只是任由恐惧的种子一点一点地发芽、茁壮。那些鬼扯可能要变成真的了。他想起某个似乎很久远的梦，在心中回忆着。然后他又默默复习一遍阿齐兹说的话。

他确信自己知道些什么。那些话所提到的，除了和西红柿酱、血液相关的描述之外，其他关于那个神秘凶手的指证都和他所见过的、所知道的那副容貌刚好吻合：他有一张血盆大口，就像是嘴角裂开的一道伤口；他还有丑陋的外貌，额头和脸上都有缝线,他还有一个大鼻子。

哈迪和阿齐兹说了再见,走出咖啡厅。阿齐兹是他最要好的朋友。其他人都认为他无足轻重,如果他消失了,也不会有人想念他。这个世界上有许多人就这么没来由地消失了,但他并不想要那样。他想要活下去。他专门买坏掉的东西,把它重新修好再卖掉,并没有想过要累积财富或是做什么大事业——如果他会这么想,那肯定是脑袋坏了。重要的是,他只要口袋里有钱就好,只要想找女人或是买醉时付得起账就够了。他只想爱吃就吃、爱喝就喝、想睡就睡、想起床就起床,一切逍遥自在。

他走到东门的二手市集。他之前在一个卖电器的摊主那里寄放了几台国际牌收音机。摊主不想一次全部买下,所以跟他谈了寄卖的合作方式。东西卖出去才付款给他,卖不出去的,何时想退回都可以。

他赶在太阳下山前走回街区,却发现到处都是美军,顿时莫名恐惧。美国士兵全副武装走在巷弄里,动不动就拿起机关枪,疑神疑鬼地看着每个人。他看到法拉吉穿着灰色长袍,手里拿着黑色赞珠,正在和一名翻译交谈。他得知这只是例行检查,他们正在挨家挨户搜查武器,特别是有人检举昨晚听见许多枪响。哈迪慢慢挨着墙边走,尽量不和士兵对上眼。他走到家门口,吃力地推开沉重的木门,把门牢牢关上。他听着胡同里的声响,等待他们敲门进来搜查,说不定他们会重重地把门一脚踹开,就像电视剧里演的那样。

哈迪提心吊胆地等了好几分钟,等到那些人都出了巷子,他才放下心。他修理了几张小木桌来打发时间，东敲敲、西打打，然后涂上亮光漆，再把小木桌放在院子里晾干。夕阳西沉，他出门去找酒商爱德华·布洛斯。爱德华本来在国家花园旁开了一间小店铺。但某天一大早，他的店被人丢了一颗手榴弹，店里的东西全都炸烂、烧光了。他只好把店关掉，把他唯一会做的生意搬到家里去继续。哈迪跟他买了半瓶亚力酒，还在附近店家买了白奶酪、橄榄和其他东西才回家。

他在夜里缓慢而安静地喝着酒。他人坐在床铺上，亚力酒的瓶子、酒杯和下酒菜放在高脚铁桌上。他听着收音机微弱的嘈杂声，四周一片漆黑，他只有一盏光线微弱的煤油灯，飘散出许多煤烟。他依照惯例高高举起最后一杯酒，仿佛身处于一间喧嚣热闹的酒吧，就像在对身边的酒友干杯。他的酒友如今不知人在何方，有的人甚至再也见不到了。他对着黑夜干杯、对着房间里的一切干杯，哪怕只是一片零乱和吱吱叫的老鼠。他喝完最后一杯酒，听到大门那边传来声响，于是望了过去。他看到有人影在动，他家的门完全打开了，门外站着一个高大、漆黑的人影。他看着人影朝他走来，全身血液仿佛都要冻结了。

煤油灯的黄光照在那名怪客的脸上，他清楚看见他的五官：脸上有一条条的缝线疤痕、一个大鼻子，还有一张裂开般的大嘴。

第七章　亚力酒与血腥玛丽

1

一大清早，法拉吉的手下跑来向他报告，说有几个人在镇上到处走来走去，还在他拥有的几栋房屋外墙上用蓝色喷漆做记号。实际上，他们是巴格达古迹保护协会的成员，还有几个市政府和市议会的职员陪同。法拉吉觉得有些紧张，于是拿起装有重要文件的皮质小公文包，出发去找他们，还带了几个专门帮他办事的当地青年。

他发现那些人站在伊利希娃女士家门口。他们敲着门，但无人响应，也没有人来开门。敲到后来，培德太太走出家门告诉他们伊利希娃去教堂做礼拜了。一名年轻人摇晃喷漆罐，在墙上画了一个蓝色的"X"符号。接着他们走向哈迪的家，也画了一个 X，但颜色是黑色的——这代表该栋房屋不适合修复，可以拆除。

法拉吉上前和他们攀谈，但他觉得这些人没那么单纯。他们一定是想侵占他的房子，想抢走那些他合法向国家承租的房子。他们告诉他，这只是例行公事，只是为了统计古迹的数量，特别是那些有着木制飘窗的老屋，而法拉吉手上正好有四五栋这种十分古早的房子。可是就法拉吉的理解,这一切都只是为了夺走他的房产,因此他也准备和这些年轻人大打出手。其中一个人指着他的脸,警告他这是妨碍公务。几个邻居跑出来圆场,把他拖得远远的。古迹保护协会的年轻人和他们身边的政府职员觉得有些害怕,于是便速速离去了。

在那之后,又有人告诉法拉吉,有几个年轻人还独自待在镇上。法拉吉得知他们拜访了伊利希娃女士,还试着说服她把房子卖给政府,说她将得到许多好处,可以继续住在房子里,想住多久就住多久,完全不用负担任何租金。等到她过世或搬家以后,房子就自然归国家所有。

要是她接受了这个提议怎么办?这对法拉吉可就不妙了!然而,伊利希娃老太太似乎一如往常地拒绝。她告诉他们,她儿子不在,所以她无法做任何决定。他们本来想继续听她讲下去,却越听越是一头雾水。他们在巴格达的几个市镇还有许多类似的房子要看,无法在她那儿耽搁太久,所以最后只是用纸笔做了些记录,可能是关于房屋和屋主的事项,说不定还记下了下次来访的日期,好进一步搞懂老太太的话。法拉吉跟古迹保护协会的年轻人不一样,他自认为知道老太太话中的意思,知道她要的是什么——只是他还没有证据可以证明这一点。

然而,伊利希娃此时此刻正站在烤饼店和卖奶酪的摊贩前,口中说着要给归来的儿子准备些什么样的餐点。有一次她在培德太太的下午茶会上也说了一样的话,当时几位邻居太太正拿着小槌子敲核桃,吃果仁配热茶。她们一开始听到的时候觉得很难过,伊利希娃老太太——这个戴着诡异红头巾的可怜疯女人——她的病情越来越严重了。不过呢，还真的有人在大半夜见到一个男子摸黑走出老太太的家门呢！

消息传开后，有几个年轻人故意深夜埋伏在胡同角落，想要堵一堵这个传闻中的怪客。但接连好几个晚上他都没有出现。一周后，人们几乎要忘记这件事了。但就在此时，那些年轻人正好撞见一个人影走出伊利希娃的大门，他出来的时候还会把门关好呢！他们试着追踪他，但他一下子就跑得不见踪影。

培德太太告诉邻居说，她的先生知道真相。她先生多数时间都坐在二楼阳台读旧报纸，有时只是面对窗户看小巷里的每个动静，观察邻近人家的出入情况——这是他唯一的乐趣。她沉默寡言的丈夫相当肯定那个家伙要不是小偷，就是歹徒。一定是他故意让老太太错以为他是她儿子，然后把她家当作藏身之处。

有个偶尔才去参加下午茶会的年轻太太听到培德太太这么说，便大声回道："法拉吉·达拉尔才是这一切的幕后主使者。"培德太太惊讶地张大了嘴。她知道这个少妇和法拉吉有过节，她本来是他的房客，但后来法拉吉要涨租金，她不肯多付，他就把她和孩子赶了出来。少妇愤恨不平地说："法拉吉就是所有邪恶事件的源头。"难道不是吗？就像她说的，他在漆黑的夜里把她赶了出来，丝毫不同情她和幼小的孩子们。后来，她每次在培德太太的下午茶会都要重述这个故事，而且越讲越精彩，铺陈剧情的功力越来越厉害。

满腔恨意的少妇又把故事从头说起，仿佛觉得大家已经忘了她之前说过的："那名歹徒先是翻过哈迪房子的矮墙，然后爬上伊利希娃家二楼那两个坍塌的房间。他本来要袭击伊利希娃，准备勒死她、把她丢在床上，毕竟不会有人去追究这样一位年事已高的老太太是怎么死的。'哎呀！她这么老了，一定是寿终正寝了。'人们八成会这样讲，然后就淡忘此事。年轻的歹徒从梯子爬下来，看到伊利希娃坐在面向街道的客厅。客厅摆设数十年如一日，她的身旁摆着煤油灯。他看到她在祷告、在跟圣乔治的画像说话。她说的话感动了他的心，虽然他听不懂她在说什么。她用叙利亚语对着墙上的大画像诉说。年轻歹徒觉得似乎有人在回答她的话，于是靠房门近了一些，他越听越久，发现那实际上是两个人之间的对话。煤油灯的微弱火光点亮整个房间，他一眼望去只见到老太太一个人，两手握着赞珠项链的金属十字架，把十字架靠在嘴边。老太太忽然一个转身，见到他站在眼前。骨瘦如柴的猫过来磨蹭他的脚，然后走到老太太脚边坐下。年轻歹徒愣愣地站在那里，不晓得该怎么办，仿佛被她充满母爱的眼神定住了。她对他说：'我的孩子，过来吧！'他便乖乖上前，像个孩子一样踩着顺从的步伐，倒在她的怀里哭了起来。"

培德太太和其他太太当然没信这个故事，但她们听完嘴里都念着："真主保佑啊！"这故事让她们起了鸡皮疙瘩。充满恨意的少妇已切中要害。故事是否虚构并不重要，重要的是能够打动人心。这些女人每天待在培德太太的院子里消磨时光，为的就是徜徉于另一个世界，仿佛能借此机会逃出拜塔温区、逃离一成不变的日常。而这名憎恨法拉吉的少妇只是非常尽责地做她该做的事。所以大家都打从心底感谢她呢！

"法拉吉·达拉尔，你会不得好死的！希望真主早日给你报应！"

培德太太带头喊着，其他太太也跟着念道，而且还对他下了更多的诅咒。看到这样的反应，愤恨不平的少妇心里舒坦了许多。忽然间，她觉得自己没那么恨法拉吉了。

2

天气热了起来，伊利希娃换下常穿的深色毛衣，改穿长款深蓝色薄罩衫，头上仍戴着红色头巾，别着黑色小花。红头巾已经成为她这次崭新转变的标志了。上周她没去做礼拜，她去了谢赫欧玛尔的亚述基督徒大本营圣卡尔道格教堂，为的是还一些很久以前许下的愿望。她还去了东门的英国国教会圣乔治教堂，握着一束深色指甲花，插在用来敲木头大门的铁环上。她也去了东方亚述教会的教堂，在教堂的小花圃洒了一些水。她花了整整一个星期来还愿，过程挺复杂的。她还在犹太教堂荒废的墙上放了一束深色指甲花，又去了萨尔敦街口对面的欧尔夫利清真寺——那是拜塔温区唯一的清真寺，她同样也在门上留下了一束指甲花。

她趁约西亚神父还没来的时候，在圣奥迪什教堂的圣母祭坛点了几炷印度香。这下她发的愿全部还完了。约西亚神父上周接到两通她二女儿打来的电话。神父本来打算，如果伊利希娃这周日也没有来的话，他就要派老执事夏慕尼去她家了。

礼拜仪式开始之前，约西亚神父微笑地走向她，说了女儿打电话找她的事。他告诉她，玛提尔达今天中午还会再打过来。老太太挂着满足的笑容向神父道谢。接着她跟随弥撒一同咏唱，反复念着《光荣颂》："天主在天受光荣，主爱的人在世享平安。"但其实她的思绪全念着女儿的电话。她已经三周没有和她们通电话了。

弥撒结束后，她帮女教友把家中带来的食物分放在活动厅的大长桌上。她和众人一起用餐。餐后，大家跟约西亚神父说了再见，还向几位年轻的执事、打扫的妇人，以及大门前公务车旁负责保卫教堂的两名警察一一道别。大家都走了，只剩伊利希娃仍坐在那里，她还在等女儿的电话。忽然安静了下来，四周一片死寂，一股绝望的感觉袭上心头。约西亚神父的手机响了两三次，不过都是他的亲友或别的神父打来找他的。最后，老太太等待的电话终于打来了。神父一听到电话那端的声音，马上笑着把电话递给她。

"希尔达前阵子生病了……我们本来打算先别告诉你……她得了心理疾病……现在人还在医院，但已经好多了。"

"玛提尔达，丹尼尔回来了……我的儿子回来了。"

"希尔达还在生你的气。她说她再也不要跟你说话了……她现在不在我旁边，不会听见我跟你讲话。如果她知道我打给你，又要生气了。"

"他现在和我住在一起……不过他不喜欢让别人看见，都是晚上出门。他会从楼顶离开，有时会消失个几天，但最后都会回来。"

"你身体还好吗？我今天拨电话拨了快一百次了吧！可是都打不通，搞得我快要疯了。有时候电话还打到不认识的人那边去，真搞不懂哪里出了问题。"

"我很好……希尔达和她的儿女们好吗？你的孩子们好吗？是不是都长大了？让我和他们说说话。"

"希尔达在医院……她现在好多了。她的大儿子长得跟丹尼尔完全一个样……他今年想要申请读医学系。"

"丹尼尔是我的心肝宝贝……他是我亲爱的孩子……我的生命。"

"我们汇了五百美金给你，是我亲自汇的。钱已经汇到科拉达的伊亚德·哈迪德钱庄……收款人是用约西亚神父的名字……他会去帮你领钱，再把钱交给你……你还需要我们做什么吗？"

"我要你们回来我身边，我要儿孙满堂。"

"我们不会回去……倒是你才应该来我们这里……这样你也比较轻松啊！"玛提尔达说，接着她想到说不定能借着母亲的信仰来打动她，又说："墨尔本这边有一间亚述基督教堂，叫作圣乔治教堂……听起来很不错吧？我和教堂负责人安东万·米迦勒牧师说过你的事，他很期待你的到来呢！"

"我不要去……我要在这里和我儿子丹尼尔一起过日子。"

"你要跟丹尼尔说，你的女儿需要你……他会听得懂的。"

"我看是你听不懂吧！玛提尔达。"

"你知道巴格达已经乱成什么样子了吗？噢，天啊！我好不容易才整理好情绪，你知道要说服自己不伤心难过有多么困难吗？但你就喜欢折磨我们……你要让我们担心死才甘愿吗？"

"不要折磨自己，也别伤心难过……不要再打来了……除非你可以调整好心情。"

"我怎么可能不打给你？"

伊利希娃把手机交还给约西亚神父。她双脚发酸，因为接这通电话的时候一直站着。她觉得很生气，翻腾的怒火像是心口上一个小小漩涡。她坐下来听神父继续讲电话，玛提尔达还在托付神父汇款的事宜，拜托他帮忙照顾母亲的生活所需。玛提尔达还问了神父一些问题，伊利希娃每三个月领一次的退休金有没有来？教会的互助会帮得上忙吗？她不断透露出家中经济状况并不好，但他们已经开始规划飞往伊拉克的旅程，打算趁一切更加恶化之前把伊利希娃接走。

"如果真没办法的话，我们用拖的也会把她带走……她不能一直这样折磨我们。"

约西亚神父温和地回应玛提尔达，试着安抚她激动的情绪。毕竟他不能明白表示支持她的做法。基于宗教使命，他当然不能鼓励大家移民。但他也不会禁止任何人那样做。如果有教友要移民，他通常会协助认证结婚和出生的数据，以及办理相关的宗教证明文件。如此一来，如果当地有亚述基督教会的话，他们就可以轻易地加入。

电话讲完了，但伊利希娃看起来并不开心。神父陪她走到教堂门口，他提议要让一位执事开车送她回家，但她拒绝了。那不过是短短一趟车程而已，她可以在科技大学前方的路口搭乘开往东门的公交车。她要走的时候忽然转头看着约西亚神父,摘下厚重的眼镜,眼睛泛着泪光,透露出一种毅然决然的意志,她告诉他从今以后她再也不要讲电话了。如果女儿打电话来,她不会回,她不需要她们联络。神父笑了笑,正想拍拍她瘦弱的肩膀,但她回应道:如果神父不支持她的做法,下周起她就要改去谢赫欧玛尔的圣卡尔道格教堂,再也不来他的教堂了。

3

天气突然暖了起来——马哈茂德这般想着。欧鲁巴旅舍已经停电好几个小时了。黑暗中,马哈茂德在床上翻来覆去。他猜想即将到来的夏天会很热,但是阿布·安马尔不是该解决房间闷热的问题吗?若是他真心为房客着想,希望这老旧旅舍能够留住客人的话。

就他所知,拜塔温区、萨尔敦街和科拉达有好几家旅舍已经做好了对抗炎炎夏日的准备,特别是那几家生意比较稳定的旅舍。那些老板都添购了柴油发电机。这种发电机其实是起亚汽车整组拆下来的引擎,有些私人工厂会把引擎改装成发电机来卖,这比一般的发电机便宜,进口的更是不用说了。那几家旅舍买了发电机就不必担心晚上停电。但阿布·安马尔似乎和其他老板不太一样,他对此事并不积极,毕竟他连这种发电机也买不起,甚至没有多的钱买柴油来发电。再说,他旅舍的房客也只剩四个人。每个人每天缴的房费大约十美元,这些钱并不算多。

不过这些还是交给阿布·安马尔去烦恼吧。对马哈茂德来说,重要的是能够撑过夏天。他对于炎热的夏日并不陌生。许多伊拉克人都有这样的体验,酷热夏夜让人无法入眠,就像一场身心试炼,让人们在大白天成了慵懒的废人。如今他可不希望遇到这种困境,因为他已经为杂志社付出了一切,他要努力往上爬,要继续抓住赛义迪对他的赏识。

他现在除了编务工作、和美编讨论杂志页面的设计,还要跟赛义迪去参加大大小小的外务。总编不在时,他还必须帮忙坐镇办公室,接一些印刷厂、广告商打来的电话。赛义迪通常会在办公室留一部连接电源线的手机。手机响的时候,除了马哈茂德之外没人敢接。他在杂志社一忙起来简直随身携带这部手机,直到下班前才拿去充电。有一次,他接到国会某个大党党主席的电话,打来骂杂志刊登了他所谓的"不实报道"。该报道指出,这名党主席手下有个武装团体,专门帮他肃清政敌。马哈茂德简直吓坏了,他只能一直道歉,向对方解释总编辑目前人不在杂志社,那篇文章只是转摘自法国新闻社的报道。

"你们不是和我们同一阵线吗?何必惹得我们不高兴呢?"党主席说。马哈茂德只好更加卑微地道歉,但他心里其实想着:妈的!我怎么会遇到这种鸟事?他后来还特别打电话给赛义迪报告此事,但赛义迪反应很冷淡,只是要马哈茂德别太在意。

有一次,他接了一通不认识的电话。手机显示来电人姓名是"六六六"。他记得有一部美国电影提到,这组数字在《圣经·但以理书》的梦境里意味着"反基督者"和"恶魔"。

怎么会有反基督的人打电话来呢？难道是杂志刊登了对反基督者不友善的言论？还是有其他可能？喂……

电话那头传来纳瓦勒·瓦齐尔的声音，但她似乎没发现接电话的不是赛义迪。电话一接通她就骂个不停，看来是非常不爽啊。她的话像是轰隆隆的闪电砰然炸开，一道道落在马哈茂德身上。她气冲冲地讲了许多马哈茂德不该听到的事，他只好默不作声，以免让她知道是他。

"你倒是回答啊？你怎么不说话……"

她的语调听起来更生气了，马哈茂德只好直接把电话挂掉，他觉得很尴尬。赛义迪如果知道了会不会不高兴？不过他为什么把电话留在这里？何不另外申请一部杂志社专用的电话？纳瓦勒八成以为赛义迪当面挂断了她。他们好像吵架了，而且两人之间似乎真的存在"床上"的关系。天呐！还真被法里德说中了。

马哈茂德有点颓丧，他想象着她美妙的躯体躺在赛义迪怀里。他一定跟她上过很多次床了吧！像她这样的女人，如果可以和她上床的话，要他做什么都可以。噢！

到了中午，他的工作已经完成了，法里德和其他编辑都离开了杂志社大楼。老工友帮他从附近餐厅买了午餐。他觉得疲累又全身酸痛。冷气机的风一阵阵吹着他的脸，有催眠的效果。他不太想到咖啡厅找朋友聊天，也不想回欧鲁巴旅舍。就算回到旅舍，也只是一片死气沉沉，而且天气越热，房间的霉味越重。他躺在赛义迪办公室的红色皮沙发上，闭上双眼试着睡觉。他觉得自己需要放松一下,把那些杂事抛到九霄云外。他想象着纳瓦勒来了,想象她走进办公室,因为太热而顺手脱了外衣,然后扑倒在沙发上,就在他身旁,用她丰腴、柔嫩的双手环抱他的腰。

4

太阳下山的时候,赛义迪叫醒了他。赛义迪已经打了好几通电话给他。住在杂志社隔壁屋子的老工友也不见踪影了——他白天的时候来来去去,通常会等大家都离开之后,才关闭杂志社的发电机,将门窗一并关好。

赛义迪已经有几分醉意,因此并未追究马哈茂德不接他手机的事。马哈茂德想到上午纳瓦勒突然打电话来,但他努力让自己的脑袋不去想她,试着把注意力放在赛义迪身上。赛义迪在宽敞的办公室拉开了几个抽屉,拿出一些文件放进公文包,告诉马哈茂德他今天谈成了一笔好生意。

"马吉德准将说得对。"赛义迪说。但他没提准将说对了什么,也没说明他指的究竟是何事。赛义迪接着去了厕所,在里头待了几分钟。马哈茂德赶紧利用这个机会让自己清醒、振作起来。他觉得身体像是被人拆了一样,全身肌肉酸痛。他在洗手台洗了把脸,梳理好头发、整理了衣服。赛义迪从厕所出来之后说,要马哈茂德跟他一起去办事,然后再一起去庆祝。

他搭上赛义迪的高级轿车,离开时老工友突然跑来关杂志社的大门。他们先去科拉达找一个房地产中介,赛义迪对底格里斯河畔的一块土地很有兴趣,不断跟对方讨价还价,似乎想买下来。

他们在中介那边待了好一阵子,喝了四轮的茶。马哈茂德只是一直看电视,赛义迪则是忙着讲价钱,一点也不累的样子。他们直到天色已黑才离开。马哈茂德已经饿了,他不知道赛义迪晚上有什么计划,也不知道他要庆祝什么。

黑色奔驰驶入黑暗之中,他们要去埃拉索特的一个地方。车子开上阿布努瓦斯大道,马哈茂德见到路灯把四周照得十分光亮。河堤外,河面上映着对岸的灯火,波光粼粼,随着河流舞动。他心想,八成是要去某个高级的地方吃大餐吧。但他没料到他们会走进一栋戒备森严的大厦,门口和长廊都是警卫,检查入场者是否携带武器。接着,他听到远处在播放流行歌,有几个包厢门口还传来一种特别的味道,混杂着酒气、水烟和香烟。赛义迪早已预订了大厅舞池旁的一个桌子。他通常会先打电话订位,花钱不手软。

"金钱是万能的钥匙,像神灯精灵一样满足你所有愿望。"马哈茂德这样想着,一边坐了下来,大厅吵闹得超乎想象。赛义迪身体前倾,一点也不介意必须这样和眼前的年轻小伙子说话。他以为这样的音量就够了,但其实马哈茂德什么也听不见,他只是点头装作听到了。赛义迪不再用力说话,双眼看着乐团喧嚣的表演,脸上带着笑容。赛义迪总是能保持笑容,似乎不会遇上任何不如意的事情。如果说马哈茂德不羡慕眼前这个男人,那肯定是骗人的。

他想告诉他纳瓦勒打电话来，还想问他杂志社的事，有些编辑和广告的事情要处理。不过现场这么吵，肯定什么也听不见。而且他怕讲了公事会坏了他的心情。

服务生在他们面前放了两杯血红色的神秘饮料。赛义迪拿起自己那杯，喝了一小口，然后靠向马哈茂德，对着他的耳朵大声说："血腥玛丽！"

是啊！血腥玛丽。美艳，动人，好棒！真是太快乐了！这个人真是幸福的天之骄子。他一定很快乐吧！这样说来，既然纳瓦勒变成恶魔了，他肯定换了别的女人吧！像他这样的人一定不缺女人。真的，真好，好棒！

服务生又走了过来，他端着一大瓶深色威士忌、几个新的杯子和一个装满冰块的金属容器。然后他身后冒出另一名服务生，手里端着几盘小菜。第一个服务生熟练地打开威士忌酒瓶，倒了两杯酒。他身体微微鞠躬，一边听着赛义迪说些什么，然后露出感激的微笑，便退下了。

两人喝着酒。突然间，乐团停止了吵闹的演奏。马哈茂德开始能听到其他声音：邻桌的酒杯碰撞声、喧哗声、絮絮叨叨的谈话。这么说来，尽管刚刚那样吵闹，大家还是能够交谈？这个地方真的在巴格达吗？

法里德曾经警告他别这么听赛义迪的话。"不要变成他的跟屁虫了。"每次法里德这么劝他，他脑海就跑出这句话。但法里德其实不敢讲得这么明白，毕竟这句话颇有杀伤力。不过马哈茂德就是知道法里德想表达的正是此意。再说啦，他又不是赛义迪或任何人的跟屁虫，不是他自己要跟着赛义迪，是赛义迪拖着他到处跑！是赛义迪需要他。不过，他为什么会需要他呢？

到目前为止，他已经通过他认识了大多数的政府官员，还有很多军人和外国的外交人员。以及像马吉德准将那样的人，那是他这辈子从没听说过的谜样人物。他还得知了一些可怕的机密……赛义迪这么做的用意是什么呢？赛义迪最后可以从中得到什么？嗯，他还需要一些勇气才敢向顶头上司问这些话。他需要解答——尽管他相信这些问题最终都会有答案。

"为什么马吉德准将说得对？"他鼓起勇气问道。

赛义迪沉吟了一会儿，脑中可能正在搜寻跟这个问题有关的事。然后他笑着说道，牙齿都露了出来："是那间印刷厂的事……好险我没买，不然就亏大了……现在有新式的印刷厂，还有德国制的印刷机。印刷业有好多人都等着开工呢！大家都希望治安能稍微稳定下来、局势别再恶化。别忘了今年有一场前所未有的大选……到时候可需要印很多传单、海报和文宣品。"

"那你会买下其他印刷厂吗？还是打算再观望一下？"

"不了……我买了一栋安达鲁斯广场附近的房子……这就是我今天谈成的买卖。我跟一位阿密里的老头买了一栋含家具的房子。"

马哈茂德发现赛义迪会回答他的问题，原来他不介意人家问东问西啊！不过说不定只是因为他心情很好，再加上威士忌和血腥玛丽的催化而已。他试着鼓起勇气问些更私人的问题，像是纳瓦勒的事。可是乐团又突然喧闹地演奏起来，是侯赛因·尼马[1]的歌,还是快节奏的。马哈茂德把酒杯拿到嘴边,喝了一大口。他埋头吃着眼前的食物,不时朝赛义迪望去。他真是爱死这个人了,好希望可以变得跟他一样。

"法里德,你要搞清楚……我是要变得像他一样,而不是当他的跟班!"他打算下次见到法里德就这么告诉他。他才不需要那种劝告呢!听了只是心烦意乱。

他安静地喝酒,却注意到赛义迪用一种奇怪的眼神盯着他看,微笑地就着杯子啜饮,看起来好像有什么非常特别的事情想说。

"多希望我能变成你!如果有什么办法能让我们交换身份……不过现在讲这些都太迟了。哈哈哈哈!"

马哈茂德吃惊地张大了嘴。如果有神灯精灵要他许愿,那么这就是他想实现的不可能愿望。他真希望自己拥有足够的勇气来响应赛义迪:"我也想要变成你。我要跟你交换身份。如果我不能变得像你一样,如果我以后没能成为第二个巴希尔·赛义迪,那我的人生就白活了。"

5

当哈迪得知阿密里老头把房子连同家具一起卖掉,不禁感

---

[1] 侯赛因·尼马(Hussein Ni'mah,1944—)为伊拉克七八十年代年代知名男歌手。

到哀怨又失落。老头两周后要飞到莫斯科去和老情人结婚。她是他几十年前在俄国留学时交往的女友。

这是不应该发生的事情啊！他不知道花了多少心力和时间来说服老头把破旧的古董卖给他。只是老头对那些满载回忆的老旧木制品实在太有感情了。他现在要把他的回忆、他的家具、他的房子、他在巴格达一切的一切全都放手，他要用他的余生去度一个迟来的蜜月。

这绝对是不应该发生的事情啊！他需要钱，够他简单生活所需的钱就好了。那天晚上那个可怕的家伙找上门之后，他好几天都喝得烂醉，想借此欺骗自己这个怪物不是他创造出来的，一切只是幻觉罢了。

他徒步走回家，经过安达鲁斯广场的时候，在萨迪尔饭店前面刻意放慢脚步。他回忆着自己被爆炸炸飞的那一晚，真希望当时死了算了。

他在人行道上坐了很久，一边抽烟一边胡思乱想，说不定下一刻就会有汽车炸弹或人肉炸弹攻击，而他坐在人行道上肯定可以增加被炸死的概率。他在那里坐了很久，直到夜幕低垂，想着光是今天就有几十起自杀攻击事件——有的造成伤亡，有的则是被及时阻止——他久久不能自已。没有一天安然无事，每天都至少有一起汽车炸弹案。那他又凭什么可以坐在电视机前看着其他人被炸死，他凭什么可以幸免？总有一天会轮到他上新闻吧！他很清楚这是他的命运。

他走回镇上，从阿齐兹那儿听说阿布·安马尔老板有事找他，便去了欧鲁巴旅舍。他发现老板坐在旅舍大厅，身穿长袍，戴着头箍和白色头巾,挺着大大的啤酒肚,手里拿着一本厚厚的书。阿布·安马尔摘下眼镜,把书合了起来,起身和哈迪握手。

哈迪心想,这些年来他其实和阿布·安马尔不熟,只是在镇上巧遇过几次,讲过一两次话。哈迪还听过他的一些传闻,其中最八卦的就是他跟维罗妮卡有一腿。维罗妮卡是每周固定会去他饭店打扫的亚美尼亚妇人。甚至有人说她的儿子安德鲁——那个会陪她一起去打扫的少年——事实上是他的儿子。

他并不想进一步确认这些传闻的真假,因为大家都知道这些八卦,流言蜚语就像墙壁里的蛀虫,到处都是。

阿布·安马尔告诉他,自己目前正考虑卖掉旅舍一些房间里的家具,重新装潢。事实上,他想把旅舍来个大换新,希望找到买主来收购那些床具、小桌、浴室瓷砖、镜子、衣柜等等。哈迪一听忽然热血上涌,开始想着要如何卖掉这些东西。哈迪说这件事可以交给他办,阿布·安马尔表示如果带他到几个房间看一看,他会比较有概念。

但哈迪看了之后很失望。马哈茂德、阿尔及利亚老先生鲁格曼,还有几位旅舍常客,他们住的房间是整间旅舍最好的,里头的家具还能用,但其他的老旧家具根本惨不忍睹,不是被虫蛀烂,就是发霉了。不过他没有改变心意,依然向阿布·安马尔保证他会替这些家具找到买主。

他和阿布·安马尔坐在旅舍大厅,第一次发现柜台的长桌后面藏着一张小木桌,木桌中央摆着一整瓶亚力酒,还有一只杯子和一盘小黄瓜。嘿嘿,看来老板也是同道中人。不过现在哈迪的身体其实不适合再喝酒了，他血液里充满了酒精，身上酒气四溢。今天下午为了要去找阿密里老头，他可是挣扎了好一番工夫才下床，在街上吃力地踩着步伐，花了一些时间才让酒精的作用从头脑消退。但是，该怎么办呢？这瓶美酒稳如泰山地伫立在眼前的小木桌上，让他心好痒。

阿布·安马尔说着重新装修旅舍的计划，似乎没打算请哈迪一起喝酒。哈迪不是他看得起的那种人。虽然他有近视，看书一定要戴眼镜，但他可没瞎。他很清楚这个捡破烂的家伙脑子不正常，要是哪天听说哈迪是小偷或杀人犯，他也不会太意外。因为哈迪长得就像那样子。一个人的外在与行径是骗不了人的。他单纯只是找哈迪谈生意而已。

阿布·安马尔想说的话已经讲完了，但哈迪还不太想离开。气氛差点尴尬了起来。要不是马哈茂德刚好走进来，哈迪可能已经在旅舍老板面前做出什么怪事了。

马哈茂德喝醉了，但他努力让自己看起来没醉。旅舍柜台大厅的吊扇转着，一阵阵风打在他身上，提醒他又回到了这个鸟地方——这个他一整天一直抗拒回来的烂地方。他和赛义迪喝酒的时候早就喝过头了，脑袋无法思考，只想直接去睡觉，好忘掉旅舍房间的闷热、霉味和那些恶心的气味。

马哈茂德举手打招呼，赫然发现说故事大师正在旅舍里，脸上不禁绽放出大大的笑容。他也在大厅坐了下来，拍了哈迪大腿一把，和他瞎聊起来。赛义迪早早结束了庆祝买卖成功的晚餐，所以现在时间还不算晚。他可能是怕遇到宵禁，因此让马哈茂德在拜塔温区的七号胡同下车后，就快速离去了。

马哈茂德没注意到阿布·安马尔一脸严肃。老板其实不想让这个捡破烂的再待下去了,他原本打算继续慢慢喝酒,一边读他最爱的星座运势书,但马哈茂德却和哈迪聊个不停。阿布·安马尔只好坐回大柜台后方,完全无视大厅里的另外两个人,缓缓倒了一杯酒,加入冰块和水,慢慢喝起来。他通常会邀马哈茂德和哈奇姆一起喝,他喜欢和他们一块儿闲聊。不过,今天晚上状况不一样。

马哈茂德其实醉得很厉害,他的胃翻腾着。刚才从漆黑的胡同走回旅舍的路上,他还想着,如果不舒服的感觉没消失的话,他可能要到厕所催吐。说不定现在这样还比较好,就这样一直坐着闲聊,让自己别把注意力放在胃上面,说不定慢慢就会好了。马哈茂德看着哈迪,眼神丝毫没有嫌弃他肮脏的意思,还马上问起他那个奇特的故事。他拼拼凑凑缝起来的尸体去哪啦、后来又有什么发展。阿布·安马尔原本还在看书,这时却抬起头来,用一种吃惊又好奇的眼神望着马哈茂德,他的眼镜都往下掉了。

在今天晚上之前,哈迪本来都还把持得住。好友阿齐兹提醒过他之后,他本来已经暗自下定决心,要完全忘了这个故事,不再和任何人提起。不过呢,他自己知道这故事不是瞎掰的,全都是真实无比的事情,更何况后来又发展出那么多事件。现在对他而言,讲这个故事已经不好玩了。

除了哈迪自己,没人知道他所谓的"无名氏"是有血有肉的存在,就连阿齐兹也不晓得。现在无名氏回来了,而且他有他的事要做。这一切绝非偶然。接下来还有许多了不起的事情呢！但哈迪只不过是这一切发生的途径。就像是平凡无奇的父母生下先知、救世主或邪恶的大坏蛋，严格来说，这对父母并不是掀起滔天巨浪的人，他们不过是一个渠道罢了，没有那么重要。

他要怎么跟眼前的这位记者说呢？这年轻人已经喝醉了，整个人摇头晃脑，握拳支撑在额头上，只要稍微改变坐姿就会失去平衡。哼，他以为这样别人就看不出他喝醉了。

其实马哈茂德根本没把这故事当真。但哈迪已经想得老远了。马哈茂德原本只是想轻松地瞎聊，就像哈迪平常在咖啡厅的免费脱口秀一样，他可以随便聊聊就回房间倒头大睡，像具死尸一样一觉到天明。

忽然间，哈迪的表情变了，马哈茂德从没见过他这种表情。哈迪说："我打算告诉你故事的续集，就只说给你一个人听，但是有两个条件……"

哈迪的眼神带着一种绝对的疯狂。马哈茂德本来就知道他不是正常人，也因此对后续的故事更加好奇。至于阿布·安马尔，他完全忘了手里还拿著书，聚精会神地听着两人奇怪的对话。

"哪两个条件？"马哈茂德问。哈迪先是摸着他的八字胡和浓密的络腮胡，然后才故作正经地说："第一，你必须说一个你的秘密来交换我的秘密。第二个嘛……嘿嘿！买晚餐给我吃，再加一罐亚力酒。"

第八章　秘密

1

马吉德准将桌上放着占卜小组昨天下午提交的简报,报告指出伊玛目桥[1]上聚集了许多邪灵。伊玛目桥横跨底格里斯河,连接卡齐米亚和厄多米亚两个区域。不过,马吉德准将总觉得,会不会是那些通灵师和占卜师把"邪灵""灵魂"和"活生生的人"搞混了?的确,桥上是聚集了许多人,因为最近刚好是穆萨·卡齐姆伊玛目[2]逝世周年纪念庆典。自两天前起,巴格达各地的人就开始朝卡齐米亚区聚集了。

中午他收到了"大占卜师"的调查报告,用粉红色信封装着。报告指出邪灵的数量大约有一千个。他看着报告,豪华办公室的大电视屏幕同时出现一则实时插播新闻,报道指出伊玛目桥上已经有几十个民众在踩踏事件中丧生,这一切都是因为有人说游客中混入一名自杀袭击者,进而造成全面性的恐慌。

---

[1] 伊玛目(Imam)意指伊斯兰教的领拜人。
[2] 穆萨·卡齐姆(Musa al-Kadhim,745-799)为伊斯兰教什叶派支系十二伊玛目派的第七任伊玛目。

有人活生生被踩死，也有人被推到河里淹死。

他觉得相当不爽，虽然很想阻止这类灾难发生，却一点办法也没有。接着，他又想到更令人沮丧失望的事：他往往提供了珍贵的情报，有关单位却根本不理会他，故意忽略这些信息。他已经呈报了许多歹徒的情报，好不容易才锁定歹徒的躲藏位置，却从来没有人被绳之以法。就算有人确实去抓犯人，他们也都刻意忽略他和他所领导的侦调局的地位。向来只有国防部或是警政署高官才能在电视上露脸，好像他们是维稳任务成功的唯一功臣，而他们的部属只有陪衬的份。绝不会有人提到那个奇特的部门——它的名称叫作"侦搜调查局"；也不会有人提到那个劳苦功高的小单位是由一个苦干实干的人在领导——他叫作苏鲁尔·穆罕默德·马吉德准将。

另一方面，他也觉得不太能相信美军。他们只是在利用他给的情报，好掌握敌人和盟军的动静。所有情报对他们而言都只是为了维护自身利益，而美军眼中的利益往往和马吉德准将所想的不一样。

这星期以来，他几乎每晚都在办公室度过。他的豪华办公室设有一间小套房，里面只有一张床和一个衣橱。除了女人的肉体，他生活所需的东西一应俱全，但他通常也不会去想那方面的事。他一心只想着大红大紫，同时继续保有"无法被取代"和"不可或缺"的地位。他期盼亲自立下大功，升到更高的职位，说不定还能调到更好的单位。现在可是他立功的好机会——把危及众人的"头号罪犯"绳之以法。他大约从两个月前开始追踪此案，手下的占卜师和专家小组整理了巴格达所有离奇凶杀案的资料,推断出应是同一嫌疑人所为。几乎每起凶杀案的死者都是勒毙,而目击者对于行凶者外貌的描述也几乎如出一辙。

结论就是,这几起凶杀案的凶手是同一个人。而且每天几乎都会有一两起类似案件,一天天过去,累积的案件变得相当可观。伊玛目桥爆发邪灵事件的前一天,大占卜师来找过他,说要告诉他一个好消息:他已经知道凶手的名字了。他透过精灵和妖精去打听,还运用了巴比伦占星秘术,搭配曼达安教[1]的法术,才打听到附体于凶手身上的鬼魂名字。

"他叫作……'没有名字'。"

大占卜师比着夸张的手势说道,搭上他滑稽的外表真是毫无违和感。他打扮得和卡通里的巫师一模一样,留着长长的白胡子,须尾修得尖尖的,穿戴棉质法师帽和长袍。

"这是什么意思……没有名字?他到底叫什么名字?"

"没有名字。"

语毕,大占卜师倒退几步,转身走出准将的办公室。马吉德准将没有拦住他,也没再多问。在侦调局里,一切怪异的行径都是正常的。他给了那些占卜师很大的弹性空间,毕竟他们是他主要的情报来源。他独自思忖着,今天是没有名字的人,明天很有可能是身份无法查验的人、没有身体的人、无法绳之以法的人,或是永远抓不到的歹徒。

---

[1] 曼达安教(Mandaeism)为古老的一神教信仰,信奉者为曼达安人,主要分布在伊拉克。

不过他今天大可先别去管这个没有名字的凶手。现在最要紧的是赶快弄出一份侦调局对伊玛目桥事故的调查报告。这样一来，若是美军或伊拉克政府提出要求，他就能立刻呈交上去。他下午召集军职部属一起开会，一名年轻军官提到两小时前收到一则重要情报：徘徊于桥上的众多邪灵本来躺在人的体内，沉睡在人的身体里，是我们无法察觉的。人类本来就会带着邪灵走来走去，说不定邪灵就这样一直依附在人的身上，像是根本不存在一样，随着人类死亡、下葬。这些邪灵只在一种情况下会醒来，从人体中解放而出——那就是恐惧。占卜师把这些邪灵称作"恐惧的恶灵"。

军职小组完成了报告，详实记录相关的情报、分析、调查结果与建议事项，整整写了五页，用粉红色信封装着，放在马吉德准将桌上。

准将不太确定政府当局或美军会不会跟他要这份报告，他只是做他该做的事。对于任何突如其来的要求，他都必须做好准备。所有占卜师都已经回到侦调局的宿舍区，上班时间结束后，军官也纷纷离开了侦调局，几个哨点的警卫都已经上哨。他关上电视机，走进他的寝室，打开空调躺在床上。他闭上双眼，一分钟过去了，除了冷气机的嘶嘶声什么也没听见。许多事情在脑子里转啊转的，忽然冒出一种想法：他脑中萦绕的这些东西，现在说不定跑出来了，正在他睡觉的这间小套房天花板下盘旋，里面肯定也有恐惧的恶灵吧！一个没有名字的恶灵，名字就叫作"没有名字"。

他心中深层的恐惧就这样不停转啊转。他怕有一天早上醒来就接到总理把他革职的命令；他怕美军忽然不做他的靠山，侦调局只能任凭执政当局处置。他还有更深、更私人的恐惧：如果他能透过精灵、妖精和鬼魂，还有占卜师和通灵者来对付各式各样的敌人，那么他的敌人不也能用相同的手段来对付他么？他根本逃不过。说不定此刻他内心的这些恐惧，就是他的敌人所设下的，是他们殚精竭虑要来陷害他的。

他不自觉伸出手，想要抓住"恐惧的恶灵"。但他睁大了眼睛，除了房间的天花板之外，什么也没看到。

2

马哈茂德说，他爱上了老板的女人，而且很想上她。但哈迪觉得这没什么好害臊的。

"我已经告诉你一个天大的秘密。我可是跟你说了'无名氏'的事啊！如果警察知道的话，我可能小命不保。你得跟我说一个真正的秘密才行。"

马哈茂德沉默了好一阵子，眼睛打量着哈迪院子里坍塌的瓦砾堆，脑中想起一些过往的画面，他已经想好要说什么了。

"好吧！我告诉你，我觉得我家族的祖先并不是阿拉伯人。我们不是阿拉伯人，也不是穆斯林。"

"所以呢？"

"我想我的曾祖父或曾曾祖父是曼达安教徒，他是因为谈恋爱才改信伊斯兰教，还把他的姓氏改为爱妻的部族姓氏。我父亲把这些事写在日记里,可是他去世以后,我母亲和兄长们把日记本烧掉了。"

"这有什么问题?"

"这当然是个大问题。我们不是纯种阿拉伯人!"

"我曾经在咖啡厅告诉大家我的曾祖父是奥斯曼土耳其的军官,不过现在我已经搞不清楚那是真的还是骗人的了。"

"那你刚刚跟我说的,不会也是骗人的吧?"

"不!如果你这么觉得,我真的很难过。"

"那就证明给我看你说的是真的。如果有办法证明,我就相信你。"

"你想表达什么?"

"让我见'无名氏'。"

"不!不可能!他说不定会杀了你。"

"不然我躲在这堆杂物之间,偷偷看着他就好。"

"我又不知道他什么时候会来。说不定他再也不会来了。"

"不然有什么办法?你是在跟我打迷糊仗吧!"

"才没有!不然你说要我怎么做?"

"拍张他的照片给我。我给你相机,你帮我拍张他的照片。"

"啊哈!不可能!他会杀了我。"

马哈茂德到哈迪的废墟作客,屋内已经热到让人难以招架了,所以哈迪拿了一张木椅,让他坐在院子里。马哈茂德站了起来,他没有想过会跟哈迪讲到这么隐秘的事情。昨晚在旅舍大厅看见哈迪的时候可能是太嗨了吧!那时他站在旅舍门口,爽快地给了哈迪一万块买晚餐和亚力酒,两人还开心地约好隔天要交换彼此最危险的秘密。后来他还跟阿布·安马尔在大厅聊了十多分钟呢！而且阿布·安马尔忽然又大方起来，说要请他一起喝酒。但马哈茂德谢绝了，毕竟他一小时前才跟赛义迪喝到快挂了。

不过今天治安乱成一片，伊玛目桥死了几十个人，马哈茂德根本把交换秘密的事给忘光了。赛义迪还交代他规划下一期杂志出刊，然后自己一大早就和几个政商要角去艾比勒市开会，好像要讨论什么石油议题。赛义迪告诉他，他知道他靠得住，他对他很有信心，一切都会很顺利的。他还说要把一切都授权给他处理。

因为宗教节庆的关系，市区到处都设了安检哨，马路呈半封闭状态，马哈茂德只能走路去杂志社上班，却发现除了他和老工友，其他人根本没来。他看到赛义迪留在杂志社的手机还接着充电线，走过去一看，发现有十四通未接来电，其中有一半是"六六六"打来的。

嗯，现在打电话给她不知道会怎样？他好想告诉她，他接了她打来的上一通电话，他知道她和赛义迪是什么关系。他真想对她说：劝你把这个男人忘了吧！他不过是个负心汉、花花公子。如果你愿意的话，其实也可以考虑其他男人。嗯，像我就很不错啊……你这个魔鬼般的女人。

他一直犹豫要不要打电话给她，只是想听她的声音——他大约有十天没见到她了。最后，他说服自己再等一等。她今天已经打了七通电话，很可能会再打来试试看，打个十多通都有可能。到时候他接起电话，再向她表白。

他发现自己其实没有太多事情可做。工友阿布乔尼问他要不要来杯茶或咖啡,他说不想喝,便吩咐工友把门窗关一关,准备下班。他在赛义迪办公桌上收拾着自己的东西,看到桌上放着赛义迪的手机,忽然有一种很想干蠢事的冲动。哎呀!应该无伤大雅。他只是想听听纳瓦勒的声音。只要他不跟别人说,永远不会有人知道。

他拿起手机,看着最后几则通话记录,朝联络人"六六六"按了下去。他听着拨话铃声,忽然觉得血液都沸腾起来,心跳也怦怦加速了!铃声响了好几秒,忽然间,电话接通了。

"喂……喂……"

啊!是她的声音!阵阵相思之苦在心底悸动不已。但他无法做出回应,他的喉咙发不出声音,嘴巴动不了,甚至连眼睛都眨不了。他愣愣地傻在那里,但是吃惊的还在后头。

"喂喂……赛义迪你看!是谁在你办公室玩你的手机?"

"我不知道啊!来,电话给我……喂、喂……是阿布乔尼吗?"

马哈茂德挂断电话,把手机关机了。他像是触了电,手机从他手里摔到总编辑的桌上。

这么说来,她和他在一起。哎唷!好你个政商要角的会议……她不是电影导演吗?说不定她是去拍片的。她经常挂在嘴边的那部电影可能需要一些写实画面。说不定片子正好在探讨金钱和政治之间的关系;说不定里面的角色遇到巴格达大型宗教节庆,日常生活全被打乱了,所以他才跑去参加石油会议。说不定他们还会加拍一些床戏!好的电影似乎都会拍得写实一点。

他转过头，发现老工友阿布乔尼站在一旁看着他，可能想等他弄完手边的事，再和他一起出去，从外面把杂志社大门锁上。

他有一整个小时都没讲话。回程路上他是用走的，还在路边找了家餐厅吃饭。用餐时，他好想打电话给法里德，然后借机把话题带到纳瓦勒身上。不过如果他真的这么做，法里德一定会把他当成天大的笑话。不如打给他的摄影师朋友哈奇姆好了。可是哈奇姆一定会对他劈头大骂，因为他根本没学乖，人家早就叫他别碰这个女人，他却执迷不悟。

"这一切只是你的小老弟在作怪！常常打炮就没事了。"他八成又会说这种不正经的话吧！哈奇姆根本没把他的感情困扰看在眼里。

马哈茂德走到阿齐兹咖啡厅，看到哈迪也在。哈迪提醒他昨晚约好的事情。马哈茂德点了杯茶，他觉得听听哈迪胡扯、暂时放空一下也不错。哈迪讲故事的功力相当厉害，风格稳健，有一种引人入胜的节奏，举手投足散发着一股魅力，就像完全变了个人一样。但是哈迪今天却失常了，他搞得像是在讲悄悄话，说到关键处，他请马哈茂德一起到他家去，这样讲话比较不会有顾忌。

马哈茂德听哈迪说完他和无名氏后来发生的事，整个人愣了半分钟。他在心中反复琢磨着哈迪所说的种种。这个故事确实相当可怕，而且不太可能是眼前这疯疯癫癫的老头瞎掰出来的，故事复杂的程度已经超出了哈迪简单的脑袋。当他还在若有所思时，哈迪的问题把他拉回现实。

"现在轮到你了吧？跟我说说你的秘密吧！"

3

他可是跟哈迪说了一个真正的秘密。他从没和任何人提过他的家族血统有问题，就连好友哈奇姆也不知道。当然，他没事也不会跟别人说这些，或者讲明白些，他根本不敢告诉别人。总而言之，这是他内心深处埋藏的秘密。故乡米桑省[1]的家人上次为此事起争执，似乎是很遥远的事了。这么说来，他对哈迪真的很坦白，虽然哈迪好像觉得他的秘密没什么了不起。

这天稍晚，马哈茂德还在想着哈迪告诉他的故事，暗自决定日后要在旅舍房间把这一切用录音笔录下来，才不会忘记。他认为，如果一切都留待回忆的话，对事情的感触就会随着时间而改变。当你失去了对某件事的感觉，也就代表你失去了其中很重要的一部分。所以他得趁着感觉依然强烈，把他认为重要的一切都记录下来。

这支国际牌录音笔是他大约半年前在东门的电器行买的，可以说是无所不录。他录下自己的感觉、想法与见解，以及任何他觉得日后能派上用场的东西。他的父亲利亚德·萨瓦迪也

---

[1] 米桑省（Maysan Governorate）为伊拉克的省份之一，位于东南部，首府为阿玛拉。

喜欢作记录，不过父亲写日记的工具是小学发的作业簿。嗯，他用录音笔当作日记，他父亲用作业簿写日记，这应该符合达尔文的演化论吧！父亲死的时候，家人发现他一共写了二十七本作业簿，每本都有一百页。但他的母亲却坚持把日记淋上汽油，统统扔到火炉里，她悠哉地烧掉父亲的秘密，顺便烤出了二十七片烙饼。在那之前，他偶然看过几次父亲的日记。父亲用黑色钢笔写下许多赤裸裸的真相，笔迹十分优美，就像是教人写字的习字帖。日记记录着父亲婚后打了几次飞机，还写下他性幻想的对象，其中有些人还是住在附近的中年妇女。父亲在日记中的形象和他平时完全不一样。人们所认识的他在阿玛拉市新光区相当受到尊敬，但也许他并不喜欢那样的自己。那个自我只是别人强加在他身上的东西，所以他最后只能通过日记里的独白来调适自己。

　　马哈茂德的哥哥们看了父亲的日记都觉得又惊讶又羞耻，他就是从哥哥口中听到家族血统不纯正、曾经改变信仰的事。不过他也无法进一步确认了，母亲的炉火已经把二十七本作业簿烧成灰烬，事情也就这样不了了之，再也无人提起。但马哈茂德偶尔仍会想起父亲说过的一些话，他还是想拼凑出其中的关系，想了解那些永远石沉大海的真相——尽管已经无从考证。其中有一件事情是，他所使用的家族名"萨瓦迪"是在小学教阿拉伯文的父亲自创的，跟他们本来的部族姓氏不同。后来甚至有许多人开始把他们家族住的房子称作"萨瓦迪家"。但父亲过世后，他发明的姓氏也没人用了，家人恢复了引以为傲的部族姓氏。父亲的生平就这样被粗暴地抹去。因此，马哈茂德还是坚持使用"萨瓦迪"为家族名,并在报章杂志上以此姓氏发表文章。

4

马哈茂德从哈迪院子里的木椅上站了起来。他抬头望着天边的暮色,太阳即将西沉。他深吸一口气,转头看着哈迪说:"如果你不能拿出有力的证据来证明这个'无名氏'实际存在,那我绝不会相信你。"

他手伸进口袋,拿出录音笔交给哈迪说:"不如你来采访他吧!问他做了什么事、去了什么地方、待在哪里,把一切都用录音笔录下来。"

他走向哈迪,要他靠过来看。他教了他如何开、关录音笔,大概反复解释了五分钟,还让他自己试录看看,再把录下的声音播出来,好确定他真的搞懂了。

"要常常留意电量!电池很容易就没电了。"

马哈茂德丢下这句话就离开了。他不知道自己刚刚到底在干么。这个捡破烂的可能明天就会把录音笔拿去卖了吧!他一定是工作太累了,不然就是哈迪的故事太猎奇,所以他还想听更多。但如果哈迪真能证明这种神话般的东西确实存在,他到时候真的会相信吗?

他朝欧鲁巴旅舍走去,一边想着赛义迪,想着他的恶魔女人,想着他的朋友,想着他二十年前去世的父亲。

回到旅舍,他发现大门前的人行道上放了一部小型发电机。是阿布·安马尔弄来的。这么一来,目前有住人的四间房的电扇和照明,还有旅舍大厅和阿布·安马尔个人的房间都不怕没电了。

他走上楼,扑倒在床上,整整躺了一个小时。他走了太多路,觉得脚有点痛。吊扇强劲的风吹打脸庞,他闭上眼睛,记忆中父亲的面容浮现出来。父亲穿着长袍坐在家中客厅,戴着眼镜,跷着二郎腿。父亲的大腿上搁着厚木板,木板上放着一本打开的作业簿,他正静静埋首写东西。

不知道过了多久,他睁眼的时候只见一片漆黑。他下楼到隔壁的餐厅吃晚饭,回到旅舍时,看到住在旅舍的阿尔及利亚人和另一个老房客在大厅坐着。阿布·安马尔和定期陪母亲来打扫的少年安德鲁也在。大家正在看电视,发电机在外头嗡嗡运转。马哈茂德和每个人打了招呼,然后也坐下来看电视。他发现法里德穿着灰西装、黑衬衫,系着红色领带出现在电视上,不禁十分惊讶。法里德看起来非常上相,马哈茂德从没见过他这么帅气的模样。

阿布·安马尔摘下厚重的眼镜,叫安德鲁去街上的茶摊买四杯茶,少年便马上起身出去。电视正播放谈话节目,每个人都看得入神。

"真是太惨了!这真是伊拉克史上最严重的灾难。"阿布·安马尔说着。大约有一千个人丧生,有人被淹死,有人被踩死,但无人知晓谁才是真正的凶手。政府发言人面带微笑走了出来,一如往常。声明稿说政府成功阻止了伊玛目桥的自杀式攻击,但凶手仍在逃。

"如果凶手引爆了身上的炸弹,今天可能就会有数万名丧生者。"

发言人说完这句话,旅舍大厅立刻传出此起彼落的嘘声,就连外面也传来嘘声。忽然有个巨大声响把众人吓坏了。不过他们很快就发现那只是大卡车的喇叭声,可能只是某个不怕死的小孩在大马路上乱跑,差点被卡车的大轮胎撞到之类的。

政府发言人的影片播完后,画面又回到节目上。主持人请来宾发言。法里德正帅气地提出他的观点:"如同我先前所言,政府必须为这起事故负责,因为是他们把水泥路障设在桥上,如果安检措施设在桥的前方或后方,就不会造成这样的推挤。"

节目主持人举手打断法里德。镜头带到另一位来宾,是个留稀疏白须的秃头老先生。主持人问了他一样的问题:"谁该为这起事故负责?"老先生回答:"当然是基地组织!还有萨达姆·侯赛因政权的前朝余孽!退一百步讲,就算不是他们策划的,这些事也跟他们脱不了关系!他们犯过那么多的案件,现在光是听到他们的名号就会人心惶惶!怪不得治安这么差!"

主持人插话:"有人认为,在桥上放消息说有自杀炸弹的人必须负责。他应该要知道这样做会造成什么后果!"

"不!我不认为他该负责。再说也没有人知道消息是谁放的。重点是,这样的消息不管怎样就是会渲染开来……说不定放消息的人是好意啊!他真的以为有自杀攻击,所以才提醒大家!"老先生响应。

主持人又转头问法里德还想补充什么。他说:"老实说,每个人或多或少都必须为这起事故负责。大家不妨想想，发生在我们身上的这些悲剧和事故，背后都是同一个原因：恐惧。桥上的无辜百姓之所以丧生，是因为他们恐惧死亡。每天都有人因为恐惧死亡而死亡。为什么有些地方会支持基地组织，提供他们藏身的地方？那是因为他们害怕被其他地方的人欺压！而其他地方的人也是出于一样的原因，他们怕被基地组织攻击，所以组成武装团体来保护自己。他们因为害怕被杀，所以也成了杀人武器。政府和入侵我们国家的外国势力若是真想终止这一系列悲剧，就得先解决这样的恐惧，不然每天都会有越来越多人死于恐惧。"

5

马吉德准将刚好也在看谈话节目，他很中意法里德的黑衬衫搭配灰西装与红领带，这样的穿搭实在太棒了。说不定应该派个随从去帮他买一套类似的服装来搭配。不过回头想想，他好像也没有场合可以穿，他多数时间几乎都在这里坐镇，像在坐牢。

他随意转换电视频道，所有频道都是关于伊玛目桥事故的报道，而且所有人都在互相指责。心中有一个声音告诉他：他们全都错了。真正的凶嫌还在逃，得把他抓起来才行。说不定今晚就是逮捕犯人的大日子。

他喝了一口眼前的茶，听到门外传来轻轻的敲门声。两名男子走了进来,看起来很年轻,有点胖胖的,头发很短,而且都穿着粉红色衬衫、黑色卡其裤。他们向他敬礼后立正站好。

准将又喝了一口茶,望着他们,开始说话。他的语调极为谨慎而坚决。今晚可能就是他立下大功的好日子。其实他大可不必要这两个人进来,这么做只是想满足自己的控制欲而已。他对他们说着其实没有太多意义的话:"准备展开行动了吗?"

"报告长官,是!"

"不要引起骚动。像平常一样行动,知道吗?保持威风的气魄,把他抓了就马上回来。快去吧!愿真主助你们一臂之力。"

"遵命,长官!"

两个胖胖的年轻人又敬了一次礼,动作坚定而敏锐。然后他们迅速退下了。

马吉德准将想再喝一口茶,却发现茶冷了。他伸手拿桌上的档案,又看了一次。档案写的是侦调局占卜通灵小组的预言报告,十五分钟前才交到他桌上。报告指出必须立即动员一组人马去追缉"头号罪犯"——也就是话很少的大占卜师所说的"没有名字的家伙"。

他今晚也要在局里过夜,他要等特勤小组回来,希望一切在今晚就能有个了结,好让他可以不必再头痛或担心紧张。到时候他在美国人面前就更有地位了,看他不顺眼的执政当局也将对他另眼相看,说不定还能升上更高的官阶,不必继续待在这个蹲了两年的阴森鬼地方,终于有机会大鸣大放。

不知道这个凶嫌的长相是什么样子?准将一边想着,一边在偌大的房里来回踱步。这个子弹杀不死、伤不了的人会是如何呢？他的外貌到底有多凶恶、多丑陋？再说，要如何抓住这样一个人呢？如果他真的不怕死也不怕子弹的话？他是不是有什么超能力？会不会从嘴巴喷出火来，把特勤小组烧成灰？他会不会有隐形翅膀，飞到空中把追捕他的人都甩开？或是他会在众人面前突然隐身，凭空消失不见？

他知道，这些问题再过两三个小时就会有答案。

第九章　录音

1

马哈茂德在迪尔夏德饭店二楼的房间里,他拉开阳台的落地窗,一阵热风扑面而来。他望着萨尔敦街,柏油路的热气冉冉上升,往来车辆的车身和玻璃窗映射着刺眼阳光。光是在楼上看着热浪的威力,就足以让他今天整个白天都不想离开饭店。

马哈茂德终于搬出欧鲁巴旅舍,改住迪尔夏德饭店。这可都是赛义迪循循善诱的功劳!赛义迪八成希望他搬到一个更能专心工作的环境,毕竟有很多工作要交付给他。

他将全开式的玻璃落地窗关上,街上的吵杂声和汽车引擎声也随之隔绝。他拿起桌上的冷气遥控器,将温度调到二十四度。他坐在木椅上,手肘靠着咖啡色圆形木桌,把录音笔靠向嘴边——仿佛在模仿他看过的美国电影情节。他按下录音键,开始记录自己的心得。他想把这两天发生的事情整理一下,特别是他和哈迪之间的秘密谈话。

那一天的哈迪有问必答,他很想让马哈茂德相信他说的是真的。但平常的哈迪可不是这样。他说故事的时候通常轻松愉快,心中明白其他人根本不相信他口中的一切,因此反而很享受这种不被相信的感觉。然而他把无名氏那些不可告人之事告诉马哈茂德的时候,似乎一点也不享受,比较像是基于某种责任感而必须把信息传达出来。

无名氏找上哈迪的那一晚,拜塔温区刚好发生了多起凶杀案。也是在那一天,阿齐兹警告他不要再跟别人说他捡残肢破体来缝的事,因为阿齐兹觉得讲这个故事已经不好玩了,甚至会害哈迪被抓进去。当时,哈迪正要干掉最后一杯亚力酒,无名氏就出现在他的房门口。一开始他还以为自己是喝多眼花了,一切就像是做噩梦。但无名氏一步步逼近,他的形象越来越清楚,哈迪心想:"该死!他来找我绝对没好事,他一定是来杀我的。"

无名氏说的第一句话验证了哈迪的直觉没错,他今晚的确是为了杀他而来。

"是你害死了饭店警卫哈西卜!如果不是你从饭店门口经过,警卫也不会走到铁栅门旁。如果不是你,说不定他可以保持一段安全距离,说不定他还会待在木头哨亭里,说不定他就可以远远地朝驾驶垃圾车的自杀袭击者开枪。他很有可能只会在爆炸中受到轻伤,就算被炸飞,应该也只有瘀青和擦伤,总之他肯定不会死。他在爆炸隔天早上还可以回到年轻的妻子和年幼的女儿扎赫拉身边。他和妻小吃早餐的时候,很可能会开始考虑换掉这份危险的工作,改到四十四区的路边摊卖瓜子。"

无名氏的意图很明显,他今晚就是来替饭店警卫报仇的。哈迪只能鼓起勇气,试着替自己辩解,因为他——某种程度上说——就像是无名氏的父亲一样。他可是在这个世界上创造他的人！难道不是吗？

"哈迪，你只是一个桥梁。历史上不知道有多少伟人和天才诞生自愚蠢无知的父母！但造就他们的并不是父母，而是当时的时空、环境和许多他们无法控制的事情。你不过是一个媒介而已。如果说上天有只看不见的手，而生命就像是西洋棋棋盘，那你不过是这只手在下棋时所戴的橡胶手套罢了。"

好一个比喻！所以说，哈迪所做的一切就只是先搭好一个通道、一座桥梁，然后等待命运的列车疾驶而过。哈！现在这辆车要过河拆桥了！而且哈迪所做的事情在一般人眼中根本只有神经病才会去做！

哈迪和他争辩了好几分钟。而无名氏的犹豫说明了他不是非常确定自己在做什么。如果他本来就下定决心要杀哈迪，那么一开始就不会跟他多说。他会直接用那双强而有力的手勒住他，就像他勒死那四个乞丐一样。他会把哈迪勒到断气，再把发硬的尸体丢在肮脏的床铺上，然后一走了之。等到人们发现哈迪的尸体，很有可能是一个月后了，因为自从纳希姆死后，再也没有人来找他。他已经没有那么好的朋友了，不会有谁特别想念他的。

无名氏似乎尚未下定决心，他需要做些别的事来沉淀一下。他看到房间远处墙上挂着宝座经文。他盯着经文，发现瓦楞纸板破损的一角悬在那里。他往前走了几步，伸手扯下破损的角落，结果其他几个角落干掉的面糊也随之脱落，经文的瓦楞纸板一下子就掉下来，仿佛它一直等着被人扯下，随时准备好要离开这面墙。哈迪已经记不得纳希姆是什么时候、用什么方法把经文贴上去的。他们住进来的时候,经文就已经在那里。无名氏把经文丢到旁边,墙上出现了一个凹洞,大约高五十厘米、宽三十厘米——哈迪隔天早上就会知道这个乌漆墨黑的洞里放些什么了。

无名氏带来的压迫感,使得时间分分秒秒过得奇慢无比。但哈迪在过程中也了解到,无名氏其实不确定今天晚上要做什么。无名氏转头看着哈迪,向他坦承自己其实很困惑,但哈西卜的灵魂仍然执意要求复仇,他必须杀掉害死他的人。

"害死他的人是苏丹籍袭击者。"哈迪的语气相当肯定,试图让局面变得对他有利。

"对……但那人已经死了。我要怎么杀一个已经死掉的人?"

"不然,饭店的高层……经营饭店的那家公司。"

"嗯……也许吧!我得找到害死哈西卜的真正凶手。好让他的灵魂恢复平静,结束他的痛苦。"无名氏说。然后他走向一个木箱,坐在上头。

2

马哈茂德翻开最新一期《真相》杂志,阅读赛义迪写的每周专栏:

> 世界上存在着人类不知道的法则。这种法则和物理法则不同,物理法则无时无刻不在运作,诸如刮风、降雨、

石头从山上滚落到平地,都与各种物理法则密不可分。物理法则具有规律性,人类可以观察它、发现它,进而给予明确的定义。不过,有的法则不一样,它只会在特定情况下发挥作用。人们往往对于这类法则造就的事情讶异不已,他们会说:"这是不可能的事,这是神话。"如果是好事,他们会说:"这是奇迹。"但他们不会承认自己对于这些事背后的法则一无所知。人类过于志得意满,向来不会承认自己的无知。

马哈茂德心想,也许这段话多多少少解释了无名氏存在的原因。不过还是哈迪的版本比较有想象力:无名氏是来复仇的,他的身体由好几名受害者的尸体残骸组成,上面附了一个枉死的灵魂,被取了一个枉死之人的名字。他得帮这些人报仇才能让他们安息。他是为了替他们报仇而生的。

无名氏告诉哈迪,那一晚四个酒醉的乞丐看到他就围了过来,他已经尽量不去理会他们,但是乞丐充满敌意,仿佛要杀死他似的扑了上来。可能是他们觉得他的脸太丑了,所以才袭击他吧!搞得好像跟他有深仇大恨似的,虽然他根本不认识他们。不过呢,他们惹错对象了。

四名乞丐和无名氏扭打了半小时,他们想出拳打他、掐住他的脖子,但其中一人却在黑暗中误抓同伴的脖子,发疯似的把他掐死了。然后他眼睁睁看着另一名乞丐也掐死了自己的同伴。所以说呢,两个乞丐就这样冤死了;另外两个没死的是凶手。因此,他只好把两个凶手勒死,替枉死的乞丐报仇。某程度而言，其实他们跟自杀没两样。他们心中早已充满负面能量，而穿着丹尼尔旧衣的无名氏走进那条暗巷，就像点燃导火线，引发了他们的杀机。但乞丐根本杀不死他，所以他们了结了彼此的性命，无名氏只是顺手帮他们一把而已。那个莫名其妙的夜晚发生的事情就是这样。

"也许他们每晚喝得烂醉就是为了得到解脱的快感。而那天晚上丹尼尔——或者说无名氏——的出现正好让他们死个痛快。"

"他们之所以会死，是因为他们自己想死。隔日清晨，街坊邻居发现他们离奇的死状——一个个就地盘腿相互掐死彼此——不也正透露出这样的含义吗？"

马哈茂德用录音笔录着音，这些是哈迪从无名氏那里转述来的话，不过他自己稍加润饰过，另外还有一些纯属个人看法。

"也许没什么人会相信这些事情吧！不过世上的一切罪业，不都是这种似是而非的道理铺盖而成的吗？"马哈茂德说完停顿一下，然后继续录下无名氏的故事。

无名氏本来的计划不是这样的，他没有想过会把一些根本不是他敌人的人牵扯进来。当然，他也不怕别人杀他，他知道自己没那么容易被杀死。但是他不想过于高调，他的目的又不是当上超级英雄，再说他也不想造成人们的恐慌。他的使命可是很崇高的。他应该要尽可能干净利落地结束一切。乞丐四尸命案发生后，他在自由纪念碑附近的街上被警车盘查，又不小心杀了人。所以在那之后，他决定行动的时候要尽可能避人耳目。

无名氏坐在哈迪房里一个倒置的木箱上。而哈迪正比手画脚地告诉他,现在大家都把他当作危险的犯罪分子,他的事情不仅传遍了整个街区,还传到巴格达其他区域。不过他本人根本不是那样的啊!

他杀了阿布·扎伊顿是为丹尼尔·泰达洛斯报仇。他在妓院杀了那名军官是为了替他身体某个部位的主人报仇——军官害死的那个人的手指刚好被哈迪捡来装在无名氏手上。无名氏打算这样一直做下去,直到最后。

"最后是什么?他要如何结束这一切呢?"马哈茂德问。哈迪沉默了片刻,答道:"他会把他们都杀了,把害过他的坏人全都杀了。"

"杀完之后呢?"

"他会慢慢肢解,回到他原来的样子。分解,死亡。"

哈迪自己也在无名氏的死亡名单上。无名氏必须尽快完成使命,他的时间不多了。此时他大可站起来一把掐死坐在床上的哈迪。他如果这么做,哈迪八成会把刚刚喝的亚力酒全都吐到枕头上。但他似乎还没下定决心。狡猾的哈迪发现了这一点,顺势说道:"让我排在最后吧!我本来就不想活了……我的性命算什么?我算什么?我是烂命一条……我什么也不是!对我来说,死了和活着都一样什么也不是!杀了我吧!不过请让我最后一个死!"

无名氏不发一语地看着哈迪,他凹陷的眼窝漆黑无比。他的沉默已足以让哈迪安心,他今晚不用死了。

3

无名氏来访的隔天,哈迪去找马哈茂德,告诉他录音笔已经交给无名氏了。马哈茂德脑中闪过一个画面:在东门的二手市集,有个拾荒者到处兜售他的录音笔。不过十天之后,哈迪真的把录音笔还了回来。马哈茂德把他想得太坏了。这么说来哈迪并不是那种手脚不干净的骗子。马哈茂德打开录音笔,发现记忆卡完全满了。

那天,哈迪就像往常一样待在庭院,面对他的房间。他把床铺移到户外,躺在床上看夜空,天上星星很少,零零落落的。就在那个当下,差不多是快半夜的时候吧,当时马哈茂德还住在欧鲁巴旅舍的破烂房间,正吹着嘎嘎作响的吊扇试着入眠,忽然间枪声大作。

听见枪声其实只是巴格达的日常,但是枪击地点似乎就在附近。哈迪忽然担心起来,说不定流弹会从空中落下来打到他,他就死在院子里的床上了。

骚动的源头是那两个穿粉红色衬衫的年轻军官,他们带了侦调局特勤小组去追捕"头号罪犯",成员里还有一名侦调局的占卜师。在占卜师的协助下,他们得以确认头号罪犯的所在地,逐渐缩小搜索范围,最后将他包围在一条漆黑的巷子里。但他们根本抓不住他。虽然马吉德准将交代要保持低调,但他们完全忘了子弹杀不死他,只是一个劲地朝他开枪,手枪、机关枪全用上了。

头号罪犯飞檐走壁地奔跑，特勤小组一路追在后头。后来，一名年轻军官成功堵住他的去路，一把揪住他的衣服，两人徒手打了起来。年轻军官打算先拖住他，等到队友赶来就能将歹徒制伏。但是不出几分钟，军官显然敌不过他。无名氏勒住军官的脖子，他的眼珠子都要从眼窝里蹦出来了。接着，无名氏看见追兵赶到，把军官的头往墙上一砸，然后一溜烟地跑了。军官蹒跚走了几步，像是死了一样瘫倒在地。而无名氏已经完全逃出视线范围。

半小时后，街区恢复一片死寂，没有枪声，任何声音都听不到。哈迪从闷热又充满霉味的房间走出来，正想着要再躺回床铺上，却看到床上已经坐着一个人。是他的朋友无名氏。

哈迪当下心想：惨了！无名氏该不会把其他仇人都干掉了，只差他这条烂命还没回收？不过无名氏率先开了口，告诉他整个街区已经被警察和特勤小组包围。无名氏要在他这儿避避风头，等到确定那些人走了再离开。

他说，他每天都有新的发现。例如，他发现身上的肉体过了一段时间会自己掉下来。可能是因为他没有及时替那个部位原先的主人报仇吧！他还发现，如果他替其中一个受害者报了仇，身上属于此人的部位也有可能会脱落，像是它已经失去了存在的必要。

哈迪松了一口气，坐到床上，就在无名氏旁边，还闻到他身上的腐臭味。哈迪说，需要帮忙的话他可以提供协助。无名氏说，他需要新的受害者肉体来填补身上脱落的部位。哈迪答应明天开始会试着帮他找找看，但其实心里想的是完全相反的事：太棒了，无名氏很快就会自己烂光光，以后就不用怕他来找他报仇了。

无名氏转头看着他说："不仅仅是这样……更糟糕的是，我觉得我被有心人士恶意中伤，他们竟然说我是坏人！要搞清楚，我可是这片土地上唯一的正义化身！"

这时，哈迪才想起马哈茂德的录音笔。他站起身，问无名氏要不要一起喝一杯，不过他拒绝了。哈迪走进漆黑的房里，点了煤油灯，拿出几瓶珍藏的好酒，给自己倒了一杯，然后看着无名氏说："你应该找人来采访你，把你的事情告诉大家。"

"采访？我才跟你说过不想引人注意，你还要我找人来采访？"

"算了吧！你已经是话题人物了。你应该替自己辩解，这样才会有支持者来帮你做事。不然，你现在可是全民公敌。"

"那谁要来采访我？难道我要自己走到电视台吗？你说的是什么疯话？"

"我，我来采访你。"

哈迪说着掏出录音笔。他试着将录音笔打开，却完全忘了马哈茂德是怎么教他的。哈迪最终还是打不开。于是无名氏接过录音笔，东按按、西按按，就这样坐在床上研究起来。坐在一旁的哈迪正试着品尝温热的亚力酒，没有冰块可以加，也没有下酒菜可以配，只是为了喝酒而喝酒。

接着又一阵枪声响起，无名氏站起身，别过头看着哈迪说："我自己来采访好了……不过，这样有用吗？"

"没关系的……"

哈迪话还没说完，无名氏已经走远，还身手矫捷地爬上瓦砾堆，往隔壁伊利希娃老太太的房子跑去，转眼间不见踪影。这时胡同里也刚好传来人们的追逐和吆喝声，还有一阵阵的枪声，听起来似乎就在附近。

4

隔天早上，整个街区都被伊拉克政府军和美军宪兵封锁了。马哈茂德本来还想去上班，却根本走不出去。他被一个非洲裔的美国军人拦下来，本来想上前表明自己是记者，但美军却举起武器对他大声吆喝。马哈茂德吓死了，只好又走回旅舍，他看到阿布·安马尔和几个人坐在大厅讨论昨晚发生的事。昨晚他们抓人抓得可勤了，好像在追捕某个歹徒吧。他们到处攻坚，好几户住家的大门被踹烂，门锁也坏了。他们在黑暗之中，伴着手电筒的灯光逮捕了好几个可能的嫌犯。但是真正的凶手还在逃，所以街区马上被封锁起来。凶嫌还在拜塔温区，尚未离开呢！

马哈茂德只好打电话给总编辑，告诉他眼前的情况，跟他说今天恐怕不能到杂志社上班了。但赛义迪反而叫他待在街上观察发生了什么事，顺便找人采访一下，最好是找到伊拉克军方的人，试着问问他们为何出动这么大的阵仗。

马哈茂德听赛义迪这么说其实很不爽，但他还是出去了。不过他打听到的消息也没有多大价值。有人告诉他，军情局的一名军官昨晚在镇上抓恐怖分子的时候头部受了重伤,现在人已经在医院了。

到了中午,搜查总算结束,封锁也解除了。马哈茂德亲眼看到几个年轻人和中年人遭逮捕,双手铐在身后被押上军用车辆。马哈茂德立刻发现这几名嫌犯基本上都有个共通点:长相丑陋。有人是先天残疾所致;有人可能是在恐袭爆炸中烧伤毁容;另一些人则是不折不扣的疯子,他们一脸无所谓,完全看不出任何担心害怕的样子。

马哈茂德走回欧鲁巴旅舍,回到他的房里。但下午三四点时头顶的吊扇忽然停了,原来是阿布·安马尔特地为四名房客买的小发电机出故障了。发电机修了很久还是没好,马哈茂德整个人仿佛浸在汗水之中。于是他决定去阿齐兹咖啡厅,阿齐兹早在夏初就在店里装了一部大冷气,就在橱窗上方,用铁架支撑着。马哈茂德在咖啡厅遇到哈迪,他坐在落地窗旁的老位置,正抽着水烟呢!

马哈茂德坐到他身旁,同样叫了一壶水烟,点了一杯茶。哈迪很高兴,显然是找回了以往的自己。他很笃定地告诉马哈茂德,搜捕行动的目标是"无名氏",但他们没抓到他。他还说,他说服了无名氏来做访谈。

"他会自己采访自己。"

哈迪说着这话的同时,马哈茂德只想到他的录音笔没了。唉!一百美元就这样飞了。大家都叫哈迪"骗人迪",看他一副轻松自在、谈笑风生的样子,肯定是在耍人。

不过呢,十天后哈迪竟然把录音笔还给他。马哈茂德花了好几个小时聆听录音内容，听了一遍又一遍。录音者所说的话简直就是一个奇幻故事，完全勾起了他的好奇心，让他更想要细细琢磨里面的一字一句。而且录音者传达出一种很强烈的人物形象，他觉得那一点也不像是哈迪瞎编出来的。那人应该是现实中有血有肉的人，就像马哈茂德、哈迪、阿布·安马尔还有其他人一样吧！

马哈茂德听了一整晚的录音。整个人沉浸在那个奇幻故事里。同时，他也沉浸在欧鲁巴旅舍的闷热浪潮中。隔日，赛义迪注意到他脸上挂着黑眼圈。

"别再过得像原始人一样了，换间旅馆吧！我还有好多事情和工作要交给你呢！希望你保持活力。"

就是赛义迪这番话，让马哈茂德决定搬到阿蒂巴路上的迪尔夏德饭店。马哈茂德出现在阿布·安马尔眼前的时候，带着行李和书，以及为数不多的家当，一副准备要走的样子。马哈茂德心想这对他一定打击不小吧。不过阿布·安马尔没多说什么，只是敬业地计算马哈茂德积欠的房费，帮他办理退房。马哈茂德还没来得及告诉哈奇姆他要搬走，因为哈奇姆从一周以前就没回来过——他常常跟着新闻社的人四处拍摄，往来于各个省份之间。

马哈茂德把他和哈迪之间发生的事情告诉赛义迪。赛义迪听了好像相当感兴趣。他邀马哈茂德走出办公室，要他坐在杂志社的中庭继续讲，还叫工友阿布乔尼泡了茶。赛义迪一边听他说话，一边看着中庭的杂草和稀疏树木——事实上天气已经热爆了，就连植物也散发着强烈的湿气。

"我们每天都该花些时间看看绿色植物,这对身心健康很有帮助、很重要。"赛义迪阐述他的看法,"你不觉得在路上都快被那些灰色水泥墙压得喘不过气了吗?这样至少可以缓和压力。"

赛义迪的回应似乎和哈迪的奇幻故事八竿子打不着。马哈茂德不太确定是否要继续讲下去。嗯,还是等赛义迪指示比较好。

两人静默了半分钟。赛义迪转过头对他说:"你来写个跟这故事有关的主题吧。下一期杂志由你负责写一篇相关报道或人物专访。"

两天后马哈茂德把他的文章《伊拉克坊间传奇》交了出去,马上得到赛义迪的赞赏。经由美编排版之后,他的文章旁边还多了一大张图片,是罗伯特·德尼罗在电影《弗兰肯斯坦》里的剧照。马哈茂德对于这样的结果不太高兴,特别是他发现文章标题被改掉了。

"弗兰肯斯坦在巴格达!"赛义迪大喊着,笑得合不拢嘴。

马哈茂德本来想要尽量中立、客观一点,但赛义迪似乎希望他的文章多些娱乐性,所以把标题改得比较耸动。赛义迪自己也在这一期杂志中针对同样主题写了篇文章。

此时此刻,马哈茂德手里拿着新出刊的杂志,躺在迪尔夏德饭店二楼的房间床上。冷气让他觉得有些寒冰刺骨,于是他把温度调高,免得感冒。他试着再多睡一些,享受一下假日时光。他盯着杂志封面,看到罗伯特·德尼罗抑郁的眼神,仿佛望着一个冷酷无情的世界。马哈茂德心想,如果无名氏真的存在，他对于这篇文章会有什么感觉？他是否会觉得自己神圣的使命又再次遭到误解？

如果哈迪有机会翻阅这本杂志，他又会说些什么？他会褒还是贬呢？

5

马哈茂德赖在床上自我陶醉时，马吉德准将在侦调局的豪华办公室。他站在冷气前方，试着多吹些冷风。他知道这样对健康不太好，但又觉得头顶的温度热得不寻常，一定是血压升高了吧！整个上午他的手下都不敢来打扰他，一直到他午觉睡醒，他们才把最新一期《真相》杂志呈给他看，这还是他从小到大的朋友阿里·巴希尔·赛义迪所发行的。

他把马哈茂德的文章读了两遍。他觉得文章内容提到了一些机密的事，如果未经侦调局许可，这些东西是不应该刊登出来的。但对于新闻自由他也无可奈何，谁教这国家在一夕之间就有了新闻自由呢？赛义迪选错主题了，刊登这类议题之前，应该先来找他讨论啊！

他肥胖的脸颊被冷气吹得十分冰冷，但他还是觉得体温不断升高。他把杂志扔到大办公桌，拿起桌上的移动电话，拨电话给赛义迪。

赛义迪还是像平常一样有说有笑。"嘿！这没什么大不了的好吗？"

"写这篇文章的记者有没有和嫌犯见过面?"

"我觉得你搞错方向了。他只是访问了一个想象力丰富的小老百姓……这件事情再简单不过了!朋友啊,那个人只是在鬼扯。"

"对,但他说不定就是我们在找的嫌犯。他皮肤是什么颜色?身上有没有枪伤,或是缝线的疤痕?"

"我不知道……嘿!朋友,这只是坊间流传的怪力乱神罢了!"

"不,这不是怪力乱神。主笔的记者现在在你旁边吗?"

"拜托,今天是星期五耶!你难道人不在家里吗?"

"这个年轻人住哪?"

马吉德准将把他的地址抄在便条纸上,挂了电话。他按下传令铃,一名壮硕的青年走了进来。他对准将行礼,立正站好。

"给我叫伊赫桑过来!"

过了一分钟左右,一名胖胖的青年走了进来。他脸上没有留胡子,头发很短,身穿粉红色衬衫和黑色卡其裤。

"你拿着这个地址,现在去把这个叫作马哈茂德·利亚德·穆罕默德·萨瓦迪的记者带来。"

第十章　无名氏

1

"喂……喂……"
"已经开始录音了……"
"我知道……喂喂……"
"要小心电池没电……"
"拜托安静点……喂……喂……嗯。"

我的时间不多了。说不定某天晚上当我走在大街或小巷时，身体就会自动融化。可能还来不及完成我所肩负的使命，就这样结束了。这支录音笔很容易没电，是某个记者交给我那拾荒的可怜父亲的。时间对我而言，就像录音笔的电力一样，不太多，也不太够。

那个拾荒的可怜人真是我父亲吗？他只是我过渡而来的渡口，一切都是按照天父的旨意运行——就像我那可怜的母亲伊利希娃常常说的一样。她非常可怜。他们都是可怜人。我听到了可怜人的呼救声，所以我来了。我就是上天的回应，我就是解答。就某方面而言，我就是救世主，我是人们等待、希冀、盼望的。沉睡已久的天理苏醒了，它的隐形齿轮终于再度转动。它的齿轮太久没用，都生锈了。上天听到受害者的呼喊，他听见受害者亲友的祷告，这众多纷杂的声音汇聚起来，推动了齿轮的运转。

就这样，黑暗之中有了一道光，生下了我。我应受害者的呼救声而来，来帮他们伸冤，来帮他们复仇。

我要扫除一切的罪恶——假如上苍与我同在的话。我要在这世上实现最终的正义。人们再也不必煎熬地痴心等待，不必等到死后上天堂才见到迟来的正义。

我是否能完成使命？我不知道。但至少，我要试着为正义树立典范，替那些在生死关头痛苦挣扎、孤立无援的无辜受害者讨回公道。

其实我心里很清楚，有没有人听我说话或知道我的事情，对我来说根本没有太大差别。我并不是为了沽名钓誉而来。然而，现在却有人曲解了我的使命，我的行动也越来越艰难。所以，我发现自己不得不发表这篇声明。他们把我说成罪犯、杀人魔，把我跟那些我要报复的对象混为一谈。这真是太冤枉了！以是非对错来区分的话，人们应该跟我站在同一阵线，应该帮助我一起实现世上的正义。这世界已经有太多的贪婪、太多对于权势的迷恋，以及永无止境的嗜血杀戮，因而残破不堪。

实际上，我并不要求任何人与我并肩作战，或是以我的名义去制裁恶人。我只要求你们别妨碍我的道路，见到我无须惊慌。这些话是对生性善良、爱好和平的人说的。我只要你们替我祈祷，在心中祝福我战无不胜，祝我能及时完成使命——在我支离破碎之前……

"你看！电池没电了……"
"你为何要打断我？有没有搞错！"
"主人，电池没电了……"
"好……没关系。你现在出去买一整袋的电池，如果没有买到，就不用回来了。"

2

　　我目前住在一栋没盖完的荒废大楼里，就在巴格达南方，杜拉城的亚述基督徒区附近。这区域是个危险的战区，刚好位于三大势力的交火范围：其中一股势力是伊拉克政府军和美军，另外两个分别是什叶派与逊尼派的武装团体。我所住的大楼，我称之为三不管地带。因为这里附近一平方公里内的建筑，从没有一天是属于这三方之中任何一方的。正因这里是如假包换的战场，所以完全没有住人，又因为完全没有住人，所以非常适合我。
　　附近的房子早已人去楼空，那些断垣残壁反而为我提供了庇护，形成我的安全通道。夜里，我从这些通道进出，执行我的任务。我总是特别小心，不让自己碰到上述三大势力的任何一方。实际上我和他们都在这个路线繁杂的迷宫里行动。而到了夜里，迷宫又显得更加复杂。我们会尽量避免碰见另一方，虽然我们同时也在寻找着彼此。

过去三个月，我身边慢慢聚集了一群帮手，他们和我住在一起。当中最重要的是一位老先生，我称他为"大法师"。

大法师本来住在拜塔温的相邻街区，阿布努瓦斯区的一间公寓里，他说他原先是旧政府法术师团队的一员，隶属于前总统。他曾施法挡下美军，让他们无法攻陷巴格达。但是美军除了有先进武器和重装备，同样也有一支可怕的妖精大军，美军的妖精把大法师和他手下找来帮忙的精灵打得溃不成军。

我初次见到他时，他似乎带着某种深沉的哀伤而活着，不仅是因为旧政府垮台了，更是因为他在生命中最重要的关头失败了。对他而言，他的法术再也起不了任何作用了。

不过，有个精灵在巴格达机场之役的大屠杀幸存下来，时常待在他身边，有时会在他寂寞时跑出来娱乐他。是这个精灵告诉他，他还有件重要的事情尚待完成；也是精灵跟他说了我的事，告诉他我长什么样子。

据我所知，因为旧政府犯下某个罪行，他也一同遭到起诉，所以才会从公寓逃了出来。现在还有人在到处追捕他。那些曾为他效劳的精灵都已经帮不上忙。现在他都待在我们的基地，几乎没有再走出这栋废弃大楼。他的职责是规划我的行动路线，帮我选定从杜拉走到巴格达其他区域的路线，以及返回基地的路线。他非常尽忠职守，因为他相信我就是对于伤害过他的那些人最佳的复仇与报复。

我的助手当中第二重要的人，他自称为"辩士"，头脑非常清晰。任何想法，不论是善良或邪恶，他总能找个好理由为它辩护，使之去芜存菁，变成强而有力的论述。所以说，他是个像炸药一样危险的人。对于我现在所执行的任务，我需要一个顾问。每当我对于某件事有疑虑，就会找他请教。我十分仰赖他。他可以让每个人都安心，还能强化大家的信仰，而那正是因为他根本没有信仰。某个夜里，我在萨尔敦街见到他醉醺醺地坐在马路边，当我遇见他时，他马上表示已经准备好信仰我了——虽然他根本不相信"信仰"这种东西——不过正因为其他人都不信仰我，也不相信我的存在，所以他反而相信我。

第三个重要的人，我称他为"敌手"，因为他是某个反恐组织的情报官。他让我对于敌人的组织有了清楚的概念，让我知道敌人是怎么想的、怎么行动的。此外，他还凭借职务取得了很多机密资料，将许多重要情报泄露给我，对于我艰难的行动有莫大帮助。至于他为什么会来帮我，那是出自于他的道德操守。他在政府的情报单位工作两年后，得到一个结论：他所追寻的正义早已被大卸八块，这辈子永远不会实现。

敌手现在就在我身旁。他为我奉献，全是因为他认为这是唯一可以实现他所渴望的正义的方法。

另外还有三个重要的人："小疯""中疯"和"大疯"。小疯是一开始录音时打断我的人，我已经叫他下楼，去附近几公里远的商店买电池，他得走过好几个危险的交火区。

小疯相信我是模范公民，他认为，从费萨尔一世国王[1]到美军占领以来，从来没人能建立像我这样的典范。正因为我身体

---

[1] 费萨尔一世是伊拉克王国第一任国王，1921年至1933年在位。

的组成涵盖了不同血源、不同部族、不同国籍、不同社会背景的人。我象征一个从未实现过的超级混合体。我是伊拉克一号公民,他是这么认为的。

中疯认为我是伟大的终结者,我将消灭妖邪之徒,清除异端。在我之后,各宗教都已预示过的那位救世主将会降临。而我现在所做的一切,将会促使救世主更快降临。

至于大疯,他认为我本人就是救世主。他甚至觉得,等他服侍我的时日再久一点,就能从我身上得到某种永生的力量。日后任何记载谈到伊拉克历史上和人类历史上这段最艰难、最关键的时期,必定会把他的名字也一起记录在我的名字旁边。

我曾跟辩士咨询过大疯的事情。他说,这个人疯得很彻底,就像是一张白纸,所以当你告诉他你的超能力,他就会自己编出一段神话故事。他说起这一切的时候,根本不晓得什么才是事实。

3

我昼伏夜出,通常日落后一两个钟头才行动,静静地穿越各阵营之间的交火区。战火从不停歇,空荡荡的长街上,就连流浪猫狗都没有。而我,是路上唯一的过客。越接近午夜,嗒嗒的扫射声越来越猛烈密集。有时,扫射声刚好停歇,沉寂之中什么也没有,只有我自己的脚步声。

我需要的东西一应俱全。行动所需的假身份证和文件都制作精良，不易被识破，是敌手帮我弄来的；大法师为我准备了巨细靡遗的路线规划图，让我能穿梭于各城镇之间的大街小巷，同时避开闲杂人等的耳目。

"三疯"通常负责我的服装，他们会根据我行动的区域与场所来提供合适的穿着。我的脸也会化妆，以便遮住伤痕、疮疤与缝线，大多时候是由辩士来打理。化好妆，他会给我一面镜子，等我确认好化妆效果，接着才是一个人行动的时候。

我的任务已经快要完成了。还剩下一名基地组织成员和一名委内瑞拉军人，基地成员住在阿布格列伯镇的一处民宅，就在首都的郊区附近；委内瑞拉军人隶属于一间安全顾问公司的军团，在巴格达工作。制裁了他们两人之后，一切就结束了。然而，事情的发展却不如我想的那么简单，一切还没能顺利告终。

那晚我负伤归来，全身都是子弹孔。当天晚上的任务目标是一个专门贩卖炸药的歹徒。当时战况激烈，他们火力全开，我几乎无法接近他，无法勒死他。他提供炸药给各式各样的武装分子，涵盖了各个政治团体与宗教团体。他根本就是个贩卖死亡的家伙，和党羽住在巴格达市中心舒尔察市场附近的房子。

三疯从我身体里取出好几颗子弹。大法师和辩士一起试着帮我包扎、缝合伤口。不过我肩膀上的一块肉却再也合不起来了，它就像一滩烂泥，像是腐败数日的尸体上的一块肉。

翌日我起床时，看到身上许多部位都已脱落，掉在地板上，散发着一股强烈的死尸气味。我的助手全都不见踪影。为了躲避臭味，他们全都跑到顶楼去了。

我拿一条大毯子将自己裹起来，开始寻找他们。毯子好几个地方都沾了我身上创伤处流出的液体。我站在顶楼，跟他们保持一段距离，我问他们："这是怎么回事……一切就这么结束了吗？"

大法师忧心忡忡地望着我。其他人抽着烟，透过顶楼围篱之间的缝隙，好奇地看着大楼四周的街道和巷弄的动静。大法师跟我说："当你每杀死一个歹徒，便意味着你身体某个部位的主人已经报仇，了却了心愿，所以属于他的部位就会从你身上自动化掉。这一切似乎有着一定的时限。如果你在时限内替所有枉死者报了仇，就能暂时保持身体的完整，一段时间之后身体才会逐渐化掉。但如果复仇速度太慢，身体就会开始崩落，剩下最后尚未复仇的死者的肉还留在身上。"

"鬼扯！"辩士反驳。他把烟扔到地上，接着说："他不会死，也不会化掉。我看你是在放屁！你这骗子休想唬我们。救世主是不会死的。"

他说完便转头望着大疯，毕竟他比任何人都还支持这个论调。大疯马上附和，他高举着手，摇着双拳不断重复道："对！救世主不会死。"

两人争执了起来，其他人只是注视着大楼下方发生的事。下面似乎有两派人马正准备在大白天里干架。待在楼顶从围篱缝隙偷看他们交火，其实风险也很大。子弹不长眼，附近的人都可能中弹身亡。但好奇心依然胜过一切，他们很想看看会发生什么事。

我将毯子铺在地上，烈日下，我赤裸着身子躺在顶楼，身上的弹孔和几处伤口的缝线迸裂处慢慢流淌着色彩鲜明的黏液。我想我需要进厂维修了，还需要新的零件——多么惊人的结论！

我听见下方传来交火的声音，众人屏息以待的激战开始了。机枪声震耳欲聋，伴着刺耳的呐喊。烈日之下，我觉得快被烤熟了，于是站起来，拿着脏毯子再度将自己裹好。我走向围篱边。两派武装分子很快就打得差不多了。其中一派人马瞬间溃散而逃，另一派抓到两名逃跑的人，用枪托殴打他们，将他们逼到一面半倒的墙，墙上布满了 PK 通用机枪扫射的弹孔。被抓住的一人受了重伤，他哀叫着，说不定还跪地求饶呢！另一人没出声，昂然而立，如同准备殉道的圣徒——仿佛他知道还有其他旁观者见证了这一幕，会把他令人动容的殉道过程传扬出去。这一切并没有花费太多时间。他们把两名年轻人推往墙边，接着大喊两三次"真主是最伟大的"，便拿起机关枪朝两人开火。两名年轻人立刻应声倒地。武装分子将机关枪扛在肩上，像是农人扛着锄头，接着便迅速离去。

我望着伙伴和助手，他们全都一脸惊恐，只有大法师除外。他似乎正想着什么。

"年纪轻轻就这么死了……多么可惜啊！"他说道，接着又意有所指地看着我，继续说："他们不也是受害者吗？"

"我不知道……你去问辩士。"

"我想他们全都是受害者。"

接下来三个小时，我右手大拇指和左手的三根指头掉了，鼻子也塌了。我正在凋零，身上出现了一个又一个大窟窿。我感觉虚弱不堪，非常想要睡觉。大楼的客厅摆着一些家具，是从附近荒废的房子拿来的。我的六位助手坐在客厅讨论事情，他们神情严肃、忧心忡忡，八成是在讨论我的状况吧！

根据原先的计划，我的任务在今晚就要告终。我会在科拉达的一家饭店抓住那名委内瑞拉佣兵。勒死他之前，我可能要挨上好几枪。接着我会搭乘一辆私家车离开，车辆原本属于某个情报局，是敌手帮我弄来的。我会乘车去阿布格列伯，任务将在那里结束。我会杀死那名基地组织的将领，然后消逝而去，我将与你们的丑陋世界告别。

黄昏时分，我已经陷入昏迷。再度睁开双眼时，看见三疯在我上方，他们弯着腰，满身是血，正用清水帮我洗去身上的血渍。我们在大楼三楼的一间公寓浴室里。他们好像刚做完什么事的样子。

当时，经过了激烈的争论，他们六人做出最终的决定；三疯下了楼，越过阴暗的街道，前往白天那两名年轻人的行刑之地。他们拖走了死状有如圣徒的青年尸首，留下那个哭着求饶的懦夫。他们把尸体拖回大楼，在一楼的某间房里为我准备合适的"零件"。他们将我需要的部位切割下来，放进黑色塑料袋，先把袋子留在房里，再将"圣徒"的尸体搬出去，弃置于美军飞弹轰炸过的房屋瓦砾堆。

大疯负责取下我身上腐烂之处，交由中疯与小疯为我接上新的部位，缝合起来。接着三人合力把我搬到楼上的浴室，为我洗去血渍与黏稠的血浆，再帮我擦干身体。敌手给了我一套美国特种部队的制服和适合的身份证件，辩士接手帮我化妆，用粉饼为我遮瑕。我的脸上厚厚一层都是女性化妆品。他给了我一面镜子，让我看看我的脸，我都认不出自己了！我张开嘴，才发现这就是我的脸，我问道："发生了什么事？"

"我们让你活过来了。"

大法师说道，他嘴里叼着烟，欣快地抽着，张开双臂搭在客厅的沙发椅背上。这一切都是他主导的，他说服了其他人。他说"圣徒"也是受害者，他的灵魂也渴求着复仇，所以拿他的身体来用是没关系的。他的身体就像一间摆满了全新零件的店铺，刚好可以拿来替换那些腐烂掉落的、已经报仇的部位。

我站了起来，觉得精力充沛，一股全新的活力涌了上来，就像睡了一场好觉醒来。我觉得周遭的脸孔有些陌生，也忘了早上我本来计划要做什么。我戴上海军陆战队的夏季军帽，迅速下楼，向东而行。今天中午的枪决之后，那个武装团体就是消失在这个方向。

我用"圣徒"的手指推开一扇又一扇的门，它指引我，告诉我该走哪条路。我见到那伙人坐在地上喝茶。他们在隔壁大楼布署了重重卫兵，却没注意到我。见我闯入，他们全都吓了一跳，眨眼间就举起机关枪，不过我的距离够近，能够徒手夺走他们的武器，直接跟他们拳打脚踢起来。有几发子弹还是射了出去。附近房间里的人也赶过来。他们开了很多枪，惨叫连连。然而幸运之神却没站在他们那边。许多子弹穿过我的身体，但我依旧一个接一个抓住他们的脖子，迅速勒毙。半小时后，这个团体只剩下一个人，他惊恐地蜷缩在房间一角。房里的灯光来自充电式照明设备，并不足以让我看清楚他的面貌。不过，他在哭。我静静地朝他靠近，他像只受惊吓的待宰羔羊，全然放弃了挣扎。我走向他，发现他全身发抖。他知道，今晚他和伙伴遇见的可不是一般的敌人。这一定是神谴。最后，在微弱灯光下，我看见了他的脸，他的双眼充满恐惧，他知道自己错了。在我碰他之前，他便自我了断了。

4

我杀了委内瑞拉籍的佣兵。他经营的安全顾问公司招募了许多自杀袭击者，造成许多平民丧生，其中也包括萨迪尔饭店的警卫哈西卜。我也杀了那名阿布格列伯的基地组织将领，是他策划了泰伊兰广场的汽车爆炸案，大爆炸夺走许多人的生命，包括鼻子的主人。那是哈迪从路边捡来装在我脸上的。为了杀他，我花了好几个星期准备，追查他的行踪，还混入与他敌对的阵营。我为这个行动下了不少工夫，但只要理由充分，要让敌人的敌人信任你，倒也没那么困难。

然而，随着身上陆续换上新的受害者的肢体，我心里的复仇名单也越来越长了。我身上旧的部位一脱落，助手就补上新的。就这样，直到一天晚上我才注意到，这样一来，我将会有永远杀不完的名单了。

时间就是我的敌人，时间不足以让我完成使命。我开始希望街上不要再有杀戮，这样才不会"制造出"新的受害者，我才能如愿完成使命，就这样消逝而去。

但是杀戮才刚刚开始。至少，从我现在所住的大楼阳台看出去是这样。甚至有时候我外出走在巷子里，经过许多死者的尸体时，竟然觉得他们像垃圾一样。

伴随越来越多的杀戮，我们组织的规模也扩大了。三疯弄来许多中型和轻型武器，在顶楼四面架设了PK通用机枪。他们还用不知哪儿弄来的杂物、水泥块、沙包将大楼入口封起来。他们就这样忙了好几天，后来我还发现有其他年轻人在帮忙。一夜之间，这栋大楼成了不折不扣的军事阵地，除了各式各样的武器，还有自愿前来守卫这个小小阵地的士兵。

三个疯狂的助手各立门派，各自宣扬着他们对于我的观点，因此招募到一些追随者，都是对社会不满、厌倦现势、找不到出路的人。

小疯与他的门徒占领了一楼的所有空间，门徒来自巴格达各个街区，他们都像他一样，相信我是伊拉克一号公民。而我后来才知道，他还给了他们号码来取代名字，比如小疯他自己就是二号，其余的人就从三号依序领取各自的号码，渐渐地，号码排序一天比一天长。

中疯与他的信徒在二楼占了几户公寓，他们相信我是死亡天使，就像黑洞一样，将会吞噬整个世界，届时神的恩典将充满全世界。

至于大疯，他占了二楼的另外两户公寓，他的追随者相较于另外两个疯子来得少。他拿着他写的"圣书"教诲信徒，他说我就是神在人间的化身,而他是这具化身的"窗口"。他规定信徒不能见到我,所以如果我从三楼下来,在走廊、楼梯遇到他们的话,信徒就要马上跪地,诚惶诚恐地用手遮住脸。

大法师对于这些后续发展感到很不满,他觉得这样下去一定没好事,我们现在越来越不低调了。

"如果大楼被轰炸,也许你不会死……但我们都会炸成肉屑。"大法师说完看着辩士,期待他附和。但辩士只是一脸呆然。后来大法师去了厕所,辩士向我靠近,好像想跟我说什么秘密:"他只是妒忌……他想要你永远在他的控制之下,听从他的话……我希望你别理会他。"

辩士对大法师完全没有好感。他的这番话在我听来,用意是要取代大法师的地位,试着排挤大法师,好让我更加信任他。他不爽大法师总是把许多事情都说得很笃定,特别是大法师为我规划的路线图通常都准确无误。

至于敌手,他倒不太常来这里。他会消失一阵子,然后带着新的东西出现。他上次带了一些无线通信设备和手机来,还在各楼层阳台装上监视器,连接监控屏幕。

那是他为了我和我的目标所做的最后一件事,也是他最后一次现身,后来我再也没见过他。几天后他打电话给我,语气充满担忧。他说,他们查出他的底细了。他工作的单位内部偷偷调查了他最近的几次行动,就连美方也就同一事件想要拘留他。他们很可能会指控他与恐怖分子来往之类的。

后来他就消失了。我想再回拨电话给他,但他的手机号码已经失效。

5

我知道，事情的发展不如我所预期。因此，我在这里央求所有听到这段录音的人帮帮我，别妨碍我的工作，好让我在最短时间内完成使命，告别你们的世界。我已经拖了太久。我知道我有许多先人，他们在古老的时期现身于这个世界，在艰难的时代完成使命，然后离去。我希望能跟他们一样。

我对于用来修补身体的肉块是很谨慎的。我要求助手别给我弄来"非法的"肉体，意即：有罪之徒的肉体。但是，一个人的罪业有几分，又有谁说得清楚呢？有天大法师如此问道。

"我们每个人的罪业，都包含了一定程度的善与恶。说不定今天有个无辜者遭人陷害而死，但他在十年前做了恶事，可能是抛弃了妻子，将老母亲弃置于养老院而不顾。或是，他让某个贫困的家庭断水断电，而那个家庭刚好有个生病的孩童，孩童因此就早夭了……诸如此类。"

大法师一边说，一边抽着水烟。而辩士一如往常，以最负面的方式来解读这些话。当天稍晚，有人跟我说美军已经从这一带撤离，于是我登上顶楼查看，进一步确认消息真假。我注意到辩士跟在后头。他站在我面前，脸色非常严肃地说："我求你别听信大法师的话……他是在说他自己……他就是那个恶人。他在十年前杀了人，抛弃了妻子和老母，还害死一个幼儿。他是有罪的，所以你千万不能相信他的话。"

我将目光从他身上移开，拿起敌手给我的望远镜，那是他最后一次来访时交给我的。我望着街道最远处，美军 M1 战车原先集结的地方。战车全都不见了，美军的营地也不见了，他们在附近高楼的侦察兵、街道上的卫哨也全都消失。就跟我听到的消息一样，他们全都撤离了。这很不寻常。

我转身面向辩士，对他说："别再一直想这件事了。脑袋别老是想着大法师。我只听你的。上次出任务，我不是按照你的要求，随身带了手枪吗？"

"对。"

"所以请闭嘴，今后别再提起这件事情。"

我继续拿起望远镜张望，思绪却想着别的事。我强烈怀疑，在最近一次的换肉手术里，我身上用了来自犯罪者的肉块。说不定他们在不知情的情况下误用了某个恐怖分子的肉。所以我才会觉得心情不太舒坦，有种心烦意乱的感觉。我继续观察街道、巷弄和建筑物的顶楼，看到视线都开始模糊了。一道强光照在乳白色的墙上，反射进我的眼睛，照得我看不见。我放下望远镜，揉着双眼，叫辩士带我下楼。

过了一个小时，我的视力才恢复。我很怕这是因为我的双眼要坏掉了，也就是说，必须马上替换才行。但是我对于助手取来的尸块没有信心。下方的地面到处都是尸体，随着天色越来越暗，尸体也越堆越多。但是，这些人大致上都只是相互残杀的犯罪分子。

我找到机会和大法师单独聊聊，他十分肯定地告诉我，我的身体现在有一半都是犯罪者的肉组成的。

"怎么会这样呢？"我对他说，同时看着他装填一壶新的水烟。然后他握着水烟管，深深吸了一口气，炭火随之发出火光。他嘴里吐出腾空的烟雾，故作嘲讽地看着我："难道'圣徒'的身体就真的神圣了？"

"什么意思？"

"只要是拿武器的人，哪有谁是无罪的？"

他说完又安静愉快地抽起水烟。我发现辩士在门边偷听我们讲话。我必须为今晚的新任务做准备了，不能让他们俩继续重复无意义的争辩。我站了起来，要辩士协助我着装。新的任务目标是某个民兵组织的首领，他住在东巴格达的旧城区。辩士拿出了近似该组织穿着的服装，让我坐下来。我像个准备登台表演的舞台剧演员，坐在梳妆台前。他帮我打扮起来，我的新角色要搭配合适的妆容。但是他可没忘记大法师和我说的话。因此，他一面在我脸上涂涂抹抹，一面回呛大法师。

"他已经让你相信自己是半个犯罪者了，你身上有二分之一的肉都是坏人的。他明天就会说占比增加到四分之三，等到你后天起床的时候，就会发现自己已经是百分之百的坏人。不过你可不是一般的坏人，而是超级大坏人，因为你身上的肉都来自于犯罪者，你是犯罪者的综合体……难道不是吗？"

直到我出发时，他的话都没停过。我放任他自说自话，但他越讲越夸张，我完全不想响应。很遗憾，他们两人已经变成敌人了。

过去短短几天，我们基地发生了不少变化，最主要的变化发生在大楼外部。看来，大法师的预言已经有部分成真。三疯的追随者越来越多，他们在大楼内占领的几间公寓已经不够用，何况人变得这么多，也需要更多后勤补给，需要更多吃的、喝的、睡觉的地方，我不知道他们从哪里弄来这么多东西。

三疯带着各自的门徒吵闹了好一阵子，最后都同意要扩张领域到邻近的建筑。他们在我住的这栋大楼留下一些卫兵，但自己都搬到附近的其他大楼。

今天下午，当我走过几个手持武器的年轻人身旁，他们全都在街上对我下跪，真令我大吃一惊。他们都是大疯的信徒，全都相信我是神降临在世上。大疯现在会裹着橘色头巾，留着一片大胡子，他已经是名副其实的新教派先知了。中疯和他信徒的情况也差不多，不过稍微低调一点，比较没那么喧闹。这两大派别相互指控对方的信仰是捏造的。至于"伊拉克公民党"——小疯的追随者——数量已经达到一百五十位公民，正考虑参加下一届议会选举。

我杀了民兵组织的首领，还有十五名跟他一起抵御的人。听了辩士的建议，我改用手枪执行任务。毕竟如果继续使用同样的手法来杀人，难免显得过于奇特，对我不利。组织首领的肠胃被我喂了好几颗子弹，他壮硕的身形倒卧在自家院子中央，我扬长而去。而他的母亲、妻子和姊妹围坐在他身旁，穿着黑袍，拍打着自己的胸口和脸颊，表达伤心和悲恸。

我开走首领的一辆车，回到杜拉城。越来越靠近基地时，我听见枪战的声音。看来有几个武装团体趁美军、伊拉克政府军不在时相互攻占土地。我把车辆丢在一旁，从墙缝间钻了进去，循着大法师在我出发前提供的路线走。

在此期间，我的眼前又变成一片漆黑，再也看不清前方。

我停下脚步，靠着一面墙，就这样待了好几分钟。我揉揉眼睛，察觉右边的眼球已经变得像面糊一样。我慢慢将眼球拉出来，它整个落在我手上，变成一团暗色的东西。我将它丢到一边，好怕左眼也发生一样的事，那样我就完全失明了。

我在墙边坐下，聆听着枪弹击发的声音。各处都传来这样的声音，我担心自己就坐在今夜激烈枪战的中心却不自知。又过了难熬的好几分钟，我的左眼才重见光明。墙壁之前被轰炸出一个大洞。我从洞里望出去，整条街都没有人，十分凄凉。我站起来走出这间屋子，望着道路两侧，视线扫到远处有个黑影走过来。我持续看着，直到黑影的轮廓渐渐清楚。

是个男人。远处一道灯光刚好照在他脸上，让我看得更清楚。是个年约六十的男子，胖胖的，挺着大肚腩，穿着短袖衬衫、西装裤，手里提着几个黑色袋子。稍后我才知道，其中一个袋子装着大饼，另一袋装着水果。他出现在这个地方真奇怪。可能是不小心走错路了。他从哪里来，又要到哪里去？

我继续观察他，发现他拐进一条巷子，正朝着我所住的大楼走去。那个方向的枪炮驳火声似乎也最为激烈。该不会是武装团体把三疯的基地给包围了？

我走在这名男子后方，与他保持一段够远的距离，他并没有注意到我的存在。我忽然想起大法师说，每个人在某程度上都是有罪的，我也想起辩士是如何反驳他的话。当然，我一刻也没忘的是，我正处于完全失明的边缘，可能还没走到大楼门口就瞎了。

胖男人每走两三步就会停下来，惶恐地环顾周遭。他一副要哭的样子，但并没有哭出来。老兄，你怎么会运气衰到走来这里呢？我想上前问候他，但另一种想法却袭上心头，让思绪混乱起来。他又停下脚步，听着邻近大楼高处的枪林弹雨。他愣在原地，我发现自己跟他一样都站着，相距只有二十米。假如他继续慌乱地张望，又转过身看后方，那他肯定会看到我。

我的左眼又开始模糊，我想，我的眼睛已经玩完了，它会像发酵的面糊一样在我脸上融化。所以我举起了枪，瞄准这名无辜的老先生。可以肯定的是，他必然是无辜的，不像三疯用来替我修补身体的那些尸体一样。

我开了一枪。一瞬间，一切好像都离我远去。开枪后，我再也没听到其他声音。那些彼此残杀的团体也突然停火了。没有脚步声，没有哭声，也没有呼吸声。我已经完全看不见。我小心地向前踩着步伐，直到鞋子踢到某样东西。我蹲到地上，摸着那位惊恐的老先生温热的身体，那一枪刚好打中他的头颅。反正他本来也活不成了，说不定他已经想到楼顶会飞来流弹把他打死，不然就是走到眼前这条路的尽头时被打死，却没料到死亡的子弹会从后方飞来。

我拿出一把小刀，迅速做我该做的事。大法师现在会怎么说？这双新的眼睛可是取自于无辜的受害者。明天我身上罪恶的比例不会再增加了吧！这块肉是无罪的。但是，我要怎么自圆其说呢？

"现在我该找谁替他复仇呢？"

辩士可能会说，我已经按照大法师的计划，变成了一个滥杀无辜的坏人，这一切都是他的预谋！是大法师用精灵和法术来影响你的思考，是他把你推向了这样的结局。辩士肯定会这么说！

不过，大法师一定会比较冷静，他会娓娓道来，说明都是因为我用了犯罪者的肉来修补身体，才会出现犯罪倾向，而我必须摆脱这些恶名昭彰的肉，以免走上绝路。他俩肯定会大吵起来，但我肯定得不出什么结论，就像我脑中现在也有两种意见吵了起来。

我成功装上两只新的眼睛，开始看见周遭的事物。我见到了无辜老先生的尸体，脑中忽然闪过一个关于他的念头。这样一切就说得通了。事实上，这个老先生是上帝带来给我的羔羊，他的名字是"今晚来送死的无辜者"。因为无论如何，他都会在几分钟后、最多半小时之内死掉。最终，他依然会被双方交火的子弹击中，死在这里。说不定他的尸体会跟那些有罪者的尸体混在一起，这样三疯和他们的门徒就找不到他了。

而我所做的，不过是提早他死亡的时间罢了。他本来就已经死定了。所有无辜的人，要是走上那位老先生今晚所走的不归路，都将一死。

我的眼睛需要缝合固定，等我回到住处，那就是我的追随者要做的工作。但在我抵达之前，我得小心别往下看，以免眼珠子掉下来。因此，我拿走了老先生衬衫口袋里的近视眼镜。我戴着眼镜，用它来挡住眼睛，避免眼珠子跳出来。

我走进一条巷子，尽头有一堵沙包堆成的墙，是三疯的门徒在占领的大楼附近堆出来的。我的脑袋充满了各式各样的推敲，不过最终还是一直想着，我只是让老先生提早死亡而已。

我不是杀人凶手，只是在果实坠地之前抢先一步将它摘下。

激烈的交火声已然歇息，而我原先完全想错了。那并不是什么武装团体在美军和伊拉克政府军撤离时发生的冲突，今晚点燃战火的正是三疯的追随者！我料想过这事迟早会发生。最初我只有六个追随者，后来有第一个新来的陌生人加入时，大法师也做过这样的预测，他的预言成真了。

而他自己也成了预言场景的一部分。我再也没机会告诉大法师他的预言应验了。他今后再也不能和我对话。他就倒在我大楼前方的瓦砾堆上。我靠近他，发现他前额正中央被人开了一枪，打出一个洞。

我走进三楼的住所，却没见到任何人。我的住处一团乱，家具东倒西歪，看来有扭打过的痕迹。我走到未装落地窗的阳台往下一看，发现大法师的尸体就在正下方。我简单地猜想，他是在这里被杀的，然后被人从这里丢下楼。而我的第六感告诉我，会这么做的没有别人，只有辩士会想杀他。然而，辩士现在人又在哪里呢？

隔天早晨，我徒步环视了整个周遭，除了弃置四处的尸体，什么也没发现。柏油路面和人行道上都倒着尸体，有些呈坐姿倚靠着墙壁，有些弯着腰半身挂在阳台上，另一些尸体则是在公寓入口、房门口拥抱着彼此。就只有小疯还在，他看来已经完全发疯了。我把他带到公寓的三楼去问话。我从他那儿得知，在这场大屠杀中存活下来的人都逃跑了，也许今后再也不会回到这个地方。大疯和中疯都死了。而大法师正是辩士杀的，他杀了大法师之后就逃之夭夭了。

小疯脸色苍白，话说得很慢，像是随时会失去意识一样。当我用无辜老先生的眼睛看着他，他看起来就像个完完全全的杀人犯。他能够在这场死亡的盛宴存活下来，正代表他杀的人比其他人都多，也最为罪恶。

"电池要没电了，主人。"
"嗯，我知道。"
"这是我们最后一颗电池了……袋子里的电池都用完了。"
"我知道……从今以后我不需要电池了……已经录完了。"
"录音结束了吗？您现在要做什么呢？"
"只有一件事……那就是……"
"不！主人……求您别这么做！我是您的奴隶、您的仆人……为何您要这样做？不！主人……我是您的奴隶……奴……隶。"
"喂喂……喂喂……嗯。"

噢！我已经浪费太多时间。没时间了，都是你们害我耽搁了。该死的！

第十一章　调查

1

他把无名氏录的内容又听了两三次，每次听都觉得相当讶异，久久不能自已。一来，里头的故事根本超乎常人想象；二来，这样的故事竟然是由一个声音平静、柔和的人所诉说。他打开总编送他的笔记本电脑，把录音档转存进去，又复制了一份存在U盘上，免得一不小心搞丢了这个惊天动地的录音档。他旁边的椅子上挂着一条西装裤，他把U盘放进裤子口袋，又躺回迪尔夏德饭店二楼房间的柔软床铺上，听着外头传来的微弱嘈杂声，什么也不想做。现在已经是下午了，炙热的八月高温正慢慢降下来。

他又开始全身发懒，差不多快要睡着之际，房间的电话却响了起来。他拿起话筒，传来肥仔的声音——他是饭店前台的员工。

"先生，有几位访客找您……"

他穿上衣服走下楼。饭店楼梯铺着深绿色地毯。他踩着阶梯的同时，发现自己的肚子咕噜咕噜叫。他早餐吃得晚，到现在都还没出去吃中餐。

等着他的访客是四名穿便服的男子。他觉得其中一个人很面熟,就是那个穿亮粉红衬衫、头发短到不能再短的青年。平头青年将他拉到一旁,低声说:"马吉德准将找你。"

"怎么了……有什么事吗?"

"我不知道……他说你们是朋友……他要你现在马上过去。"

"好的。"马哈茂德一边回答,一边望着远处的肥仔。他站在柜台后方,拿遥控器转着电视频道,一副漫不经心的样子,似乎对周遭的一切毫不在意。马哈茂德立刻想到要打电话联络赛义迪,问他到底发生了什么事,却发现手机忘在房间里,连证件和钱都忘了带。

"等我先上楼拿一下证件和钱。"

"不用了!我们现在就载你过去。必须马上带你去见他。"

平头青年的口气十分强硬,这让马哈茂德有些担忧。他说不定惹上麻烦了,如果不乖乖听话,他们就会强行把他带走,用羞辱人的方式对待他。他把房间钥匙和沉甸甸的铜制房间号码牌丢在柜台上,肥仔这才注意到,抬起头来看他。

"我要走了。"

马哈茂德说话的语气有些颤抖,他故意表现出不安的样子,希望能让饭店门房记住这一刻。然而肥仔的脸上却没有任何表情,像是把他当空气。要是之后马哈茂德真的遭遇什么不测,然后有人问起肥仔相关经过的话,他可能对今天发生在饭店大厅的任何事情都没有印象。

马哈茂德和四名青年上了车。那是一辆全新的吉姆西汽车,有着暗黑色玻璃窗。车子行经上次赛义迪载他走过的路径。那次一定是他倒了大霉才会认识赛义迪的儿时友人——那个让人搞不清楚到底在做什么工作的军官。汽车音响播放着热闹的歌曲《小橘子》，这让早已开始担惊害怕的马哈茂德有种矛盾的感觉，心绪也越来越紊乱。他发现这辆车的车牌是政府用车，但这一点也无法让人安心，他知道有些人专门开公务车绑架别人。他打量这四名青年，想搞清楚他们是不是有特定的族群背景。他并非三岁小孩，他知道现在很多事情就是这样运作的，因为族群、教派因素而遭绑架的人多得是，更别说一个手无缚鸡之力的人被绑架到无人知道的地方，会有什么下场了。

音响不断回放，《小橘子》都唱好几遍了，其中一名青年还一路配合旋律用两根手指头敲节奏。就这样，车子抵达了马哈茂德先前来过的侦调局。

终于，他进了马吉德准将的办公室。他发现准将叼着一根高级雪茄，却没点火，人坐在高级的办公椅上，双脚交叉放在大办公桌上。马哈茂德闻到那特殊的苹果芳香气味。准将站起来向他问好，但没有把大雪茄从嘴里拿出来。准将请他坐在对面，接着进来了一个手臂粗壮的青年，在两人之间的小茶几上放了两杯淡色的茶，然后就退下了。

马吉德准将跟他说，自己好几年前就戒烟了，最近却怀念起雪茄的味道。从前他烟抽得很凶，抽到医生都要他别再抽了。人总不能老是这么恣意过活。

"闻闻烟草的味道总比吸烟来得好，你说是吧？"准将问道，马哈茂德表示同意。同时他察觉自己的心情有些不同了。他半个多小时前走出迪尔夏德饭店大门，当时心情就相当复杂，

《小橘子》的旋律至今仍在脑中回荡。现在马吉德准将在他眼前，带着苹果芳香的气味，表现得像是他的朋友，还请他喝颜色清淡的茶。这茶略带苦涩，在他空空如也、饥肠辘辘的肚子里流动着。

马哈茂德在办公室喝完这杯淡茶，接下来准将说的话却完全出人意料，令他忧心又不知所措。马吉德准将这个人根本不是什么朋友，他所代表的就是权势。对他来说，赛义迪跟他儿时的交情根本无足轻重。马哈茂德终于知道为什么赛义迪会瞧不起马吉德准将了。他很了解他这种人。他跟那些不公不义的事情都脱不了关系，只要是权势者要他做的事，他什么残忍的手段都使得出来，他就是权势的走狗。不管是萨达姆·侯赛因、美国或是新政府，马吉德准将都愿意做他们的走狗，为他们效力。

马哈茂德大可直接、自然地开口问他想问的事情，毕竟他又不是犯人。再怎么说，从各方面而言，马哈茂德都不可能是马吉德准将或是他背后那股势力的潜在敌人。准将现在这么做只是为了吓唬他、使他害怕、摧毁他的自信心，这样一来，才能轻易套出想问的情报。他要先让马哈茂德大脑和内心的控制室瘫痪，这就是突破一个人心防的方式，这样他就会一五一十把事情全招了。这种卑劣手段适合用来对付犯人，但不适合拿来对待一个在你老朋友手底下工作的人。马哈茂德心想，我可是曾经在你这做客、跟你一起喝过茶的人啊。上次喝的茶是待客用的，是加了糖的深色红茶。这次见面实在太可怕了，喝的不知道是什么来路不明的茶。

准将告诉他:"这不是一般的茶,是一种花草茶,再加上牛舌、鸟舌和各种动物的舌头混合而成,我简称为'话舌茶'。因为只要一喝下它,说话就会开诚布公,不会再有任何隐瞒。你看,我已经跟你一起喝了这杯茶,因为我怕碍于我们之间的友谊,有一些事情会不好意思问你,所以我得先喝这种茶来'润润喉',然后基于职责,我还是得问你一些该问的问题。"

准将说话的同时,马哈茂德吓得一脸惨白。这个人到底在说什么?准将是真心希望马哈茂德觉得他把他当朋友看吗?什么牛的舌头,什么隐瞒的秘密啊?给他喝这种清淡的茶到底有何目的?

2

马吉德准将还真的向他吐露了一些秘密。准将通过特殊渠道查到关于马哈茂德的所有事情,就连大约一年前他被人控告的相关文件档案号码,准将都能轻易经由警察机关取得。那是阿玛拉一个地方头目对马哈茂德的控告。

这让马哈茂德吓了一大跳,更加搞不懂自己被抓来问话的缘由。不过马吉德准将似乎并不清楚该案的细节,还不知道马哈茂德最不为人知的秘密。那些事情他只和摄影师朋友哈奇姆说过而已。

那起控告是在警局报案的,有人指控马哈茂德煽动他人杀死了城里的一个人。起因是他任职《湖底回音周报》时刊登的一篇文章。马吉德准将知道的就这么多。不过马哈茂德正努力抵抗着"话舌茶"的功效，他不想让这位派头十足的准将得知那件事的其他细节。

马吉德准将没有针对此案琢磨太久，也没有提到一年前发生的那些事，或是马哈茂德遭控告的结果是什么。他转过身，从一堆文件中拿起最新一期的《真相》杂志。他拿起杂志指着马哈茂德，抿着嘴，像是在跟他说："这才是我要跟你谈的事情。"而先前讲的那些话，不过是侦查的前置作业，用来突破歹徒的心防罢了……朋友啊！你现在可是嫌疑犯，最好从实招来。

"这则奇特的故事是怎么来的？"

"怎么了吗？"

"这故事是谁告诉你的？"

"是居民区一个专门捡破烂的人说的……都是些瞎扯淡……总编辑对这故事很感兴趣，要我写一篇相关的文章。"

"瞎扯淡？！嗯？"

准将脱口而出。接着他乱无章法地翻着杂志，接连问了马哈茂德好几个问题，而马哈茂德回答得相当冷静自制。准将不想让这位"嫌犯"知道他工作的机密，不想让他知道所谓的"无名氏"，还有文章里提到的"弗兰肯斯坦"其实真有其人，并不是杜撰出来的。为了逮捕此人，过去几个月他投注了全部心力，他的人生、他的职业全都和这位神秘怪人密不可分。他一心想着要打破这个怪人的神话，他想要亲自抓到这个人，他发誓要让电视机播出他用手架着怪人的画面，他想让全世界知道此人只是一个卑劣、低等的家伙，他只是趁乱利用了人们的无知和恐惧创造出了自己的神话，如此而已。

"这个捡破烂的家伙也住在那个街区？"

"对，他住在拜塔温区七号胡同……在一栋破房子里……人们都称作'犹太废墟'。你绝对不会找不到他。"

"好的，好的。"

马哈茂德表现得一派轻松，他发现谈话焦点已经从他转移到另一个人身上。为了进一步博取准将的好感与信任，马哈茂德把手伸进裤子口袋，拿出录音笔交给他。

"里头录下了无名氏全部的自白。"

准将唤来那位壮硕的青年传令员，要他把录音笔的内容拷贝出来。青年离开了十分钟，然后带着录音笔回来交还给准将。准将开始把玩录音笔的吊绳，把它转来转去，脸上露出一种懒散、不在乎的神情。

马哈茂德脑中还萦绕着许多问题，但准将并没有多谈，毕竟他才是问话的人，而不是答话的人。马哈茂德还是有点一头雾水，不过他其实也没那么关心准将和无名氏之间的过节。同样的，他也不是很在乎自己刚刚出卖的拾荒者会有什么下场。他只想赶快离开这间干净、华丽、高格调的办公室。但准将开始聊起其他话题，像是杂志社的工作怎样、目前社会局势如何等等无关痛痒的事，似乎想试图修复他和马哈茂德的友谊，不过半个小时前那些撕破脸的举动，早已让友谊荡然无存。

他是个邪恶的人，我不可能再相信他了，马哈茂德是这么想的。这次的会面让他空荡荡的胃整个绞痛起来，暗自希望这辈子再也不用见到这个人。

准将忽然站起身，拿起烟灰缸上的深色雪茄，用手指擦拭雪茄的一端，接着往嘴里一送。他往后移动到大办公桌后方，打开一个抽屉，拿出一只银色打火机，兀自点起雪茄，用力抽了一口。雪茄发出火光。准将嘴里吐出浓烟。他走了几步，来到一个与马哈茂德平行的位置。马哈茂德察觉这个动作意味着会面结束了，于是便站起身，这才初次注意到自己比准将还高。雪茄飘出难闻的烟味，准将微微眯起眼。他的淡色双瞳让整张脸更添帅气，还有种士绅阶级的气质。两人一同走向远处的大门，接着准将吐了一口烟，对马哈茂德说："我抽烟的时候，总是很幸运。但是戒烟之后，一切却都变得很不顺。我现在偶尔还是会抽几口烟，为的是招来一点好运！"

准将这番话说得热切，像是说给一位亲密朋友听。又或者，他只是故意表现给这位嫌疑犯客人看的。说不定他正想着，马哈茂德之后会在他老朋友赛义迪面前提起这次会面。

两人站在门边，准将终于把那可怜的录音笔交还给马哈茂德，没再继续摆弄它。他在马哈茂德离开前说："顺带一提……我刚刚只是开玩笑的，根本没有所谓的'话舌茶'。我们在淡茶里添加了一种预防心脏病发作的化学物质。有些人受到拷问会心脏病发。我们用这种饮料来保护嫌犯，也保护我们自己，免得遭人控告害死了嫌疑犯。"

他们笑着，就像是真正的朋友一样。马哈茂德走了出去，发现四名青年正等着他。回程时他望着黑漆漆的路，下意识回想着准将说过的话，特别是在他离开前的那番话。准将已经亲自承认了他把马哈茂德当作嫌疑犯看待。至于预防心脏病发的饮料，无疑只是另一个既沉重又难笑的玩笑而已。

3

这一天马哈茂德过得相当糟糕，不仅情绪像是在洗桑拿，更糟的是噩梦般的陈年往事再次浮现心头。他又想起在阿玛拉的街区警局遭人控告一事。告他的人是个恶霸，因为他长得非常高大魁梧，马哈茂德给他取了个绰号："螳螂哥"。

螳螂哥的哥哥是黑帮老大，在地方上经营小帮派，为非作歹了好一阵子。后来他被逮捕，关进了看守所。许多人听闻这个消息都十分高兴，马哈茂德甚至在他当时工作的《湖底回音周报》迅速刊登了一篇社论，文章提到这种歹徒一定会受到正义制裁，还故作哲理地写道，世上存在着三种正义：法律的正义、上天的正义、街头的正义，而犯罪者到头来，无论过了多长的时间，都会受到其中一种正义的制裁。

文章一写完就登报，他觉得自己的勇气和胆量可圈可点，毕竟一个致力于启迪大众、为公共利益服务的好记者本来就该有这些特质。不过他以前才没胆量抨击那些逍遥法外的歹徒。他还没笨到会去做那种事，因为很有可能会被人拖到巷子里用枪顶着，一扣下扳机就一命呜呼。他认为法律的正义已经实现了，所以才敢安心地大书特书。然而过了两三天，那个黑帮老大却被放出来了。他和朋友们为了庆祝他无罪释放，持枪坐着皮卡车[1]在城里绕来绕去。马哈茂德对此感到相当震惊。又过了一天，黑帮老大正要外出时，忽然出现了两个蒙面人，他们共乘一辆摩托车，其中一人骑车，另一人手持机关枪，往他脑门开了一枪。老大中弹后马上倒在同伙身旁，两名蒙面人骑着摩托车逃之夭夭。

这个消息让马哈茂德十分振奋，马上又写了一篇新文章，再次阐述他的"三个正义"理论，说明这次实现的是"街头的正义"，然后便急着刊登。但是他的总编——个左派分子，在社会上也算小有名气——马上将文章撕成碎片，然后把马哈茂德叫来，对他说："你这什么狗屁理论？想当不要命的文青你自己去当！我们报社不需要这种东西！我赚钱靠的是刊登广告……我辛辛苦苦经营这家报社……你却在那边给我搞怪！"

马哈茂德听了相当生气，还跟总编辑斗起嘴来，威胁要辞掉工作。但总编的立场完全不为所动。数日后，事情又有新的发展，马哈茂德一听到消息马上自动离职，还在家里待了好几个月。

黑帮老大死后，帮派的领导权落到他弟弟"螳螂哥"手上。告别式上，有个帮派成员将马哈茂德·萨瓦迪写的社论剪报交给了螳螂哥。

黑帮老大的家族想尽办法追查杀人凶手的身份，却毫无头绪。现在有了这篇文章，他们正好可以对马哈茂德提个醒，给他一点颜色瞧瞧。谁让这个记者公然煽动别人拿枪杀人呢？而

---

[1] 皮卡车（Pickup truck）是一种马力强大的小货卡，在中东很流行。

且他害死的可是一个好人。要是没有黑帮老大，那谁在国家机器失灵、警政机关停摆、治安败坏之际来保护城市、对抗宵小呢？

他们一开始还不知道"萨瓦迪"这姓氏是哪里人，但没花太多力气就查出了马哈茂德本来的家族名，也查到他住在哪里，叔叔伯伯兄长是谁。很快，这起事件就成了两大家族之间的纠纷。黑帮老大的家族要求赔偿，螳螂哥还到处放话，把事情搞大来恐吓他们。不过经由部族纷争仲裁，最后的结果对马哈茂德和他的家族有利。马哈茂德还在叔叔、伯伯和兄长面前发誓他不会再从事新闻业，起码在米桑省不会。但事情还没完，有几个朋友常常转告马哈茂德螳螂哥又放了什么话，说要给他好看。据说螳螂哥随身带着他的文章剪报。有人在咖啡厅看到螳螂哥跟人谈论"三个正义"理论，他从口袋拿出破破烂烂的剪报，念出关于上天的正义、法律的正义、街头的正义那段话——他认为部族仲裁所代表的法律正义宣告失败，所以他只能自己来实现上天的正义。

过了一阵子，马哈茂德的友人又跑来说，螳螂哥到处造谣，说他是复兴党党员，还说他在小学教阿拉伯语的父亲是无神论者。马哈茂德只好一直待在家里，不敢出门，因为他怕这个疯子真会做出什么事情。后来，法里德打电话给他，说巴格达的愿景报社有个工作机会。马哈茂德和兄长讨论之后，大家都认为他去巴格达是最好的解决之道。毕竟家族都被搞得非常紧绷，没有人知道还会发生什么事。也许先离开米桑省，让螳螂哥以为他人间蒸发了，就比较不会恶意放话中伤马哈茂德和他的家人。如此他们就不必那么提心吊胆，说不定还能大事化小、小事化无。

点点滴滴一下子涌上心头。其实他根本不愿意回想，毕竟这些往事让他很没有自信，同时也不断提醒着，他曾犯下代价超高的蠢事。现在他在巴格达前途光明，满怀信心与希望——至少在昨天之前他还是这么认为。昨天在准将办公室进行的侦讯给他带来不小的打击——在那之前，他一直觉得自己正在持续往上爬，多亏了赛义迪这么挺他，帮他开了一扇又一扇的大门。

他在附近餐厅吃了丰盛的早餐，点了半盘鲜奶油松饼和一块刚出炉的烤饼，搭配又浓又甜的红茶。他用新的手机卡，并充了话费，然后打了一通电话给他的大哥阿卜杜拉。过去几个月，他总是每隔一段时间才会打电话回家，主要是问候母亲的健康，从来没问过螳螂哥的事，可能是他和家人都有默契避谈这个话题吧！马哈茂德心想，说不定螳螂哥已经被人干掉或是抓进去了，三种正义至少要实现一种啊！像他这样为非作歹的人，不太可能安然无恙吧？

他听到电话那头传来哥哥的声音。两人聊了几分钟，他告诉哥哥，今天会汇一部分的薪水到阿玛拉大市集的钱庄。兄弟俩有一搭没一搭地聊着，马哈茂德挂上电话之前，沉默了好一会，才鼓起勇气问螳螂哥的事。

"哎？过了那么久，不知道螳螂哥现在在干吗？"

"唉！这一切都是命啊……"

"什么意思？"

"他现在改头换面,穿西装打领带,看起来人模人样。他的势力已经延伸到省议会了。"

"怎么会?他没被杀也没被抓进去吗……他不是犯了很多罪吗?"

"什么罪啊!现在没人敢惹他了……这真是天大的灾难!"

"不过,他应该没有再提起他哥的事了吧?"

"他还要替他哥立雕像咧!你想得太天真了!"

"我好想妈妈……我想回去了……我回去不会有问题吧?"

"不要回来,不要让他们知道你的存在……乖乖待在巴格达,真主会保佑你的……不然,就换他用三个正义理论来对付你了!弟弟,你应该没忘记你的三个正义理论吧?这都是你自作自受啊!现在那已经变成他的理论了,还常常在广播节目上拿出来讲呢!"

4

赛义迪面带微笑,听着马哈茂德叙述他昨天在准将办公室发生的事。说到淡色怪茶那段,赛义迪忍不住笑了出来。他把这件事看得相当轻松惬意,一如往常。不管发生什么大灾难,都无法改变他的好心情。他看起来相当帅气,胡子刮得干干净净,身上喷了高级香水,人坐在大办公桌后面,像是随时准备要拍摄电视节目一样。

法里德走进来,手上拿着一份文案,是这期杂志他负责的政治新闻初稿。他将初稿放在赛义迪面前,但赛义迪要他拿给马哈茂德过目。法里德早就感觉到他的老朋友已经不同于以往,但虽然如此,他也并没有真的把马哈茂德当作编辑主任。或者说,他一直在逃避类似这样的状况。他默默将文案移到马哈茂德面前,等着他的评语。马哈茂德称赞他编辑得很好,却说得吞吞吐吐,因为他不想表现出一副凌驾在朋友之上的样子。

法里德走出办公室,换其他几个年轻人进来,老工友端来两杯速溶咖啡。等到众人都从赛义迪办公室出去后,周遭忽然安静下来。赛义迪起身走向窗边,稍微拉开窗帘,呆望着街道。接着他转头对马哈茂德说:"马吉德准将这样的人,你一定要学习如何和他们相处。"

马哈茂德保持沉默,等着赛义迪把话说完。其实马哈茂德已经不想再见到准将了,还打算以后一定要尽量避免和他碰面。

"世界上有很多这样的人。你要多学学怎么和他们打交道……是我们要去适应他们,不是他们来适应我们。"

赛义迪说完继续望着窗外,好像在等待什么人。他就这样望了许久,然后才坐回马哈茂德对面的沙发,拿起速溶咖啡喝了起来,品尝咖啡混着奶精的苦味。然后他又望着马哈茂德,对他说出惊人的事实:"其实马吉德准将没有在追查什么奇怪的犯罪案件,他们烦恼的才不是那个……他受雇于美方成立的临时联合政府,专门负责策划暗杀行动。"

"暗杀?"

"对……他从一年多前就开始协助美国大使查尔麦·哈利尔·扎德执行他的计划。他想在伊拉克创造一种暴力平衡,先让逊尼派和什叶派的武装团体在武力上势均力敌,这样以后上了谈判桌,大家的筹码才会差不多,才能为伊拉克开创新局面。美军可能是没有能力,或者说不愿意解决暴力问题,因此才会想创造一种均势的暴力平衡。如果他们连这点都做不到,也很难有什么成功的政治进程了。"

"那你为何不把这些全告诉政治圈的朋友?"

"这种事大家都知道,只是没人有确切的证据来证明。另外有些人可能不关心这种事吧,他们可能觉得马吉德准将领导的侦调局就是个公家机关而已。哎呀!大家都是以自身利益来考虑,所以每个人都有自己的一套解读啦!"

"不过,准将做的事情有这么可怕吗?他看起来像是好人。"

"你刚刚才说他对你很坏、很邪恶……怎么他突然又变成好人了?"

"不……我的意思是,他看起来不像是你现在形容的那种坏人……我还是很难相信他是搞暗杀行动的。"

"总之呢……对抗邪恶的最佳方法就是和他站在同一阵线。我和他交朋友,是在为我的政治生命买保险。说不定哪天美国看我不顺眼,就叫他派人把我处理掉。我可不希望发生这种事情。"

"啊!这也太危险了吧!"

"只要我们还是朋友,就不会危险啊!你跟他也是朋友啦,他连自己抽烟的问题都跟你说了,还跟你有说有笑的。不用怕他……他很友善的。"

"我刚才说他是好人,你还有意见!"

"嗯,他算是好人啦!还请你喝了杯'好茶'!哈哈!"

赛义迪笑着。马哈茂德虽然也陪着笑脸,但心里越发恐惧不安。他怕暗地里需要提防的敌人越变越多,阿玛拉已经有一个敌人了,巴格达也来一个。虽然他十分信赖赛义迪,但还是无法全盘接受他说的事。这很有可能只是吓唬他的玩笑话,也有可能是希望他可以居安思危。赛义迪会说,人在危机中最能激发潜能——他最擅长讲这种好听的屁话了。

过了几分钟,老工友敲门,说有访客要找总编。一位身材曼妙的年轻女子走进来,古铜色肌肤,染了发,穿牛仔裤,戴着很多有的没的小饰品,整个房间一下子充满奇特的香水味。这人不是纳瓦勒,却比她聒噪,比她有活力,年纪也小一些。她和赛义迪握手后,两人还互亲了两边脸颊。赛义迪似乎不打算把她介绍给马哈茂德,不过她主动和马哈茂德握了手,那是只纤细柔嫩的手。她也热情地亲了他的双颊,但似乎没有要坐下的意思。他们可能是要去约会吧!赛义迪拿起公文包准备和她一起出去之前,望向马哈茂德,提醒他一些杂志社的事情,然后面带微笑挥手道别,一边说:"Be a hero, my friend, OK?"[1]

5

一周后,赛义迪到贝鲁特出差去了,说不定还带了那个古

---

[1] 意思为"做个英雄,我的朋友,好吗?"

铜色肌肤的美眉一起去，也说不定是带别的美眉。总之，他留马哈茂德一个人处理杂志社的大小事。一期的杂志共有四十五页，全由他负责主编。此外还有大大小小的行政工作，他要签收单据，还要发薪资给员工。有时早上九点就有人跑来要找赛义迪，除了工作上的事，也有私事。他还要帮赛义迪接那支随时都在充电中的手机。很多来电显示都是缩写或简称，有时只有两到三个英文字母，比如"TY"指的是塔利布·雅贺亚——微风印刷厂的老板，他们的杂志就是在那里印的，赛义迪还曾经想买下这家印刷厂。"See"是一个女孩子，赛义迪都称呼她"女士"，马哈茂德并不清楚她和赛义迪是什么关系。另外还有很多"某某博士"：阿德南博士、萨比尔博士、法齐博士——大多是国会议员、议员助理或是某党团的发言人。至于"SM"——这个简称算好记的——指的是苏鲁尔·马吉德，他每隔一阵子就会打电话来。马哈茂德猜想，这两人之间一定还有其他层面的往来，是赛义迪没说过的——他们可能有什么共同的商业利益或投资。之前两人所说的占卜师、通灵师一事，还有后来说的什么暗杀小组，都只是用来误导、隐瞒的话术而已。

然而，这些完全不影响赛义迪在马哈茂德心中的地位，他总会帮赛义迪找到合理的解释。他崇拜赛义迪，他觉得赛义迪就像超人一样，而且靠的不是超能力，而是人类有限的能力。他总能替他找到借口：赛义迪难免需要做一些包装来保护自己嘛！他一定有脆弱的一面不想让人家知道。赛义迪充满了神秘感，让人忍不住私底下讨论他的八卦。不过没人知道这些八卦是他刻意制造出来的，还是别人讲的？人还真是爱八卦啊！

如今马哈茂德也成了大家茶余饭后的八卦对象。他从他的启蒙导师身上继承了许多特质，体型越来越胖，而且每天都会刮胡子、穿西装、打领带，搭配各种颜色的衬衫——虽然他以前都跟法里德和阿德南一起取笑那些穿西装的人。从前他看到人家穿西装，直觉就想到政客、政府官员，不然就是黑帮分子——那种把车停在马路中央、嚣张地走下车的黑道，他们可能会从某家店、某辆车上把人拖出来打得不成人形，不然就是带去偏远地方处理掉。不过事情总是会变的，没穿过西装的人自然不会知道它的好处。

不过法里德其实满看不起马哈茂德的改变，认为他已经渐渐变得和那些人一样了，还说这种人最后会变得麻木不仁，只顾自己的利益，忘了什么叫良心。马哈茂德听了只是笑他想太多。

法里德苦口婆心地回他："你和他们越来越像了。等到你变得和他们一模一样，那就没救了。人类这种生物啊，尝过戴皇冠的美妙之后，脑中就只剩下自己王国的版图。"

马哈茂德没有回话，因为他确实觉得自己活在一个不需要皇冠的王国里。外面的局势每况愈下。政客在电视上唇枪舌剑；街头才是真正的战场，谋杀、爆炸案、自杀炸弹每天上演，甚至还有连人带车一起绑票的事件。夜晚已成了犯罪者的丛林。谈话性节目忙着探讨诸如此类的问题：我们是否处于内战爆发边缘？还是说，某种程度上我们已经算是在内战了？又或者，这是非典型内战？新型的内战？

"哎呀！生活过得下去比较重要。"马哈茂德自言自语。他现在薪水还算不错，不过通常都是花光。"你还年轻，要学着享受生活、享受青春啊！"赛义迪有次这么建议他。他觉得老朋友都只会自怨自艾、唠叨个不停，所以他开始和新朋友交流。微风印刷厂老板的儿子就是他的新朋友，有时会邀他参加别墅或公寓的私人聚会。

对于女人，他也不需要哈奇姆带他练胆量了。他发现饭店的门房肥仔虽然随时都在柜台，但他不会真的遵照饭店大厅墙上公告的规定——"会客只限于交谊厅"。只要房客愿意给小费，肥仔很乐意通融带酒精饮料到房间，或是带朋友上楼。更重要的是，周末饭店老板不在的时候，肥仔会偷偷让一些房客带女伴回房。不过这些都是有代价的。马哈茂德弄清楚游戏规则以后，鼓起勇气问肥仔他是不是也可以这样。肥仔却只是冷冷地说不想惹麻烦，一副面无表情的样子。不过那只是装模作样，等到马哈茂德塞给他一张面额两万五千元的红色纸钞，他马上变了一个人似的，那副要死不活的样子全都没了。

哈奇姆之前带马哈茂德去嫖妓的地方让他印象不太好，那里让人有一种紧张、不安的感觉。而且最近拜塔温区常有突袭性的搜索行动，特别是这种声色场所，让他更没有安全感。马哈茂德还觉得，有些妓院好像和警方合作，会借机勒索嫖客，或是用一些奇怪的罪名陷害他们。他知道这阵子警察抓人抓得很凶，有时只是想找个人顶罪。有人说不定只是在路上起了小冲突就被逮捕，最后发现自己的罪名是绑架勒索、贩卖娼妓或随便砍人等等。马哈茂德一点也不想要有这方面的体验。

印刷厂老板的儿子给了他一个妈妈桑的电话。妈妈桑绰号叫"春心"，专办高档外送服务，而且保密到家。"她的收费比较高，但都是'上等好货'。"这位新朋友对他说。马哈茂德透过饭店房间的电话听他介绍，心中跃跃欲试。

有一天太阳下山后，肥仔告诉他，他有"访客"。"访客"陪他睡了一晚，直到翌日清晨。他可以说，一切实在是太完美了，简直好到不能再好。

尽管外面的世界正在崩坏；尽管马吉德准将说国家在几个月后即将陷入全面内战——那是他在马哈茂德初次拜访的那一晚说的；尽管工作累死人，尽管上下班走路其实都有点危险，尽管阿玛拉有个"螳螂哥"让他不敢回去找家人——也许有几分真实，也有几分夸张，尽管未来仍是未知数，但如果有人问他最近好不好，他敢说自己现在正处于黄金时期。他身体健康，正值人生巅峰。他在一家赚不了什么钱但金源充沛的小杂志社担任编辑主任。他的团队有六名记者——有的年纪与他相仿，有的比他还大——以及三个设计师和一名工友。他写了很多很棒的东西。他用录音笔写日记，记录他认为有意义的事，说不定日后还会用到呢！他住在一间干净又有空调的饭店。他和风趣的富家子弟一同狂欢，他们喜欢讲笑话、唱流行歌，他跟他们一起喝最高级的酒，吃最上等的食物。每逢星期四或五[1]还可以找漂亮美眉一起睡到隔天清晨。

他现在和心目中的偶像赛义迪的确有点像了。甚至有一天

---

[1] 伊拉克的周末是星期五和星期六，所以星期四、星期五晚上是周末夜。

他发觉自己坐在赛义迪的办公桌和杂志社同事说话时,手拿雪茄的方式就像握着一支粗粗的笔——这动作根本和赛义迪一个样。他的口头禅也变得和赛义迪很像,动不动就是"亲爱的""朋友啊"——这样说话会让每个人都觉得自己跟他很亲近。

但脑袋里有个声音告诉他,他不像赛义迪,至少不是非常像。赛义迪拥有大笔财富,没人清楚他到底多么富有。他有许许多多的投资,这间杂志社不过是九牛一毛,他没放太多心思在上面。对赛义迪来说,杂志社并不是最重要的。但马哈茂德只能完全仰赖赛义迪给他的薪水,一旦薪水没了,这一切的一切都将瞬间瓦解。

杂志社快要下班的时候,赛义迪接着充电线的手机响了起来。马哈茂德拿起手机,发现屏幕上显示"六六六",内心深处瞬间泛起了阵阵涟漪,许多画面就像在眼前一样。

"喂?"

"……"

"你不用装死……我知道你是谁……我也知道赛义迪去贝鲁特了……你说话吧!"

第十二章　七号胡同里

1

阿布·安马尔站在人行道上，望着马路另一端。准确地说，他望着正对着他旅舍的"先知不动产"，一阵忧愁袭上心头。法拉吉在店门上方挂了新的帆布广告，阿布·安马尔知道这代表他的事业蒸蒸日上。马路另一头则是完全相反的光景，阿布·安马尔穿着白色长袍站在那里，手中拿着一杯茶。阿布·安马尔不懂为什么自己的日子快要过不下去。旅舍的生意一塌糊涂，其实大概从一个多月前开始，他就没有真正的房客了。

旅舍只剩下两个老房客，其中一个年纪很大，好几年前就没钱了，所以只能在旅舍做些劳务来代替房租；另一个是已经伊拉克化的阿尔及利亚人，整日过着清心寡欲的生活。事实上，他都去邻近的巴布谢赫区的清真寺，在慈善厨房吃团体配餐，然后每个礼拜在灰鹰殿堂教人诵经赚生活费。

就连哈奇姆也很少来旅舍了。有时他只是为了取景，像是拍摄荒废的阳台、受潮掉漆的墙壁；有时他会到旅舍楼顶拍摄下方各个角落的街景，有几张照片拍下了加色丁礼天主教的妇女要去"圣家教堂"做礼拜的瞬间，还有宵禁时小朋友踢足球的样子。他有时会和阿布·安马尔坐着喝茶，一起聊聊当前的局势、各自对未来的规划。但他其实从夏天开始就没在旅舍过夜。他上次来的时候，阿布·安马尔还热情地告诉他旅舍的翻修计划。哈奇姆当时可能只顾着想自己的事，没问他怎么会有资金来做这种大整修。不过他听到这个消息很高兴，因为旅舍翻新之后，阿布·安马尔的生意肯定也会好起来吧！

哈奇姆看到旅舍很多房间都空荡荡的，没有家具，还以为这很正常。他以为阿布·安马尔清空房间是为了整修老旅舍，毕竟房间的墙壁都斑驳了，家具又破又旧。阿布·安马尔没和他说起哈迪的事。他本来以为那些破烂家具还能卖个好价钱，但哈迪一直跟他讨价还价，让他头很痛。这个捡破烂的长得那么丑，平常看他用那张大嘴瞎扯个不停，根本就没有逻辑可言。但该死的哈迪一谈到买卖却忽然变得有条有理，让人难以招架，他竟然还试着一件一件家具跟他杀价。如果阿布·安马尔能找到其他买家，肯定一脚把他踹出旅舍大门，省得忍受这种烦人的砍价方式。那些家具可都是他的宝贝啊！竟然一个个被哈迪批评得一文不值，他的玻璃心都碎了满地。

但哈奇姆不知道的是，阿布·安马尔并没有打算让旅舍起死回生。事实上，他根本没有能力给大厅换张地毯，或是换新的柜台——他平常坐的木头柜台都快烂了。他连一片玻璃窗都买不起，更别说修缮水管、排水堵塞之类的陈年老问题。他就连买空气芳香剂去除旅舍里腐烂、发霉、墙壁受潮的恶心气味也做不到——那些气味混在一起，在天热的时候更加强烈。

他卖掉旅舍的家具只是为了过日子，混口饭吃罢了。但他有他的尊严，他的记忆满载着旅舍辉煌时期的画面，他接待过很多有名的房客，他还记得那些年他有多风光、多慷慨。因此，他不愿意向人透露自己正遭遇经济困难，就连最亲近的朋友也不愿意。他现在为了自救，只能放手一搏。他还不知道该怎么办，但如果有必要的话，他已经做好冒险犯难的心理准备。他必须像个顶天立地的男子汉，不能让自己变成笑柄，尤其不能让他的死对头看笑话——法拉吉留着八字胡和红色的大胡子，整天就坐在窗明几净、开着冷气的店里，从早到晚隔街看着他的一举一动。

2

哈迪雇了一个住在巴布谢赫的青年，他用马拉车帮哈迪把阿布·安马尔旅舍的破烂家具载走。哈迪用好价钱卖掉了几张椅垫塞着海绵、包着红色皮革的铁椅子，可是木头家具就卖得很辛苦，现在还有十个衣柜摆在他院子的地砖上继续给虫蛀。衣柜需要整理、重新上漆，还要花好一番工夫才能拿去二手家具市场卖。浴室瓷砖和褪色的镜子状况也不太好，甚至有人笑说这些东西是伊拉克王国时代[1]的遗毒，然而哈迪还是全都卖掉了。其实不管怎么样，就是会有人愿意买这样的东西，这是很

---

[1] 伊拉克王国建于1921年，直到1958年军方革命推翻了君主制，建立共和国。

难理解的。如果阿布·安马尔知道哈迪卖他的家具赚了多少钱，心脏恐怕负荷不了，或是至少也会跟他打起来。

自从无名氏没再来找哈迪之后，哈迪又慢慢找回了自己。他甚至变得比大家原先所认识的他还要极端。有人发现他变得比以前更夸张，他们以为那是因为他前几个月闭关太久，现在要弥补那段日子的空白。他的好友阿齐兹也发现了这点，虽然"骗人迪"式的幽默依然好笑，但阿齐兹不明白他为什么开始在笑话里添加一些电视上的政客和名人角色。

哈迪也找回了自己的"绝对领域"，那是他用个人气味所划下的空间。照理说，大白天没人能忍受好几天没洗澡的汗臭味，还有那强烈的酒气。特别是夏天气温这么高，更加强了他的"气场"。不过哈迪就是有办法靠他那三寸不烂之舌吸引到大批听众。他通常一个人坐在阿齐兹咖啡厅的大落地窗旁，靠墙的沙发上。那里就是他的个人领域，坐在附近的人都是为了听他精彩的故事而来。他们都习惯了哈迪的气味。那些味道吸久了，也就没那么重了，像是没有味道一样。

哈迪倚在长沙发的靠背上，讲述他的新故事。他昨晚在加迪利亚区一条巷子里见到了总统先生。总统坐着黑色防弹奔驰车经过哈迪身旁。车子停下来，穿深蓝色西装的司机下了车，赶忙跑到另一侧替胖得不像话的总统打开车门。总统右脚踏在人行道上，但身体还卡在汽车后座。此时哈迪并没有特别在意这辆停下的车子。他兀自走着，手里拿着一只麻布袋，里面装着瓶瓶罐罐的汽水和酒。

总统对他大喊："哈迪！哈迪！"

"有！总统您好。"

"你饭可以吃，话不能乱说！不能这样乱讲我们的事情……如果人民发起革命，我们就完了！"

"那该怎么办呢？如果总统阁下可以实现公平正义的话，我就不说你们的事情。"

"那么请你上车好吗？我们好好沟通一下。我叫人在绿区备妥丰盛的晚餐。"

"不用了，总统阁下！我不饿……但如果有亚力酒的话我就去。您不喝亚力酒吗，总统阁下？"

"喝酒是不对的……我只喝过滤之后的水。你别再乱讲话啰！哈迪！"

总统笑着关上车门。车子在巷弄柏油路上迅速奔驰，然后就不见踪影了。

哈迪新加的这个桥段让一些人笑了，但有些人默不作声——可能是不喜欢，也可能是没听懂。不过这不要紧，哈迪的重点一向是自己讲得开心就好，听众的反应与他无关。他会把生活中遇到的任何事都来拿当作新故事的题材。说不定他只是在路上看到一辆可疑的黑色防弹轿车，就这么掰出了总统先生的桥段。

偶尔会有人点一杯茶，坐在他面前，要求他说说无名氏的故事。他很乐意再多说几遍，不过故事和春末时分他讲的版本不太一样。他故意添加一些别的情节来混淆听众。有一次，有人拿了某一期《真相》杂志给他看，封面是美国名演员罗伯特·德尼罗扮演的弗兰肯斯坦，里面有几页提到一个拾荒者和无名氏之间的故事，其中有些事情是哈迪不曾讲述过的。哈迪的名字并没有出现在故事里，但阿齐兹和咖啡厅的常客都认识写这篇文章的马哈茂德·萨瓦迪，他们也都知道这个故事源自哈迪本人。哈迪皱着眉头、面无表情地翻看杂志内页，他的反应丝毫不讶异。

"那些只是记者乱写的。"有人问他对于那些他没讲过的事情作何看法，他如此回应。

其实哈迪心里不太爽，觉得被记者利用了。他最后一次见到马哈茂德是还他录音笔的那天。当时马哈茂德还承诺会帮忙宣传无名氏的事情，还他一个清白。之后他就完全从镇上消失了。在那之后的第二天，正好是哈迪最后一次见到无名氏。那天晚上无名氏到他家来，说了信徒起内讧一事。他说美军又回来了，还把他本来待的区域包围起来。美军和伊拉克军情局的某个特勤小组多次联手要逮捕他，后来他只好一直更换藏身处，不在同一个地方待一天以上。他还说，记者在杂志上写那篇关于他的文章根本帮不上忙，读起来就像个头脑不正常的拾荒者凭空想象出来的故事。

无名氏说，他要找的是可以帮他分担工作的信徒，不是像三疯和他们的门徒那种借信仰来满足私欲的人，也不是像记者在烂文章里写的那种，只把他当民间传奇看待的人。哈迪承诺，如果再看到这个记者，他会帮忙转达无名氏的话。但无名氏说这已经不重要了，如今事情变得比以往更加复杂，这个没有名气的记者在杂志写的文章起不了什么作用。每天不知道有多少报章、杂志和印刷品刊登中伤他的文章，如潮水般源源不绝。那些文章都怪他必须为伊拉克以前和现在发生的一切灾难负责。

"不过没关系，你还是可以警告他一下，叫他下次别再犯了。这种程度的人身攻击还没关系，但如果诬蔑我整个人的话，我可是会杀人的。"

无名氏话说完就离开了。哈迪与无名氏的事情就到这里，后来再也没见过他。当哈迪这天下午说着他和总统先生的故事，心中对于无名氏其实已有点印象模糊了，尽管他知道美军和伊拉克警方在找的"头号罪犯"——那个电视节目里常常提到的人——就是他熟知的无名氏，但那也不过是心里的一种直觉罢了。也许记者马哈茂德·萨瓦迪也隐隐约约有这种感觉。

不过，"头号罪犯就是无名氏"对某个人来说早已是不折不扣的事实，那人正拿着一根深色雪茄，在偌大的办公室来回踱步，他正想着自己的前途和官位，想着要用什么样的方法才能逮到头号罪犯——或者称之为"没有名字的罪犯"——如同那位胡子尖尖的占卜师给他取的称号。

那个心神不宁的人正是马吉德准将。他已经派了两位"粉红军官"带了几名手下到哈迪家去盘问他。若有必要，他们也不排除对他强行逼供。他最好告诉他们要上哪才能抓到头号罪犯。说不定也有可能哈迪本人就是——马吉德准将这般猜想着——就像是克拉克·肯特之于超人那样，哈迪不过是这名可怕而危险的歹徒乔装出来的样子罢了。

3

两位粉红军官正搭着黑色吉姆西育空河汽车前往哈迪的住处。与此同时，法拉吉正坐在店内柜台看着来来往往的路人，密切留意高于路面数个阶梯的欧鲁巴旅舍大门。

他的店面和旅舍之间不过二十步的距离，但他并不想直接跑到阿布·安马尔面前主动向他提议，这样会吓到他。他也没有必要那么做，因为他很清楚阿布·安马尔的动静。他通常会在下午的这个时间离开旅舍，不留人看守，也不上锁。他会先去酒商爱德华家中买晚上要喝的亚力酒，再买奶酪和橄榄、一袋伊拉克烤饼、一些开胃菜和小吃。法拉吉对这个住隔壁的死对头的行程了如指掌，也知道他现在资金周转不灵。许多人都愿意为法拉吉效力，总会有人跟他说镇上又发生了什么事、有什么最新消息——当然，那是因为他会提供打赏。

就在这个当下，阿布·安马尔走出了旅舍大门。他转过臃肿的身躯把大门关上，接着缓慢走下旅舍大门与人行道之间的三个阶梯。他整理了一下头巾，边走边甩着一串赞珠。光滑的珠粒在他肥胖的手掌上转着，像是风火轮一样。他正要走过旅舍隔壁的哥俩好洗衣店之际，忽然一只手轻拍他的肩。他转过身，只见法拉吉浓密的红色大胡子绽出微笑。

与死对头如此近距离的接触让他相当不舒服。他这才发现法拉吉脸上有两颗大痣，一颗长在他左眉靠眉心处，看起来像是要爆浆了，另一颗长在他小小的八字胡正上方。

"等你忙完你的事，到我这边来喝杯茶吧！"

"嗯，再看看吧！"

阿布·安马尔一边回答，一边加大力气甩着他的风火轮，同时点头示意。两人渐行渐远。阿布·安马尔在人行道上加快步伐，像是想赶快甩掉法拉吉，保持两人之间应有的距离。但法拉吉看起来却非常愉快得意，一边摸着下巴，一边走回店里。

他怎么能不愉快呢？他今天上午狠狠修理了一个人。那是一个瘦瘦的、头发凌乱、留着山羊胡的年轻人。他用手掴了年轻人一巴掌，对方飞身转了两圈才落地。围观群众甚至拿出手机想拍下这场好戏，不过这个传奇般的巴掌打完，好戏其实也演完了。那个年轻人是古迹保护协会的成员。据培德太太说，他本来在七号胡同拍照，然后就进了伊利希娃女士的家里。是她开门请他入内，还请他喝茶。

有人看见这一幕赶忙跑去告诉法拉吉，法拉吉马上冲进胡同，看到那个年轻人站在伊利希娃家门口。他望着培德太太的家，然后拿出佳能相机，开始拍摄培德太太家的飘窗，拍了两、三张照片后，站在二楼窗口的培德太太转过头，吃惊地望着山羊胡小哥，脸上表情僵硬。少年还拍了一张培德太太的特写，像是这名老妪更能彰显出老房子的古色古香。但他没能再拍下第五或第六张照片。年轻人察觉到有人接近，把头转向左方，见到一张暴怒的脸，他马上认出是法拉吉。接着一个响亮的巴掌就落在他脸上。这巴掌打得他晕头转向，足足倒在地上一分钟，差点想不起自己是为何而来。

对法拉吉而言，这整件事已经不是口头威胁或警告就能处理的。这个瘦弱的年轻人也明白自己踩到了他的红线。然后不知从何处跑来许多青年把他围了起来。事实上，这些人都是法拉吉的打手和小弟。他们把他扶了起来，叫他赶快离开，不然法拉吉余怒未消——他们是这样对他说的——事情再发展下去对他更不利。说不定待会就有人要朝他胸口开一枪。这些陌生青年推了他一把，要他跑起来、快点逃。他频频回头，快步走着，还看到他们挥手示意他走远一点，同时有几个人架着法拉吉的肩膀，阻止他再去追打这名可怜的年轻人。年轻人见到这一幕赶紧加快脚步，真的跑了起来，一路跑到萨尔敦街转角，消失在视线之外。

法拉吉挣脱众人的手，拍拍自己的衣服，整理头上的小帽。他转身便发现伊利希娃正从一旁墙上的小窗孔望着他。她一脸苍白无血色，看起来倒像是女鬼。法拉吉举起手，对着伊利希娃的身影挥手说道："你还没死啊？上个世纪的老古董还真能活呢！"

法拉吉回到店内，他的巴掌虽然已经打在那个可怜的瘦弱年轻人脸上，但巴掌的"回音"却还在胡同里回荡。培德先生从二楼飘窗看到了这一切，还有很多人也目睹了这个巴掌的威力。短短几个小时，"巴掌事件"已经传遍街区，最后还传回法拉吉耳里。他本人听到人家说起这件事的时候，正喝着又浓又甜的红茶呢！他拿起遥控器转着电视频道，看看有什么新闻，说不定今日轰动街区的"巴掌事件"也报道了。如此一来，大家会更清楚他在地方上的势力有多大，真让他爽快无比！

不到一个钟头后，阿布·安马尔提着黑色购物袋回到旅舍。

不过他似乎忘了法拉吉和他有约,不然就是故意的。法拉吉找来一个下面的小职员,派他去欧鲁巴旅舍,提醒阿布·安马尔务必到法拉吉的店铺一趟。

这是阿布·安马尔第一次踏入法拉吉的店,不过也是最后一次。他从前不晓得里面是如此豪华宽敞。墙上挂了三大幅铜版作品,分别是古兰经的《曙光章》《世人章》[1]和《宝座经文》,用木制的粗画框裱着。他从外面的落地窗看不出原来店里还挂着两大幅画,是麦加的圣城和麦地那的"先知寺",在两面高墙上遥遥相望。画的下方摆着高级座椅和沙发,与法拉吉的豪华办公桌构成一个∏字形。瓷砖地面上了一层蜡,店里还有许多摆设、靠枕、彩色玻璃烟灰缸,再加上一幅漂亮的绿色树状族谱,挂在法拉吉右方的墙上。族谱显示法拉吉与他的兄弟世系源自一位在1920年革命中参战的祖先。法拉吉的皮椅后方有个银铅色铁制保险柜,还有一部冷气。冷气机悄然无声地吹送凉风,直接打着他的脸和手臂。

阿布·安马尔有点受打击,他的心情起伏着。一方面,见到了死对头有多么荣华富贵,他替自己感到悲哀;而另一方面,他已经完全臣服于初次进到"先知不动产"所带来的震撼了。

一名小弟在客人面前摆上一杯茶,另一杯茶摆在法拉吉面

---

[1] 《曙光章》和《世人章》为《古兰经》第113、114章,这两章与《宝座经文》是穆斯林家庭客厅常见的装饰,往往以优美的阿拉伯文书法写成,亦可能以刺绣或雕刻的方式来表现。

前。伴着茶匙搅拌的撞击声,法拉吉开门见山说:"阿布·安马尔,我很敬重你,你事业有成,也懂得做生意,我就不跟你拐弯抹角了,我想找你一起合伙。"

"哦!看缘分吧!"

"哎呀!我发现你的旅舍生意好像快做不下去,似乎全面停业了,真是可惜!"

"愿真主保佑,我会重新装潢、整修一下的。"

"怎么整修呢,阿布·安马尔?你哪来的资金?"

"真主会眷顾的。"

"是呀,真主会眷顾的!嘿,哥们!这没什么不好意思的,阿布·安马尔,你的状况我很了解,你已经山穷水尽、一毛不剩了……我是你的兄弟,不必跟我客气……总之,我想跟你合伙经营。我们来签个合约,旅舍的装潢和整修就全交给我。你怎么说?"

4

"你们是谁?"

"我们是交通大队的人。"

两名粉红军官礼貌地回应哈迪的发问。日落时分,哈迪正在院子中央坐在床上乘凉,而两名军官和另外三名干员却不问一声就闯入他家。他们把黑色吉姆西育空河汽车和司机留在拜塔温区干道的转角,就在阿齐兹咖啡厅附近。

"咦？但我已经两年没有交通违规啦！咦……等等！我根本就没开车啊！"

"你觉得我像是在跟你开玩笑吗？"其中一名军官反问他。

军官恶狠狠瞪着哈迪，他脖子上缠着厚厚的绷带，所以看起来非但不可怕，反而还很好笑。哈迪并不知道这名军官就是那晚恐怖追捕行动中差点被无名氏勒死的人。他眼中燃烧着怒火，似乎正打量着哈迪，想确定哈迪是不是和那个差点让他死翘翘的怪物一样高？他的身形是否与他一致？军官抓着他的手臂摸来摸去。不过哈迪瘦骨如柴，都能摸到骨头了。裹着层层厚绷带的军官似乎有点动摇，毕竟眼前这名瘦弱老头不可能有那般矫健的身手，他看起来跑不快，也不像能与人徒手对打的样子。不过也不能完全肯定。

"你该不会是什么反美的恐怖分子吧？"

"我只是捡破烂的……你们看看这些家具！"哈迪指着排在墙边的十个木头柜。那是他从欧鲁巴旅舍拿回来的家具，还等着修理、重新上漆呢！

"哎呀！看起来倒像是恐怖分子的弹药库……我来看看里面是不是有放炸药、消音手枪之类的？"

"消音手枪？"

"哼！你少装傻了！"

两个军官抛下哈迪，冲进他的房间查看，结果迎面扑来一股强烈腐臭味，让他们压根不想再前进一步。里面的杂物全都堆在一起，房间角落还有一座喜力啤酒罐小山、很多鞋子靴子，以及铜制、铝制或塑料制的水壶。还有许多断脚的木桌、衣服、鸽子毛、鸡毛,以及散发强烈臭味的褪色毛巾和毯子,加上瓦斯炉、两个瓦斯桶、一个装满汽油的塑料桶。他的柜子塞满了洋葱、大蒜、空奶罐、鱼罐头和豆类罐头。这房间就像一座坟墓,所以两个军官很快就出来了。然后他们又围着哈迪的床铺,开始针对几件发生在巴格达区域的凶杀案来审问他——根据调查,这几桩案件都是一个人称"没有名字的罪犯"的神秘家伙犯下的。

圣母玛利亚的石膏像引起军官的注意。圣母张开双臂的样子仿佛正祈祷着和平,而她下垂的衣摆有些颜色已脱落。

"你是天主教徒?"

"不是……我是穆斯林。"

"那怎么会有这个圣母玛利亚像?"

"我不知道……那里本来挂着宝座经文。后来经文裂掉了,没想到圣母玛利亚在后面,这座雕像就自己出现了。"

"哦!你还真能瞎掰……你再掰下去,我们就让你知道胡扯的下场是什么!"裹绷带的军官威胁他。

但哈迪依旧一派轻松。他知道该来的还是要来,这一切都是他自己造成的。都怪他太长舌、太多嘴,在阿齐兹咖啡厅讲了太多自娱娱人的鬼话。现在交通大队的人亲自上门来调查那些他根本不清楚的凶杀案了。他们向他盘问那个他用来吸引听众的故事角色和情节,但那些都只是凭想象力创造出来的。他只是想变得更受欢迎而已,他只是喜欢那种被人围绕的感觉。

"你是认真的吗?"哈迪回了一句。他不知哪来的勇气,又接着说:"什么尸体啦、无名氏啦……你们现在是要拿我瞎掰的故事来拍恐怖片吗？那只是我在咖啡厅乱说的！"

"你看着我！最好别跟我们耍什么把戏……不然，我向伟大的真主发誓，我马上就剥了你的皮。"

裹着绷带的军官威胁哈迪，另一名粉红军官抓住绷带军官的手臂，要他冷静点，换粉红军官来主导问话。两人绕着哈迪的床，对他抛出许多问题。他们问到深夜，漆黑之中大家的脸都看不清了。问话的声音更加激烈，开始有不知哪来的手拍打着哈迪的床。接着，有人狠狠赏了他一记耳光。

哈迪摔到地上，头撞上一块完整的地砖，那是从地板脱落的砖。他感觉到原先那种含蓄的问话方式开始变调，现在变得和每个伊拉克警局的拷问模式一模一样了——哈迪早已听说过许多类似的事。两名干员小弟抓住他的手臂，把他架起来，绷带军官开始朝他的肚子狂殴猛揍。哈迪就这么被他痛殴了两分钟，腹部无比疼痛，觉得恶心想吐。同时，比较平和的粉红军官试图抓住他怒火中烧的同事。绷带军官之所以这么气愤，恐怕是因为在那个月黑风高的夜晚败给无名氏，还让他给逃了。

他打到哈迪都吐了才停手。哈迪中午吃了蔬菜和豆子，在调查人员出现的一个小时前还喝了一罐喜力，现在全都吐出来。难闻的呕吐物弄脏了那个火爆军官的衣服。他一边咒骂，一边往后跳了好几步。另外两个原本牢牢抓着哈迪手臂的干员也松手了，留下哈迪倒在地上把该吐的东西吐完。

一小时后，军官一伙人抽着烟，香烟的火光在漆黑中闪烁，较为冷静的军官得出结论：这个捡破烂的家伙只是个疯言疯语又道德低下的糟老头。当然，他也可能是在掩护真正的凶嫌，不愿意将他兜出来。但军官又觉得，如果把哈迪带到警局或一般的调查机构，肯定会毁了他们正在调查的案子，因为这种怪力乱神的事情在那些地方是不被接受的。这家伙要么很快就会被释放；要么就是被送到美军那里，跟各式各样的罪犯和嫌犯关在一起，这样一来，追查没有名字的罪犯的重要线索就断了。

他很快就下了决定，认为最好把这个喝醉的家伙放了，以后别再来找他，只要派几个人暗中监视就好，看看会有哪些人来找他、跟他碰面。他们必须让他觉得安心，不能让他发现自己遭人监视。因此，必须让他更弄不清他们的来历，让他无法联想到他们的真实身份。

两个小弟打开手电筒，强烈的光线照亮了整个地方。哈迪背朝下躺在院子的地上。他现在应该站不起来，精神状态也糟到无法再去留意任何事情，毕竟他的腹部还很疼痛，刚才吐得乱七八糟的，肠子都差点吐出来了。

两位军官再度搜查他的住处。他们在柜子里的洋葱堆后方，一个放咖啡的玻璃罐找到一些钱，那是哈迪在二手市集卖掉阿布·安马尔的家具赚来的钱。冷静的军官把钱放进自己裤子口袋，然后随意搬走一些东西。他拿走一张有金属装饰的木头桌，其他人也搬了各式家具和古董，像是碎掉的玻璃吊灯，还有一个长方形木制壁钟，有着窗型设计和一个大钟摆。一个小弟鼓起勇气走到房间内部深处，在一个纸箱内找到几组盘子，其中一组盘子印着加齐国王、费萨尔二世的图像；另一组是阿卜杜勒·卡里姆·卡塞姆[1]的图像；还有一些印有世界各大火车站、历史遗迹和风景的盘子。他把这箱沉重的盘子搬了出来，在同事面前打开箱子，像在炫耀战利品。

他们的行为跟土匪没两样。冷静军官还想让哈迪更加搞不清楚状况，于是恐吓他："我们的宗教禁止崇拜圣母像……你知道吧！我们现在要你亲手把它打碎。"

他用强烈的灯光照在哈迪脸上，看见他的嘴巴抖动着。军官靠上前，又冷冷地重复了一次他的命令，哈迪的嘴唇吃力地抖出几个字："没办法……我做不到。"

"为什么做不到？你不想做吗？"

"妈的！我肠子都被打烂了！去你们祖宗十八代！我做不到。"

火爆军官在哈迪肚子上补踹一脚，让他差点断气。一个小弟进了他房间，拿手枪朝着镶在墙上的雕像轰了好几枪，圣母的头断了，但雕像仍然纹风不动，小弟拿手电筒照着雕像，想看看成果如何，他看到圣母的双手依旧呈祈求和平的姿态，头却断了。他感到十分恐惧，觉得他们做得太过火了。不过是为了混淆嫌犯的视听，有必要这样吗？

然而，似乎还有什么正事没做呢！火爆的绷带军官想在离开前对哈迪再做一个测试。那天在拜塔温区逮捕的十一个丑陋

---

[1] 阿卜杜勒·卡里姆·卡塞姆（Abdul Karim Qassim，1914-1963），于1958年政变推翻伊拉克王国的军官，后来成为伊拉克共和国总理，但政权在1963年被复兴党推翻，他也因此而丧命。

嫌疑犯也做了相同的测试。在他们眼中，哈迪同样长得很丑。他嘴边和下巴的胡子乱七八糟的，眼睛凸得吓人，鼻子中间受过伤塌了下去，嘴唇又特别小。

他的手下把哈迪的衣服全脱光，接着用手电筒照他的身体，检查他是否有任何伤疤、缝痕，或是动过手术的痕迹。火爆军官拿出一把锐利的镍合金小刀，刀身只有手指头的长度。他迅速把小刀刺入哈迪两边的前臂，完全没告知另一名军官，接着他又刺了哈迪的腰际两侧，再刺他的两只大腿。哈迪感到剧烈的疼痛，大声叫了出来，但军官已经完成测试，看着他刺出的小伤口涌出鲜血的样子。哈迪在地上缩成一团，黑色血液流淌在庭院地板上，看起来黏黏的。一开始血液还略微涌出，后来就止住、凝固了。是黑色的血。火爆军官用手指摸着血，他的同僚却动也不动，觉得恶心又厌恶。何必要这么做呢？他们根本不需要做到这个地步。只是负责搜集情报而已，有必要为了情报把一个人刺伤吗？

哈迪在痛楚中煎熬，脑中有个声音告诉他，一切都会像美式动作片演的那样，他的超级英雄会突然现身于屋顶上的暗处，然后跳下来，以迅雷不及掩耳之速徒手把这些坏人统统打倒。无名氏应该来救他的，哈迪是他的朋友、他的创造者、他的父亲啊！不过这些都没有发生。一名干员拿起无线电对讲机，低声和他们的育空河汽车司机说话，要他把车子开进胡同。两分钟后，一伙人便带着他们从哈迪家抢来的东西离去了。火爆的绷带军官似乎有点不满意，觉得他们此行的目的没有达成。他走出大门前转过身，一副想继续揍哈迪的样子，不过他的同僚用力拉住了他。

"妈的！信不信我打死你！"他大吼着，眼睛望着暗处哈迪所躺的地方。不过他其实比较像在做最后的发泄，并不是真要置哈迪于死地。

5

法拉吉的提议让阿布·安马尔相当震惊，他的舌头都打结了。他从没预期到会有这样的事。他从先知不动产慢慢走回旅舍，在这短短一小段路上稍微平复下来。哼！他现在大概知道是怎么一回事了。这就是法拉吉用来击垮他的手段，多么狡猾，又多么聪明啊！

阿布·安马尔很讶异法拉吉竟然对旅舍的事了如指掌。他是从哪儿得知的呢？也许是旧房客告诉他的。也许是那个胖胖的亚美尼亚妇人维罗妮卡和她正值青春期的儿子——他们之前在旅舍负责打扫。法拉吉应该不会大胆到敢趁阿布·安马尔去附近买东西的空当闯进旅舍。就算他真的这么做了，也不会有足够时间把一切调查得那么仔细。

这件事他已经想得有点头晕了。到了他平时坐在柜台喝酒的时间，还在继续想，甚至倒好的第一杯亚力酒都还没开始喝。再说，不管法拉吉是否了解旅舍的情况，现在都已经不是重点了。

他给了阿布·安马尔一个很有利的提议。旅舍的主结构没什么问题，只是需要清空、打掉瓷砖，然后重新装潢，铺上地砖、装设新的电路管线和卫浴设备，再换上新家具。他们两人将成为合作伙伴。阿布·安马尔拥有旅舍的一砖一瓦，法拉吉拥有此外的一切。法拉吉的股份将会比阿布·安马尔还多，但旅舍内部的经营权仍由阿布·安马尔掌管。不过最让阿布·安马尔难以接受的，就是旅舍名称要由"欧鲁巴旅舍"改名为"大先知旅舍"。

两人讨论了整整一个小时，最后阿布·安马尔拒绝了这个合作提议。他拖着沉重的步伐回到旅舍。虽然天气炎热，他却将玻璃门完全关上，仿佛刻意不想看到先知不动产。只要关上门，他从柜台后方的椅子就看不到它了。

他一个人静静地、慢慢地喝酒，一边翻阅有关世界末日预言的厚书。他只是戴着眼镜、眼睛胡乱扫着字句，并非真的在阅读。他的思绪飞得老远，回忆起年少时的一幕幕画面。他本来是个往来于巴格达和苏凯尔堡之间的生意人——苏凯尔堡位于南方的盖拉夫河畔。他想起了他本来的合伙人，那人是旅舍最初的拥有者，后来合伙人过世，继承人把他的股份卖给了阿布·安马尔，最后整间旅舍就变成他一个人的了。

他发现自己正处于人生的转折点。他合上了预言之书，心想，他生命里有个预言可能快要成真了。这个预言和世界的命运、地球上的人类无关，也与救世主现世、彗星撞地球、玛雅文明的预言无关。这一切只关乎他坐在这里喝酒、关乎他眼中看见旅舍关上的大门所映照出那张自己的脸、关乎他快要归零的生活积蓄。

他倒映在玻璃门把手上的面容扭曲起来,门打开了。站在门口的是他的老友哈奇姆,他满头大汗,喘着气,左肩上挂着看起来很重的布袋。

哈奇姆和他握手、拥抱,然后坐在他身边聊了起来。这个意外惊喜让他有种爬出谷底的感觉,都怪今天下午法拉吉害他一直陷在里面。跟哈奇姆聊天可以暂时让他抛开这些事。哈奇姆好不容易才找到一辆车愿意载他来这里。他说他现在住的地方有个武装团体威胁要对他不利,他不知道他们是不是玩真的,所以今晚最好在外面过夜。说不定在他弄清楚状况之前都要在外面过夜了。

哈奇姆问起他的房间,阿布·安马尔说房间都没动过。哈奇姆问他旅舍为什么近乎家徒四壁,阿布·安马尔这才跟老友说起几周以来发生的事,一直讲到法拉吉今天下午的合作提议。哈奇姆低头沉思了一下,建议他可以拿旅舍去贷款,或是抵押给政府,这样就有钱整修装潢了。

"这可是贷款啊……有谁能保证旅舍生意兴隆呢?我又要如何还款?这将是另一个无底洞,最后我的旅舍就会变成政府的。现在局势越来越糟了。"

"那么,接受法拉吉的提议吧!"

"不!不可能!我才不要做一个强盗、土匪的手下。我都这把年纪了,才不要让他这样羞辱我!我曾经是镇上最风光的人,而他不过是租屋给娼妓和老鸨!你知道我当初有多风光吗?我就跟国王一样!"

他说完,弯着肥胖的身躯从木头柜台的大抽屉里拿出一大本相册，开始翻给哈奇姆看。有阿布·安马尔穿西装打领带的黑白照，他当时瘦瘦的、很年轻；有他和米桑省篮球队的合照；还有他坐在一群短发少女旁的合照，那是从摩苏尔来的教会唱诗班。还有许多当时的明星、名人的照片，但哈奇姆现在都不认识那些人了——说不定除了阿布·安马尔之外也没有人认识他们了。一张又一张的照片，虽然照片角落折损、颜色褪了，却还散发着生命力与喜悦。看来，这本相册正是阿布·安马尔的精神支柱，借着它，他才有前进的动力，才能在这幽暗、发霉的旅舍支撑下去。

"那你打算怎么做？你要继续这样下去，直到花光最后的积蓄吗？"

"不！"阿布·安马尔说着把酒一饮而尽，然后又慢慢倒了一杯。他把酒放在朋友眼前的小木桌上。

"我不会接受他妈的法拉吉的提议……但我倒是有个新提议：我要把旅舍卖给他。"

第十三章　犹太废墟

1

一如往常，伊利希娃坐在客厅里，伴着她的是快要没有毛的猫。她正准备用半个小时来冥想，一面看着英姿焕发的圣徒像。黄色的煤油灯光在画像上波动起舞，也许因为这样她才会以为画像动了、圣徒和她说话了。她透过厚重的镜片端详圣骑士的脸庞，耳边传来隔壁断断续续的痛苦叫声与呻吟。她听见粉红军官对哈迪拳打脚踢的声音。她一边冥想，一边听着那些喊叫和呼救，就这样持续了十几分钟。她闭上双眼，接着声音停了——那些声音其实穿透了好几道墙才传到她这边。老猫趴在窝里，她按摩着猫咪的身体，一点也不在意粘在手上的猫毛。她看着画像，一边思考培德太太的提议。法拉吉一巴掌响亮地打在那个巴格达古迹保护协会的可怜年轻人脸上之后，今天中午培德太太给了她一个建议。

她今天本来应该去参加"圣徒舒慕妮与七子殉道纪念"[1]，

---

[1] 典故出自《圣经·马加比二书》，记载犹太教徒舒慕妮（Shmuni）与她的七个儿子因为坚守信仰而遭暴君迫害的故事。有些天主教、东正教派系会在7月18日纪念这个日子。

却意兴阑珊，宁愿待在家里。培德太太来找她，跟她说法拉吉是个邪恶的人，什么事都做得出来，甚至还能捏造这间房屋的产权，直接把她赶到街上。再说，也没有人看过伊利希娃女士手上的产权证明。说不定她根本没有文件能证明房子是她的。说不定这原来是某个伊拉克犹太教徒在五十年代被迫迁徙后留下的房产，不属于伊利希娃和她丈夫，或是这个破碎家庭里的任何人。

培德太太为何要说这番话？她不再力挺她了吗？不过她提供了一个诱人的提议：培德太太在自家整理出一个房间给伊利希娃，让她舒舒服服地搬进来住。然后再让培德太太的儿子经营伊利希娃的家，改装成出租套房，租金归伊利希娃所有，这样她可以过上挺像样的日子，比目前拮据的生活优渥许多，同时也可以让法拉吉对她死了这条心。谁知道那种没天良的人会对一个独居在大宅里、年迈又柔弱的妇人做出什么事来呢？只要她接受培德太太的提议，法拉吉或任何觊觎这栋房子的人就会发现她身边有其他人在，不敢对她乱来。

但是，搞不好这只是用来骗她房子的手段。说不定培德太太也动了贪念，变得贪得无厌了，又说不定她根本是法拉吉派来的。

对于培德太太的提议她没做任何回应。对她而言，避免场面尴尬的最佳方法就是保持沉默。而培德太太以为她老迷糊一时听不懂，需要多点时间考虑。她现在的确在思考，一边望着墙上圣骑士的画像，一边抓着老猫纳布的背。纳布在小窝里已经快要睡着的样子。但她并不是在想培德太太的提议，而是别的事：原来她的闺密、她的老邻居对她的看法也和其他人一样。为什么培德太太会觉得她应该把房子处理掉呢？为什么他们会认为她现在处境艰难，非要卖掉房子才能得救呢？她对自己简朴的生活很满足了。每三个月可以领一次退休金，还有女儿汇来的钱，加上教会互助会的补助，这些就让她吃喝无虞了，再说她很久才需要买一次新衣服，也没有其他多余的需求。就算期待的那些奇迹都没实现，她至少也确定自己在有生之年不会遭遇经济困难。

就连那个想以国家的名义向她购屋的瘦弱青年也相当无知。他打从第一次来访就没搞清楚过。她根本不会把房子卖给他。她不会因为住在一间曾经是自己的、后来却变成国家财产的房子里而感到骄傲。再说，卖掉房子的钱对她根本是多余的。

她稍稍阖上眼，觉得头有些沉重。纳布在窝里打盹，说不定快要睡着了。不过她坐在沙发时，听见院子里有些动静，还有沉沉的脚步声。她望向门边，看到儿子丹尼尔的身影站在那里。

2

破碎地砖上覆盖着黏答答的血液，一双强而有力的手臂将哈迪从地上抬了起来。他以为这就是结局，以为自己要死了，可是睁开双眼，却什么也看不见，只有一片漆黑。这双手温柔地将他放下，他放松身体，发现自己躺在庭院中央的泡棉床垫上。然后他听见锅碗瓢盆的碰撞声，以及周围的一些动静。一块湿润破布擦过他的身体，清洁他的伤口。漆黑中，有双手帮他穿上了丢在地上的衬衫和裤子。

"放心吧！你死不了……但你活该被打个半死。"那人丢下这句话，便消失了。

几分钟后，他听见门口传来声响。几支手电筒的灯光打在他脸上。他忽然觉得全身没力，仿佛要昏过去再睡上好一阵子。他看到好几个人团团围住他的床。

"你们要把我怎么样……你们要把我怎么样？"他不由自主地叫了起来，还以为拷问他的人又回来了，说不定这次是来做个了结。

"他们对他做了什么？"其中一人说。

他们开始翻动哈迪的身体，检视他的伤口。其中几个人迅速点燃煤油灯，照亮了整个地方。

培德先生一直坐在他家的飘窗阳台上，早就注意到那几个闯进哈迪家的人，只是无从得知发生了什么事。他一直在观望，看到育空河汽车停在哈迪家旁边，调查人员拿着一些东西走出了他家。他站起身，看见他们上了车匆匆离开。接着他看到其中一个人手里挥着一个彩色玻璃灯罩台灯，从车窗丢出去砸向墙壁。事情看起来不太对劲，所以他马上动身，找了邻近的几个年轻人一起"破门而入"。不过哈迪家本来就没关门，众人见到哈迪那副样子，嘴里还不断嚷嚷，马上明白他已经被人打到快往生了。培德先生的小儿子跑回家拿了一些膏药、消毒水、纱布和药品，那是他在舒尔察市场摆摊卖的东西，对于急救包扎他也略懂一二。他说，哈迪腿上的伤需要缝线，他不懂怎么缝，但可以暂时帮哈迪包扎起来，至少撑到明天早上，再去诊所或医院找人把伤口缝好。他建议哈迪今晚最好别乱动，以免伤口恶化。

众人将哈迪的泡棉床垫移到地上，靠着唯一一个房间的外墙摆着，再将他抬到床垫上，让他喝水，告诉他已经没事了。他们对他温柔又充满同情，但也好奇他为何会遭到如此毒打，可是问他原因他又不想说。大伙一直追问，哈迪又露出凶性，骂起难听的脏话。他可不想一个晚上被拷问两次，便要他们闭嘴。邻居对他的关心和情谊也就到此结束了。他们拿着手电筒离开，留下哈迪在黑暗中伴着煤油灯的黑烟和光晕。

哈迪倒在床上，试着回想自己摔到地上后发生了什么事。他把一切都搞混了，还以为自己把怒气发泄在那个幸灾乐祸的人身上——那个说他活该被打的人。但是，此人真的在他们之中吗？抑或只是他一厢情愿的想象？是谁将他从地上搬到床上？邻居冲进来该不会是想看他裸体的样子吧？

他脑中闪过一个又一个疑问。附近都是两层楼的房子，高墙耸立，他家像盆地一样陷下去，有热风吹落下来。他的身体渐渐感到麻痹，伤口的疼痛也减缓了。培德先生的儿子给了哈迪两颗安眠药和一颗消炎胶囊，还让他喝了一些药剂，药效发挥了作用。此外，他还帮他在手臂、腰间、大腿上做了包扎。大伙都对他很好。他开始后悔对他们说了粗话、发了脾气。不过他脑中还是有许许多多的疑问。那些调查人员还会再来吗？为什么他们刚开始问话要问得拐弯抹角？为何要拿刀刺他？为何要抢他的东西？是谁指引他们来的？是那名记者？还是阿齐兹咖啡厅的客人？

他还不知道自己本周辛苦工作的积蓄都不见了，也不知道镶嵌在墙上的方形圣母石膏像的头已经毁了，更不知道那些高级餐盘和他最为贵重的收藏品都被拿走了。到时候他肯定会气炸，不过他也不能怎么样。

这些都是明天中午的事情。他此时能做的，只是望着夏日漆黑夜空的寥寥星光，任由昏迷后的感觉与逐渐麻痹的知觉发酵，他身体的能量已经用罄，肠胃空空如也，数小时前的严刑拷打早已让他吐得一干二净。这番反复的身心煎熬，此时反而沉淀为一种清醒感。前几个小时发生的事仿佛是为了一巴掌打醒他，说不定这都是天意，是上天要撼动他的肉体和灵魂，让他打开双眼看清自己的人生和这一切的一切，提醒他路走偏了，眼前只剩无底的深渊。

他想让自己重新来过。他会耐心等待伤口完全复原，然后去谢赫欧玛尔的"皂浴澡堂"，在热腾腾的雾气中，花上三个小时把自己搓洗干净，接着把头发给理了、胡子给剃了，再买些好看的新衣服，还要买新的布鞋和皮鞋。他要搬离这间晦气的犹太废墟，去跟法拉吉租个新套房，他要一个通风良好的大房间。他还考虑租个店面专门买卖、修缮二手家具，那可是他最拿手的活儿。他要找个愿意接受他的老婆。至于喝酒，每周一次就好了。他要做这个、做那个，他会坚持做到——只要他今晚能好好睡上一觉，明早安然无恙地醒来。

3

他在高处观看事态的演变。起初哈迪坐在床上，两名粉红军官绕着他兜圈子，接着他们说话大声起来，先是拍打哈迪几下，然后一巴掌将他狠狠打到床下。他看着他们如何一步步凌虐他，而他只是静静待在原地。这群自称"交通大队"的人毁坏了圣母玛利亚的雕像，偷了哈迪的钱和贵重物品，他一直等到他们离开才爬了下来。

他想，虽然他们残酷地揍哈迪、用小刀在他身上划出伤口，但应该不至于闹出人命。他猜测，调查人员只是想吓吓他，好让他把他们想问的事情一五一十招出来。就某方面而言，哈迪犯了不少过错，这似乎也是他应得的惩罚——"无名氏"这般忖度着。他跳进院子，抱起了他的创造者，将他放在床上、为他穿上衣服。一听见门外传来邻居接近的声响，他迅速爬上砖瓦堆，朝伊利希娃家走去。

他看到她像往常一样，坐在客厅痴痴望着殉道者圣乔治的画像。她见他站在门口，脸上完全没有不对劲的神情，就连一丝肌肉的抖动也没有。她真的疯了吧。她望着无名氏，像是他一直都与她同住，好像他只是去了几分钟的厕所，现在又回来了。

他觉得孤独。他好几个礼拜没有跟人说话了。他认识的人只剩下两个：倒在床上的拾荒者、对亡魂和圣徒画像说话的疯女人。他大可跳到两名粉红军官和他们的三名手下面前，不消眨眼的工夫就能把他们统统打倒。但是真这么做的话，哈迪的麻烦就大了。这些情报人员的车上还有一个司机，他会发现事有蹊跷，然后在哈迪家里看到尸体。就算无名氏把尸体搬走，藏到别处，问题也不会了结。哈迪将会被告。这个瘦弱的老头将会越来越难脱身。所以尽管沉重，但在一旁观望也许是最好的选择。说不定他们会更加摸不清要抓的对象是谁、无法肯定他的存在。再者，锋利的刀子刺在哈迪身上他都忍住了，也没透露任何有用的情报，可见往后再有任何调查他也能挺住。

这些人一定还会来找哈迪问话。所以无名氏最好别再出现在哈迪眼前，才能帮他恢复正常生活。他最好离哈迪远一点。事实上，他本来就没必要出现。就连他这次暗中来访，也毫无原由。他已经迷失了。他知道他的任务是杀人，每天都有新的目标，但他现在已经不清楚到底哪些人该杀、杀他们的原因又是什么。

他的肉体最初由无辜的受害者组成，但后来换上新的肉，有被他杀死之人的肉，也有犯罪者的肉。那天他在杜拉城那栋荒废大楼杀了无辜的人，后来美军武装部队包围了整个区域，伊拉克军方也派了一支小队来协助。他好不容易才躲过他们。他们进了三疯的追随者搭建的根据地，发现许多与他有关的事物。不过他们没能抓住他。

就这样，他开始了颠沛流离、东躲西藏的日子。他暗自决定，既然不明白为何要杀人，那么就停止杀人吧。他想，只要他不去帮身上血肉的主人报仇，日子久了，这些肉自然会凋零。他会就地腐烂、分解，他的故事将结束，他也终能摆脱这莫名其妙的一生。

不过他也不确定这样是否值得。谁说他不凡的使命要这样结束？他必须继续前行，直到解开眼前的谜团为止。他可是超级杀手，才不会简简单单就死了。因此，他必须善用自己特殊的能力，为枉死者而战，为真理、真相、正义而战。他会努力让自己活下去，直到想清楚前面的路该怎么走。他将从那些活该被杀的人身上取肉，作为替换零件。虽然这不是最理想的选择，却是目前最佳的办法。

他想把这些事全说给哈迪听，却看到哈迪遭人痛殴，这样的结局也许适合他吧。今晚，还有接下来的几天，哈迪都无法听他诉说，无法客观地给他建议，也无法告诉他该怎么做最好。

他把这些内心话都告诉伊利希娃。她只是静静聆听，老猫睡着了，她温柔地摸着它的背。这些事情对她来说似乎过于复杂，但她愿意倾听，而这就是"无名氏"现在需要的。

他告诉她，偶尔会遇见几个信徒，他们是那场小型内战的幸存者，从杜拉城的根据地——那栋荒废大楼逃了出来。他们还是依照各自追随的"疯子"教条，完完全全地信仰着他。看来他们对他的信念并没有什么改变。

一天夜里，他见到341号公民走在瓦济利亚区的巷子里。他主动告诉无名氏他是第341号公民，还向他鞠躬，亲了他的手。他说，他知道的只有自己的号码，不晓得其他号码的人怎么了，谁在那个恐怖的夜晚死于枪林弹雨中？谁活下来？他都不晓得。尽管他深深期盼信徒可以重新组织起来，但已经无从得知谁是342号公民、谁又是340号公民。如果要招募新的支持者与信仰者，他也不知道号码该如何接续下去。有哪些号码已经空缺了？目前公民的实际数量为多少？

另一天晚上，他的身体溃烂得很厉害，又巧遇一个把他当作救世主的信徒。信徒小心翼翼将他带往福德区的家中，避开邻居与闲杂人等。当他进到信徒家的院子，信徒走进厨房，拿出一把大菜刀。他将刀子交给无名氏，说要把自己献给他，希望无名氏杀了他，从他身上取下需要更换的部位，就像换零件一样。这个提议吓了无名氏一跳，他花了几分钟犹豫、思考了一下，发觉也许这么做最妥当。尤其如果他找其他人下手的话，肯定会造成更大的骚动，说不定在他取下腐肉、换上新肉之前，就要杀好几个人灭口了，毕竟替换的过程也相当花时间。

他划开信徒双手手腕的静脉，好降低他的痛苦。在他死前，他会先因为失血而陷入昏迷。他并不想朝他肚子捅一刀，或是从咽喉下刀，因为那比较像是对付敌人的手段。再说，任何人面临死亡时，都无法控制自己的动物本能。如果信徒死得太痛苦，肯定会大吼大叫。说不定死亡在体内蔓延时，他会发现自己对生命还有眷恋，因而奋力求生。这样一来，无名氏又要处理许多不必要的骚动了。

老太太聆听着无名氏的一字一句，以为他是她二十年前失踪的儿子归来的新形体。而且她似乎也听不太懂这位骇人贵客所说的话。

时间对老太太来说已经太晚了，过了她平常的睡觉时间，但她发现这位贵客还能继续讲到天亮。他是个有许多故事的人，需要别人倾听，但她并不明白他的用意。如果她儿子的灵魂在他身上，那么他就该明了：她力抗着死亡。虽然每个人在某种程度上都盼望她死，但她依然坚毅地活着，坚决不对死亡有一丝一毫的退让。

"孩子啊！你何不休息一下……要不要帮你在院子里摆个床垫？"

她打断他的长篇大论，暗示着话题结束。而他也察觉到她刻意转移话题，将一切拉回现实。她的提议其实挺诱人的。如果有机会的话，他还真想试试看，躺在铺在地面的棉质床垫上，望着天空的帷幕，数着星星入睡。只是这样的日子并不属于他。

她摘下眼镜，揉着双眼，深深吸了一口气，长长叹了一声"啊"。当她张开双眼，这位健谈的访客已经不见了。她望着眼前的圣骑士像，看着他高举长枪，长枪正要刺进地上的恶龙咽喉里。她有感而发问：为什么骑士这么多年来没杀死恶龙呢？为什么要让自己如此紧绷呢？这样实在是太累了。他早该杀了它，好好休息的。不然他也应该站在一个没有野兽和恶龙的地方。这幅画仿佛加深了她的紧张，让她感觉没有一件事情是圆满的，全都卡在半路上了，就像现在的她一样：一个心愿未了的活死人。

"你在折磨我。"她一边对他说，一边抱起睡着的猫，将它摆在身旁的沙发上。这个动作惊醒了猫咪，它睁开眼睛、张开嘴巴打了一个长长的呵欠，伸展着身体。

"嘿！战士！你没把这只恶龙杀死，对吧？"

她又问了一次，耐心等着他回应。她站起身，眼睛仍然盯着沉默圣骑士的俊俏脸庞。

"伊利希娃,一切都会有个结果……你急什么?"他说道,甚至没有启动唇齿。

画像上没有任何动静。然而,他的声音却清清楚楚传到了她的耳里。

4

他醒了。他望着蔚蓝的天空,看着麻雀等鸟儿快速飞掠而过。他听到了一些微弱声响:收音机、聊天的声音,还有汽车喇叭声。他闭上双眼片刻,然后再张开,注意到一架美军直升机轰隆隆飞过。他很想起身,却没有力气。他的头重如铅块,甚至连转动都有困难,脖子无法左右移动。他像条死鱼一样躺着,听着早晨细微的嘈杂声随着日光推移更加喧嚣。突然传来一声巨响,他吓得心头一震,那威力甚至撼动了地面。

萨德里亚区发生了一起汽车爆炸,地点就在距离拜塔温区几公里远的旧市区。不过关于爆炸案的相关状况,他直到下午才有机会打听到,现在什么也不晓得。他转过身,右边大腿的刀伤非常疼痛。他稍微抽了一口气,双手往床上一撑,坐起身子。他这才觉得全身上下都传来疼痛。调查人员刺在他身上的伤口很痛,头痛、肚子也痛。他好想再睡一下,但是又好饿。

他就这么坐在床上,觉得自己已经不中用了,他原本还自认为很年轻呢。家中的木头门传来声响,他看见阿齐兹和住在附近的两个年轻人走了进来。阿齐兹吃力地关上身后的门，一边推门一边骂脏话。接着他转过身，挤出大大的微笑，与年轻人同时走上前，端着一盘特制鲜奶油和烤饼，还有一壶茶。

"感谢真主，你没事。"

他说着拍拍好友的肩膀，脸上的笑容没停过。两个年轻人也拍拍他的肩，说些祝福的话。不到一小时后，跟哈迪一起工作的小弟来了，他跟哈迪本来约好要处理掉旅舍剩余的旧家具，看到"师傅"的模样吓了一大跳。他见到哈迪裹着绷带和白纱布，吃惊得张大了嘴。但阿齐兹不一样，他没有被好友的惨况吓到，因为他早上就从咖啡厅的客人口中先听说了，他也得知哈迪没事。因此他把咖啡厅托给工读生照料，自己跑来探望好友，顺便问问是谁攻击他的。

哈迪的回答相当含糊，让大家听了更摸不着头绪。究竟他说的交通大队是何方神圣？他们要抓的罪犯是谁？这跟哈迪挨揍、被弄得满身是伤又有什么关系？哈迪吃了早餐后，阿齐兹鼓励他巡视一下"他的"房子。他震惊地发现所有积蓄和宝贝都不见了。起初他还不太确定是谁偷的，毕竟昨晚那么多人来过。但他想起在昏迷中听到翻箱倒柜的声音，因此更加确信是那些调查人员偷了他的东西。接着，众人看到遭破坏的圣母像，又更加困惑了。

阿齐兹走到雕像前，满心惋惜地说："这可是圣母啊！有必要做到这样吗？"

他的问句脱口而出，一边摸着圣母像。有些石膏碎块还挂在上面。他的手触及之处又有一些碎块剥落了，雕像腹部、颈部的缺口也变得更大。似乎只要稍微动一下，镶嵌的雕像和方形石膏板就会整块掉下来。阿齐兹的手弹开，像是害怕自己会不小心破坏了雕像。他朝老友望去，哈迪正在杂物之间翻找东西，吓得六神无主。

哈迪简直快要晕过去，一想到卖掉欧鲁巴旅舍的家具所赚的钱都不见了，他真想大吼大叫，好好哭一场。但他克制住了。阿齐兹建议他回床上休息，把事情给忘了，不然他也可以带他去诊所治疗一下伤口。但哈迪拒绝了。

一个小时后，哈迪已经平复下来，他将自己的小灾小祸抛到一旁，交代小弟去买亮光漆、钉子、打磨木头用的砂纸、强力胶，以及其他修缮二手家具的用品。他叫小弟快去快回，打算好好整理一下那些局部损坏的破烂木柜，好尽快拿去市场上卖。

众人离开后，哈迪看到圣母的石膏像，心想这又是一大损失。他以前有时会想，说不定有办法将壁雕完整取下来，卖给教堂或喜欢搜集宗教饰品的人。他将手放在雕像断头的缺口上，上面的碎块一拔就拿起来了，他又拉拉其余部分，结果石膏的边框掉下来。他用力一拔，拆下了整座雕像，又试着把雕像放到地上，不过底部的地方也断了。雕像的手臂依旧是双手敞开的样子，下方则是衣摆和双脚，但现在已经断成两块。

他看着雕像拆下后，墙上露出的方孔，见到里面有个东西被一堆土盖着，他用手拍掉尘土，那东西渐渐有了轮廓。是一个长七十厘米、宽三十厘米的深色木制雕刻板。他再用手抹了抹，才看清楚上头有个树形雕刻，是一种用凿子刻出来的奇特作品，看起来像一棵树或一座大烛台，烛台上方与下方写着奇怪的语言。哈迪也非简单人物，他迅速判断出这是犹太教的饰品。过去几年，他在拜塔温区的一些宅院看过类似的壁画。哈迪马上想到这也是可以卖钱的东西，他可以取下来拿去卖掉。他曾听说有人专门收购犹太教的东西，然后走私到国外贩卖。

不过他想到这里，突然又害怕起来，马上想到昨晚伤害他的邪恶调查人员。要是他们现在正好在监视他，要是他们又像昨天一样突然冲进来，又会给他添上什么罪名？他无法再承受折磨了。如果再挨打，他可能就要死了。他并不是什么九命怪猫。他自称以前曾经从山上摔下来只是骗人的，是因为阿齐兹咖啡厅的客人爱听他才讲的。还有，那次他在萨迪尔饭店前方被炸飞到半空中，又重重摔到地上，其实也不像他讲的那么夸张，他自己也不太清楚为何那天被炸飞却没受伤。他只知道他现在很脆弱，觉得自己老了，如果有人往他肚子揍一拳，他可能就一命呜呼。

上天不该如此对待他，他这辈子又没做过什么坏事，只不过说了一些谎话而已，都是无伤大雅的谎话啊。也许"无名氏"的故事是他撒过最大的谎。对，那不过是谎话罢了。他现在最好把它当作鬼扯。要是再跟别人说这件事是真的，就真的吃不完兜着走了。那只是他不知道哪根筋不对而胡思乱想瞎掰出来的惊悚故事，他现在必须完全忘掉。他想起自己昨晚的决定，更加坚定了想要改变一切的决心。

他听见门外传来声音，一定是他的小助理买完东西回来了。他拿起一个直立卷收在房间角落的地毯，把它倚放在壁雕的破洞前方，完全遮住洞口，也遮住了里面的深色木头雕刻板。

5

夏慕尼执事好不容易抵达了伊利希娃女士家。由于爆炸的关系，美军把泰伊兰广场前方的路和萨尔敦街的入口都封了起来。快速道路旁的奇兰尼加油站附近有汽车炸弹爆炸；萨德里亚的市集也有一起爆炸案，造成数十名商贩丧生。此外，美军还在自由纪念碑前面查获一辆装有炸弹的汽车试图从陆桥后方绕进绿区——没人知道美军后来如何处置这辆车和该名袭击者。场面一片混乱，人们莫名其妙地奔跑，有些人可能害怕接下来不知哪里还会发生爆炸，有些人可能是因为好奇，想知道到底发生了什么事。这些人已经陷入失控，好好跟他们说话也听不懂，宁愿相信谎言和谣言——纳迪尔·夏慕尼一边看着伊拉克新政府的政府军进入拜塔温区，一边这么想着。

他将车子停在亚美尼亚教堂旁，听到人们传言：政府军进驻是为了追捕几名逃犯。他想下车，但警察却告知他必须马上离开。他本来打算打电话给约西亚神父，跟他说今天的差事是办不成了，他必须回到卡拉奇·阿玛纳区的教会，他家也在教会附近。然而，脑海中却闪过一个声音告诉他，说不定接下来的日子每天都会这样。如果他现在回去，也许明天再过来的时候情况会更糟。他得想办法达成任务。再说，他也不希望自己在未来的日子还要常常碰上这种事。

执事已经决定举家搬离巴格达。他很早以前就和约西亚神父提过这件事，只是一直拖了又拖。他的亲戚几年前就搬到安卡瓦区，也早就劝他搬去，连他的几个女儿也想要搬。但他每次开始认真考虑，就会想到他将与自己的房子、这里的邻居和生活告别，心头浮现一种压迫感，所以一直没有下定决心。

然而有一天，他发现家里外门的门锁被填入一种胶状物，那是专门用来粘金属和玻璃的胶剂。他很困惑，一开始还不懂那到底是什么意思。他试着恢复原状，想将锁里面的胶清理干净，但是失败了。几天后，他只好换一个锁。但相隔不到一周，他又发现新的锁也被粘上同样的胶。家人劝他别管锁的事了，可能只是有人跟他闹着玩，说不定是小孩子或青少年弄的。他便想，那就不去修理锁头了，夜里从屋内把门拴上就够了。

两天前，他发现厨房面向花园的外门也被粘上这种超级黏胶，简直气炸了。他立即把家人都叫来，想知道是谁做了这种低级事。起初他还怀疑是女儿和太太。她们这样做究竟用意何在？不合理啊！但他马上排除了这个想法，取而代之的是害怕与担忧。有人趁他们睡梦时翻过他家围篱，进到院子里，拿黏胶封死他家的门锁。这真是太可怕了。

他知道这类的骚扰一定还会再发生，有人看上了他家的房子，故意要把他们吓跑。过去三年已经发生过不少类似的事，完全没有人能阻止。巴格达正处于混乱之际，没有任何人、任何单位可以信得过。不只这样，他的女儿还会被人骚扰，巴格达的治安也越来越差。不久前，教会有个教友的家庭才遭遇不幸，他们的父亲被绑架，支付高额赎金才将他从绑匪手中救出来。

夏慕尼没有太多钱，他替女儿和家人感到担心，觉得自己再也受不了这类的压力。他联络安卡瓦的兄弟和亲戚，将自己的决定告诉他们："我们可能暂时要搬到安卡瓦住了……等巴格达局势稳定再回来。"

他这么说是为了让自己有正当理由离开，从没想过也许会再也回不来。然而，接下来的局势越来越乱，他很有可能真的回不来了。

他将伏尔加小轿车停在胡同口，徒步走到伊利希娃老太太家。他不打算告诉她自己的烦恼，也不打算说他已经决定在几天后举家搬到一个很远的地方。虽然夏慕尼执事是为了约西亚神父交办的事情而来，但他对这个有点痴呆的老太太却有份特殊感情。他暗自想着，以后再也见不到她了，希望能让两人最后的会面温馨一点。他好几十年前就认识伊利希娃和她先生，还有她的小孩，却从没想过最后会变得这么感伤。他注意到老太太的倦容，看见她脸上又多了新的皱纹，厚重眼镜下的眼睛四周也布满纹路。不过也可能是因为他已经很久没有这么近距离地坐在老太太旁边，才会注意到这些细节。她大概已经一个月没有来教会了。

她的女儿希尔达和玛提尔达都定期和约西亚神父联络，神父也不断安慰她们，告知老太太一切安好。但她们想听听母亲的声音，也知道她还在生气，想要哄她和好。夏慕尼执事把这些话转达给伊利希娃，还说神父希望她这个周日能来参加教会的弥撒。她皱眉望着执事，什么也没说。

"玛提尔达要来巴格达找你……她说她是为你而来的。她要带你走。"

"她才不会来……她是胆小鬼。"

"会的,她会来……她打给约西亚神父的时候都一直哭呢!"

"我哪里也不去。我不会离开我的房子。"

"夫人啊!房子能干吗呢?你一个人住在这里,就像住在沙漠中的帐篷。"

"这里有我认识的人,有我的邻居。我的人生全都在这栋房子里。"

"我明白……但是你不想念女儿吗?"

"我知道她们都安好……但她们为什么要我抛弃自己的家呢?"

"这里现在日子不好过……如果人都活不下去了,要房子还有什么用?我每天都担心会发生什么意外、害怕死亡……害怕街上的坏人……你不觉得路上的行人有时候就像会吃人的僵尸吗?我连睡觉都会做噩梦,有时还会吓醒。伊利希娃呀,这个国家已经变得跟你隔壁的犹太废墟一样残破不堪了。"

"那杀身体,不能杀灵魂的,不要怕他们。"[1]

"嗯。"夏慕尼沉吟着。他不知道她何以想到了圣经的这段话,也说不出合适的回答。他并不想跟她争辩离开或是留下的理由。他发现自己不小心把话题扯远,都讲到他自己的私事和烦恼了。他本来只需要把约西亚神父的话转达给老太太。

---

[1] 语出《圣经·马太福音》第十章二十八节。

"星期日要来哦！请看在我的分上，伊利希娃……如果需要我开车载你，我就来接你，好吗？"

"好。"

三天后就是星期日了。这几天，执事正忙着帮女儿们办转学，现在放暑假，学校没上课。他将房子交给法拉吉，请他帮忙转卖或出租，还把大部分家具都卖掉，只留下一小部分放在二楼仓库。他有许多事情要忙，就连星期日的弥撒都没空去。星期一一大早他就开着伏尔加小轿车和家人离开了。他将家里的钥匙交给一位朋友——虽然钥匙已经开不了什么门了。他请朋友几天后再帮他把仓库剩下的东西用货运寄到艾比勒。

夏慕尼执事以为这些都是一时的。混乱终将过去，国家的局势会稳定下来，他很快就会回来。也许是一年，或者再久一点。他自己不怕死，但他无法想象哪个女儿被掳走或受到伤害，该怎么办呢。

他就这么走了，完全忘了，或是刻意忽略了他和伊利希娃的约定。他以为自己不会再见到她。最后一次见面，他觉得她看起来像是命数将尽、却硬撑着不走的老人，也许再撑也不超过一年了。而伊利希娃自己也没有想过会再见到这位留着土耳其式八字胡的执事。

不过，他们两人都错了。

第十四章 侦调局

1

马吉德准将在办公室看电视,法里德正在荧光幕上谈论"X罪犯"。现在有许多媒体人都这么称呼"头号罪犯",他已经成了谈话节目的热门话题,这让马吉德准将很困扰。为了工作,他每天都必须留意这些政论节目,但节目内容却往往刺中他的痛处。

他很清楚,各频道几乎每天都在讨论这名歹徒,电视上每天至少会出现一次歹徒的画像,他整张脸是黑色的——几乎所有伊拉克的电视台都是这么播出的——画像下方写着悬赏奖金,只要提供有关歹徒的情报就能获得。准将一想到至今仍未逮住凶嫌,忍不住更加生气。如果能逮捕"没有名字的罪犯",他一定会在媒体上大紫大红,过去多年的努力也将水到渠成。现在媒体焦点都聚集在这名歹徒身上,尽管众人对他一无所知。只要抓住这个"电视明星",他自然也会成为镁光灯下的焦点人物。

"奖金?电视台自己最清楚他们根本不会付什么奖金。"马吉德准将对手下的军官说。他赫然发现,电视上那个帅气男子也说了差不多的话。准将每次看到他穿西装,都很想买一套一模一样的。不过他自己最明白,他根本没有机会穿成那样,他只能在侦调局的办公室坐困愁城。

他从办公桌抽屉里拿出一面小镜子,仔细看着自己的脸,端详眼下的黑眼圈。因为太过劳累,他的脸变得又松又垮。他用手掌心搓着脸颊,看起来像个花痴。办公室没人的时候他才敢这样。

过去三年,他的工作没有什么太大的惊喜。为了预测巴格达的爆炸案,他和怪咖助理们写了很多报告,搜集、分析情报。有时政客会找他们问卜,想知道下次选举要和谁策略联盟?某个案子是否值得投资?可能是关于收购国有土地,或是买下已经停工的国营工厂,再以私有化、开放投资的名义来操作。有时他会在大半夜接到某某政要办公室的来电,只为了问他做了什么梦代表什么意思,一点也不尊重他在军中的位阶,这让他很不爽。他很多时间都浪费在这些狗屁倒灶的事情,常常气得他咬牙切齿,却也不能说什么。他觉得自己被人作践了。有时肌肉男刚好送来茶水,他会丢茶杯出气,往墙上一扔,不然就是朝地上一砸,让茶水泼在办公室中央的高级地毯上,然后又感到懊悔。

在没有名字的罪犯出现之前,有段时间侦调局的工作比较不忙,偶尔会突然有达官显要来访。但他忙于公务,往往认不出来访的政客是谁。他经常通过对方保镖的人数和身上西装的华丽程度来判定访客的层级。大部分政客的名字在他听来都十分相似,根本搞不清楚谁是谁。他心里牢记的,就只有十位最具影响力的政客，他们的名字每天都会出现在电视上。

起初，他们的问题让他感到非常不可思议，不过后来也习惯了。他们会接连问好几个问题，要求马吉德准将提供解答，好像他会通灵、占卜一样。后来他就见怪不怪了，也知道这些大多是幌子，其实政治人物只是借此来铺陈另一个真正的问题：

"我什么时候会死？怎么死的？"他们往往问了一长串烦人的话之后，这个题目才会出现，似乎是想刻意隐藏在诸多问题之中。

"我该申请防弹车吗？还是其实不需要？"某次有个政治人物打电话这么问他。他说，他的政党在国会只分配到三辆防弹车，他不知道是否要去抢名额？

如果其他人坐上了他的位置，肯定会好好利用这些政客来打好关系，但是马吉德准将不愿作贱自己，他想用实力来证明自己比其他人更重要。他不要光是帮政治人物算命，他要交出逮捕罪犯的成绩单。

不过自从头号罪犯出现后，一切都变了。从今年四月初开始，这名罪犯犯下了一连串的暗杀行动，变成一个超级大悬案。他的名声大到人人闻之丧胆，他的神话越传越夸张，人们都说他拥有不死之身。一切都真假难辨了。

马吉德准将不再接到任何关于算命或解梦的电话。他交代私人秘书别再转接这种来电，后来跟美军联络官报告时，还抱怨这些政客给他造成困扰。

电视屏幕上，法里德的谈话结束了，切回新闻报道。办公室有一名军官问了可怕的问题："假如子弹真的杀不死他，而他也知道我们在追捕他,那他会不会查出我们是谁,找到这里来,然后把我们统统杀了?"

马吉德准将相当震惊,他不知道自己为何从没想过这个问题。

2

大占卜师也正想着一样的问题,他和小占卜师共享一个房间,正在桌上翻着纸牌。他摊开纸牌,又收起来。他像个扑克牌高手熟练地洗牌,抽了一张牌放在眼睛正前方,就这样定住不动好几秒钟,连眼睫毛都没眨。他持续专注地凝视前方,仿佛这张纸牌上有黑洞,开启了通往另一个世界的门——只有他看得见。

他知道有一天他终将遇上这名罪犯,得知那张神秘的脸究竟长什么样子,那张不管他如何施法都没能看见的脸。他只想知道他的面容是什么样子,仅此而已。只要能知道他的样子,就能占卜出其他事情。

他摸着长长的白胡须,整理胡子的尖端,接着闭上双眼。他又失败了。每次都只看到 X 罪犯的轮廓,脸部却漆黑一片,什么也看不见。那人此刻正在屋顶上奔跑,就在巴格达的某个住宅区。不过这个情报对马吉德准将一点屁用也没有。X 罪犯居无定所,不会在特定场所逗留,也不睡觉,他的奇特能力不是一般人所拥有的。

小占卜师仔细看着师父的一举一动。他常常这样。他看着师父把牌摊开，看着他洗牌、抽出选定的牌，透视 X 罪犯的一举一动——虽然大占卜师都称那家伙为"没有名字的罪犯"。他觉得，虽然师父不会承认，但要抓到这名怪客的概率其实微乎其微。

大占卜师见到自己的徒弟如此懈怠，心里十分不是滋味。小占卜师看起来像是完全放弃了一样，连尝试的动力都没有。

"他很有可能马上就找上门，把我们统统杀了。"大占卜师看着散漫的徒弟说道。

"假如最后结果是这样，那我们其实也没必要白费力气。你觉得我们能够阻挡他吗？我们又不是神。"

"如果你能预知未来，这不就代表神给了你改变命运的机会？假如我是神，我让你看见了未来的事，而未来正关乎你此刻的所作所为，要是你什么都不做，预见的事情就会发生。但如果你采取了适当的行动，就代表你是凭借神的特许改变了未来。"

"是啊！你总是这么说！"小占卜师回答，像是刻意要结束这个话题。他觉得师父已经无法再教他任何新的东西，他不想再听他说教了。

他从椅子上站起来，伸了个懒腰，从桌上拿走他的沙袋，塞进口袋，然后回床上睡觉。最近一直发生这样的情况。虽然做师父的很想挽回，但师徒之间已渐行渐远。常常是师父问了话，做徒弟的却毫无反应，不然就是随口敷衍，这些都反映着两人的关系。天资聪颖的学生似乎已经对师父不感兴趣。或者，他只是想用比较委婉的方式表达：现在自己也跟他一样是大师了，已经不再是他手底下的一个小占卜师。

3

大占卜师坐的木桌边还有一些红色细沙粒。他站起来用手抹桌面，细沙就粘在他手指上。他又看了徒弟一眼，徒弟正在装睡，脸面向墙壁，不想跟师父有眼神接触。大占卜师觉得房里有种敌对的气氛。难道他应该走到徒弟旁边，把他从床铺攀下来、揍倒在地，教导他什么叫作尊重？还是要大声斥责他？不然还能怎么做呢？

他在衣摆上擦着手。还是离开房间好了，他宁愿到走廊闲晃一下、抽根烟，或是到树木高耸的庭院里走走，虽然外头非常寒冷。他需要呼吸新鲜空气。

大占卜师把门一甩，走了出去。此时小占卜师忽然转过身，在床上坐起来。今晚他有一件重要的事情要做。

他确认师父应该不会改变主意又跑回房间，于是他回到桌边坐着，从口袋里拿出装有红沙的袋子，将沙子全倒在桌面上。他玩起了沙子，铺平做出一个大圆饼，接着又慢慢往内刮，做成一座小山丘，然后在山丘中央挖出圆洞，同时握着一把沙，用手掌慢慢漏着沙，让细沙在圆洞里排成一条线。

"这只是小朋友玩的把戏。"有一次马吉德准将见到小占卜师在玩他的沙袋时，随口说出这句话。然而他其实错了，他不知道这个年轻人的法术有多厉害。

这是一种特别的沙子,在阿拉伯半岛的某个荒漠里才有。这种沙子具有强大的魔力,只有懂得使用的人才会知道。对一般人而言,它看起来跟阿拉伯任何一个沙漠的红色细沙根本没两样。

他的沙子总是这里落一点、那里掉一些,所以手上的沙子每天都会有些微损失。像他睡觉的床上就常常有红色细沙粒。甚至如果有人去上厕所的话,都能凭借沙子散落的痕迹来推测小占卜师用过哪一个马桶。就像野生动物在行经之处留下气味、口水或尿液,借此来宣示领域。

今天早上大占卜师起床的时候,发现枕头和床上也有一些细沙。他想这并非偶然,也绝不是不小心的。说不定是小占卜师想把师父从房间赶出去,这样一来,他就可以安心地独自施法,不用担心自己的秘术被其他人学走。

夜深了,大占卜师觉得冷,寒意直透骨子里。他将烟蒂一扔,决定回房睡觉。同时,他徒弟的秘术也快结束了。原来他正试着跟无名氏的魂魄通灵。师父的心思全放在无名氏长什么样子,徒弟却想到了通灵这一招。过去几周,小占卜师已经查到哈西卜·穆罕默德·贾法尔的家在哪里,哈西卜就是被炸死的饭店警卫,他的魂魄附身在哈迪院子里东拼西凑的尸体上面。

今晚他成功找到了这个怪物的魂魄。所谓通灵,其实类似手机的电磁波。小占卜师将讯号传到他身上,在脑中与他对话,让他足足停顿了一分钟之久。如果大占卜师也在的话,肯定会从纸牌上看到他实际上是如何停顿的。他此刻正站在一条幽暗的街上，身体靠着一栋大楼墙面，大楼一楼有个修车厂，他正望着巴格达南区某个地方的中学矮墙。中学已经废弃了，杳无人迹。

小占卜师自认现在已经比师父还厉害。他觉得自己像是神秘的超能力者，没有必要让其他人参与他的行动。

大占卜师回房，关上身后的门，立刻望向小占卜师的床铺，发现徒弟依旧睡着，脸仍然面向墙壁，跟他离开时一样。他经过木桌，发现桌上还留着一些细沙的痕迹。他明明一个钟头前已经用手抹掉了啊。

4

他走进一条小路，忽然停了下来，转身望着稍早走进来的方向。大马路上寥寥几辆车呼啸而过，他纷乱的心思似乎已飘到远方。他像是忽然醒了过来，愣愣地看着自己所站之处，才察觉他不记得双脚是如何将他带来这里的。他不知道该往何处去，或是要在哪儿度过今夜。今晚他行动的时候撞见一些人，有人从他面前仓皇而逃；有人自称是他从前的追随者，马上主动为他效劳。

他脑中的名单还长得很，上面有许多该死之人的名字。当这份名单短少了，马上又会补上新的名字。说不定他没发觉名单早已是原本的两倍了。报仇、索命的任务似乎已变得没完没了。或许某天早上醒来，他会发现再也不需要在地方上杀人了，因为犯罪者与受害者已经以一种比以往更为复杂的型态相互重叠。他再也不在乎身体的哪块肉是从什么样的人身上得来。他是否要用无辜受害者的肉体来修补自己，或是用犯罪者的肉体？都没差别了。因为他已经触及这灰色地带的深处。

"没有百分之百的受害者，也没有绝对的犯罪者。"

他脑中迸出这句话，他不知道为何会忽然这么想。感觉就像是有人朝他脑门开了一枪，硬把这句话塞进他脑袋一样。

他觉得这句话就是解答，他的任务已经陷入胶着，而一切该结束了。他站在路中央，望向天空，多么希望这就是终点。让他回到最初的样子吧！他本来就只是一堆人体肢骸而已。结论就是他的任务该结束了。他杀死的每一个坏人，在某程度上其实是无辜的，说不定无辜的成分还高于有罪的成分。也许有时正是因为这种感觉，才让他敢于使用他杀死的坏人的身体。他会骗自己：这些刚好是歹徒身上比较无辜的部位。

"没有百分之百的受害者，也没有绝对的犯罪者。"

脑袋里又蹦出这句话，于是他再度停下来。一辆车正好弯进这条小路，他任由车灯打在他身上。汽车司机停顿了几秒钟，这几秒已经足够让他看清楚是什么东西挡在路上。他慢慢倒车，转了回去。

5

大占卜师带了几个人进入马吉德准将的办公室，不过他没带上小占卜师。准将坐在大办公桌前方的沙发上吃早餐。大占卜师立刻交给他一份粉红色活页夹——这是他们的标准操作程序。不管大占卜师在什么时候突然进来，准将都不会介意，因为大占卜师可能有分秒必争的事情要讲，如果他忙着吃东西、睡觉，或是跟太太讲电话而造成耽搁，说不定灾害就发生了。

"今天上午十一点，财政部前方会有汽车炸弹爆炸，该辆汽车走快车道，它会突然停在财政部前方，然后引爆。"

准将打开活页夹之前，大占卜师抢先告知这项情报。准将嘴里还含着一口伊拉克烤饼佐鲜奶油，但他马上站起来，用手机拨了一通电话。没人接。过了一会儿对方回电给他，他请对方将电话转给上级长官，随即就把预测情报禀报上去，再回到餐桌继续吃早餐。

早两年的时候，马吉德准将如果见到大占卜师进来报告类似的情报，他的血压肯定会升高。他会像是进入战备状态，持续打电话给所有情报局，好确认他们都收到情报。然后当他在新闻上听到已经预警过的爆炸案还是发生了，他会非常崩溃。

"一群蠢蛋！收到汽车炸弹的警告通知，都只知道要逃，从来不试着把它拆掉。"他以前气炸的时候总是这样念念有词。不过他现在冷静多了。更何况，许多犯罪和爆炸案在他的特别小组侦测到之前就已经发生了。

"我们只能减少憾事，无法免去一切的不幸。如果他们真的希望全面恢复安宁的话，我看只能把国家交给我们来管理了。"他有时会自信满满地讲着类似的话。但其实他高估了底下那群占卜师和法师的能力。反正都只是他的幻想。

大占卜师手一挥,其他占卜师全都离开了。他们关上门后,大占卜师坐到马吉德准将面前。准将正慢慢品尝着杯中的茶,心情非常愉快。

大占卜师一脸忧心忡忡,他试着把准将的注意力拉回来,让他专心听:"准将,还记得'没有名字的罪犯'一案是什么时候开始的吗?"

"嗯,年初的时候吧!大概在春天……四月底的时候。"

"你有没有想过这个怪物一般的凶徒是如何产生的?"

"你为何这么问?我不晓得。我知道的就是那些传言,我也愿意相信你说的,不过我还真无法相信会有这样的东西存在。都什么时代了……那些怪力乱神的事情……我不知道!这不都是人们出于害怕才编造出来的吗?你要我信我就信啰。"准将的语调有些不耐烦。语毕,他等着大占卜师把没说完的话说完。

"不是这样的!他确实存在。现在你可以说你不信这一套,不过等你亲手逮住他的时候,就会相信我说的了。"

"你来找我只是为了说这些吗?或者你还有什么没说?"

"对……我认为之所以会产生这个怪物,我们某程度上也脱不了关系。在他出现之前,我们这边的业务本来都没什么问题。我觉得我的手下当中似乎有人帮忙创造了这个怪物。"大占卜师说。这次他成功抓住准将的注意力了。准将手里的茶杯还悬在半空,没放到桌上,也没再继续喝。

"你说什么?"

"有人想制造出这个怪物,借此在犯罪发生之前先将罪犯铲除。预测犯罪发生的时间和地点有什么用呢?当然最好是在歹徒犯罪之前就杀了他。"

"你说什么?"准将又问了一次,手上的茶杯仍悬在半空。他的思绪烦躁杂乱,无法轻易相信耳中听到的一切,他可是花了好长一段时间才让自己相信这些占卜师。他年轻时如果听到人们讲怪力乱神的事,根本嗤之以鼻,但现在却要逼自己去相信这些。

准将无法相信他的御用占卜师说的话,毕竟根本没有确切证据。虽然他交给政府和美方的情报都是占卜出来的,有纸牌占卜、沙子占卜、镜子占卜,还有豇豆串珠占卜等等,但他还是没办法轻易接受这种说法。

第十五章　迷魂

1

马哈茂德看着自己的手握着她的手，两人十指交扣。她的手和他一般大，皮肤比他白。两人的手交叠在一起。他能感觉，她也一样紧紧握着他的手。紧扣的手带来一种特殊的感觉，已经不仅仅是两只手了，就像两个灵魂忽然可以彼此感应一样。那种感觉与肉体无关，已经超越了肉体。

他和她悠闲地漫步，踩着慵懒的小步舞曲。两人经过喜来登饭店，往阿布努瓦斯大道走去，时间大约是午后三点。两人不需要太多言语，两只手仿佛在彼此心灵之间搭起心电感应桥，无需启动双唇，就已千言万语。他似乎偷偷看了她一眼，等待她回送秋波，甚至刻意放慢步伐，在柏油路上悠晃。他看着前方，觉得眼中所见一切都是美好的，虽然略带复古的昏黄，但就是这样的色调才显得隽永。

背景之中没有其他声音。没有汽车喇叭，也没有警车或美军悍马车。他们的两人空间似乎与世隔绝，显得较为轻快，也没那么抑郁。未来似乎并非全然是未知数。有种期待着美好事情发生的信念，虽然不是十分强烈，但这单纯微小的信念能让一切都轻盈而美好，像是希腊神话中，米达斯的魔杖能点石成金一样。

"看到那坨'黄金'了吗？在你眼中那是一块漂亮的黄金，或者只是一坨屎？"

他不知道自己为何这么问。然而当他朝她望去，却发现她不过是一棵大树，树皮满是裂纹。那只是阿布努瓦斯大道上的一棵桉树而已。他意识到自己的喉头有种苦涩感，马路上疾驶而过的车辆传来轮胎气味。他发现手里握的是一条手帕，都被汗水湿透了。他莫名其妙地用力捏着手帕。

他满身大汗地醒来，觉得很失望。他已经睡了好一段时间，不想离开床铺，不想去杂志社上班，什么都不想做。他又倒回床铺，回味梦里的种种温存。不过他也弄不清楚到底自己是想睡了呢，还是想赖床而已。到了他冲冷水澡的时候，已经是中午了。他打了通电话给"春心"妈妈桑，在房间里等着。他看着电视，一边抽烟、一边望着饭店窗外萨尔敦街上来来往往的车辆和行人。他就一直这样等着，等到傍晚，"娜娜"来了。

外面天气湿热，虽然太阳已经下山，炙烤了一整天的地面依然缓缓散发热气。所以"娜娜"进了马哈茂德在迪尔夏德饭店的房间后，第一件事就是把衣服脱光，花了十多分钟淋浴。她用粉红色发夹挽起头发，但还是湿了。她脸上本来化着浓妆，稍早马哈茂德开门请她进来时，妆容十分美艳动人，但现在都洗掉了。她并不在意他怎么看自己一丝不挂的样子，洗完澡她觉得肌肤冰凉而水嫩，有种说不出的舒畅。

跟上回一样，她又向他重申自己叫"娜娜"，但他根本不在意。他说她叫"纳瓦勒·瓦齐尔"。她笑了,她说纳瓦勒这名字太老气,简直比穆斯林的问候语还要古老,说完又笑了。她倒在床上,双脚呈大字形张开,让他欣赏她除过毛的私处。他自言自语地说,用问候语来表示老气也是相当老派的表达,不过从她嘴里说出来,反而相当可爱呢!特别是她讲得如此轻松愉悦,更显迷人。

他只想抱住她,抚摸她洁净的胴体。他在心中对自己说:嘿!小子,你等的就是这一刻。就像在电脑游戏里打败了小魔王一样,他现在已经升级进入新的阶段。今夜过后,一切都将不同。

被他称作"纳瓦勒"的娜娜要他把灯关上。他脱下衣服,躺在她身旁。房里只剩下电视屏幕闪烁着。她要他把电视也关了,但他却故意留着。如同上次一样,他要她跳支阿拉伯海湾风格的舞曲。她说她很累了,不过她可以对着他"那里"跳。

"跳支舞吧!纳瓦勒!"他说。

她笑着,一把将他拉过来,说:"我又变成纳瓦勒啦?"

他抓住她肉肉的两只手腕,把她拉得更近,完全忘了刚刚还要她跳舞。他有些紧张,心脏像个咚咚响的大鼓,双手环抱她的时候,爽到情不自禁地"啊"了一声。她趁机伸手去拿枕头上的遥控器,把电视关了。房里变得一片漆黑。阳台外头仍有一些微光,眼睛适应了之后,其实也并非完全漆黑。

这是他和她的第一次肉体接触,他舒服到闭上了眼。眼睛睁开时,一个女子的肉体在微光中隐约映入眼帘,他可以把她幻想成世上的任何一位美女。不过他眼里看到的只有他心爱的那个"纳瓦勒",他只想好好将她拥在怀里。而实际上也确实如此,他双手抱着她,只不过她说她的名字叫娜娜。

黑暗中,他一寸一寸地亲吻她的身体。她一直笑,但他不喜欢她这样。他很想让自己镇定一点,自从早上梦见纳瓦勒,他就一直魂不守舍地疯狂想她。

他进入她身体深处,简直爽到要升天。不过她呻吟的方式却充满违和感,像是故意假装高潮。一般的节奏不是这样的,这种呻吟应该晚点才出现。他觉得她只想草草结束,根本没用心,她希望他快点高潮,完事后把他丢在一旁。他要她停下来。

"闭嘴!"

他大吼了一声,于是她安静下来。他从后方贴着她,用手捂住她的嘴,她差点不能呼吸。她当然很不爽。完事后,她不高兴地下床,裸身坐在阳台落地窗旁的椅子上,抽起了烟。散射的微光中,马哈茂德看见她的脸庞。她一脸怒气,但还是很美。又过了一分钟,马哈茂德叫了她一声。

"纳瓦勒是什么鬼?我都跟你说我的名字是娜娜……他妈的!你还叫我纳瓦勒。"她回答的语气带着愤怒和骄纵。

她真的跟纳瓦勒好像,特别是在这种微弱光线下,房里的一切都带着一抹朦胧。借着她,马哈茂德似乎又和纳瓦勒更接近了。

2

娜娜坐在阳台落地窗旁的时候,他从烟盒取出一根烟,抽了起来。他想起昨日发生的一些事情。

昨日上午,他心痒难耐跑去阿齐兹咖啡厅,想回味旧时光的美好,让自己忘却杂志社枯燥的工作。店里没几个人,他和善地向阿齐兹问好。他原以为可以见到哈迪,毕竟这里是哈迪的老地盘,不过他不在。对于马哈茂德的提问,阿齐兹只是简单搪塞几句,然后面无表情地在他面前放了杯茶。

"他现在在家里吗?"

"先生,你还是别去找他的好……让他清静清静吧。愿真主祝福你!"

阿齐兹回答的口气相当严肃,他从没这样过。毕竟阿齐兹向来都是一派轻松的样子。后来咖啡厅人少了些,阿齐兹才走到他身边,看来似乎没那么顾忌了,可以和他多说一些话。

马哈茂德问起哈迪常常在讲的"无名氏",他问这个人是不是现在大家都在讨论的那名罪犯?阿齐兹回道:"那只是瞎掰出来的。"

接着阿齐兹说起哈迪最亲密的好友纳希姆·阿卜代基,马哈茂德之前并没有听过纳希姆的事。他是哈迪之前的工作伙伴,也是他的好友。但今年年初,一场可怕事故夺走了他的生命。这件事对哈迪打击很大。但过了好一阵子之后,他把这一切都编成逗人的故事。

"哈迪口中的无名氏其实就是纳希姆·阿卜代基,愿真主让他安息。"

"这是怎么一回事?"马哈茂德反问。

阿齐兹告诉他,纳希姆在今年初死于科拉达区的爆炸攻击,但又因为纳希姆没有什么亲人，更没有大家族，他只有妻子和两个女儿，所以只好由哈迪去停尸间帮他领回遗体。他在那里看到爆炸案往生者的尸块全混在一起，受到很大的冲击。停尸间的人员跟哈迪说：你自己弄一弄，领一具遗体走吧！把手啊、脚啊那些凑合一下就行了。哈迪因此受到巨大的打击。

哈迪领回他觉得应该是纳希姆的遗体，然后跟纳希姆的遗孀和几名邻居一同前往穆罕默德·萨克朗墓园，将他下葬。但回来之后，哈迪整个人都变了，几乎跟疯子一样。整整两周，他完全不跟任何人说话。后来他才又恢复有说有笑的样子，开始说故事。当他对阿齐兹咖啡厅的客人说起"无名氏"，阿齐兹和几位常客自然知道这故事是怎么来的。那是纳希姆的故事，只不过名字换成无名氏而已。

"哦！你怎么解释他的录音？我给了哈迪一支录音笔，他帮我在里面录了很多无名氏说的话。"

"他可是骗人迪耶！他可以找人帮他录啊！他有很多朋友是我们都不认识的。"

"不是你想的那样。录音里面说话的人感觉很不简单……像是读过书，说话头头是道，感觉很有深度。"

"这我就不清楚了！不过哈迪可是骗人界的天才，他什么都掰得出来。"

尽管阿齐兹的说法仍有些疑点找不到合理的解释，但马哈茂德还是信了。回程时，他在七号胡同路口停步，下意识地遥遥望着一堵墙，那正是哈迪所住的"犹太废墟"外墙。

马哈茂德想，他大可别管阿齐兹说了什么，他可以跑去敲哈迪的门，当面向他问清楚这些疑点。不过他担心如同阿齐兹所言，哈迪真的聪明过人，如果哈迪反过来告诉他阿齐兹讲的话才是假的，那他又得回头思考这段离奇故事的虚实，到时候脑袋又要爆炸了。现在马哈茂德没有力气搞这些，因为他本来就已经头昏脑涨了，也因为如此才想要转换一下心情。

3

赛义迪才出国几天，就有几个人到《真相》杂志社来找他。他们都留着厚厚的灰色八字胡，挺着大啤酒肚。马哈茂德小心翼翼地接待，猜不出他们跟赛义迪的关系如何，也不知他们意图是否良善。他们问他赛义迪在贝鲁特的手机号码，马哈茂德抱歉地说他不晓得。他们问起赛义迪住在哪里？有哪些亲人？哪些合伙人？还问了许多诸如此类的事。他像是被人小小拷问了一场。但马哈茂德一律说他不清楚。他们把气氛弄得很沉重，甚至连老工友端来的茶都没喝。最后还是问不出个所以然，他们才死了心勉强离去。

中午过后马哈茂德试着联络赛义迪，他快担心死了，电话响了好久都没人接。他又打了第二次、第三次，直到赛义迪接起电话。他的声音放松又平静，一如往常。马哈茂德说了那些让他忧心不已的访客，也说了自己的应对方式。赛义迪对他的应对赞许有加。他告诉马哈茂德，面对这种人一定要谨慎处理，却没有进一步说明"这种人"是哪种人，也没说明这些人为何会来找他，以及此事为何显得如此令人担忧，又令人起疑。他要马哈茂德跟他的私人秘书联系，找她来杂志社上班，让她帮忙挡掉这类的访客。

"她知道如何应对。你不用为这种事情操心，专心弄杂志社的事就好，别管那些人。"赛义迪说完迅速挂断，留下一头雾水的马哈茂德。但他也不好意思再打回去追问。

话说得简单，但现实往往不是那么一回事。翌日，马哈茂德拨电话给这位秘书，她却说她辞职了。她的未婚夫说现在路上很危险，也不准她在一个都是男人的环境工作。他不知道该如何反驳，所以也没再争辩什么。

他觉得现在自己受到众人瞩目，而他还没习惯这一切。他在早上八点醒来，洗澡、刮胡子，穿上体面干净的衣服，像是要进入"赛义迪神殿"的必要仪式一样。他拿出一本小记事本，看了今日的待办事项。他打电话给苏尔丹，请他载他去几个地方采访。苏尔丹是赛义迪的私人司机，也是他的亲戚。打了这通电话后，他的手机就响个不停。不论是在苏尔丹的车上或在杂志社，他总让自己的手机随时接着充电线。另外，他还得接听赛义迪留在办公室的手机，应付各式各样的人。

他还要空出时间写稿、编辑，或是和杂志社员工谈话。他的同事除了法里德之外，现在都当他是顶头上司了，就像赛义迪本人的分身一样。说不定他们都以为他过得很得意、很逍遥，就像赛义迪平时散发出的气息。但实际上他非常紧绷，顾虑重重。他相当害怕那些突如其来的事情，更怕自己在赛义迪面前表现不佳。他望穿秋水等待赛义迪归来，如此他便能退下火线，回到本来的岗位，只当个听令于老板的老二人选。

正当他忙得焦头烂额，纳瓦勒又打来赛义迪的手机了。他看到手机上显示"六六六"就知道是谁。他接起电话，但没人响应。电话挂断时，他听到另一端传来叹气声，但也有可能是听错了。

这件事过了两天后，老工友阿布乔尼忽然进来找他，对他投下一个炸弹般的消息：纳瓦勒到杂志社来了。她开着有如玩具车的小型白色铃木，把车子停在杂志社的外墙边，走了进来。她摘下大镜片的太阳眼镜，坐在红色皮革沙发上，一如她之前来访时的动作。她对着他微笑，他的心猛烈地怦怦跳。她浑身散发出无比的活力，看起来比两个多月前又更美了好几倍。

她突然对他说："公子哥朋友把你丢在这里，让你忙到爆，自己跑去花天酒地了吗？"

"他去贝鲁特参加一个关于新闻自由和人权的论坛。"

"哎呀！你已经跟我说过了……不过呢，他现在一定在笑你，他不会回来了。"

她没有把烟抽完，就在烟灰缸里捻熄，然后对他说："他是去花天酒地……什么论坛的，他们才不在乎呢！"

"我真的不清楚。"

"马哈茂德，你是一个很好的人。我第一次看见你的时候，就觉得你是个百年难得一见的人才。不过呢，你这个朋友是个大骗子。"

"他到底是我的朋友，还是你的'朋友'？"他鼓起勇气说道。他见她先是微笑，接着轻轻笑了一声："呵！他是我的朋友。不过你可别会错意！我之前在拍纪录片，他只是帮忙提供一些相关协助而已。纪录片的剧本也是他给我的。"

她看着自己的手表，然后打开奇形怪状的白色皮包，拿出一把小钥匙。她看着马哈茂德，说她有件事要做。她走向赛义迪的大抽屉柜，轻快地弯下腰，面向最下层的抽屉。这个抽屉向来锁着，马哈茂德不知道里面放了什么，也没有钥匙可以打开。而她现在正在开锁！她拿出一迭资料，还有一个银色小盒子，像是用来装手表或钢笔的那种。接着她拿出一个纸袋，像是东门的相馆冲洗照片用的袋子。她把这些都装进一个厚塑料袋，袋上印有法国烟的广告。她把袋子提起来，用手掂了一下重量。

她看着马哈茂德，知道他觉得她的行为很奇怪，于是说道："别担心！他都知道……是他把钥匙给我的。这些东西都是我的。有电影脚本和一些有的没的东西。"

"那你为什么要拿走？怎么了吗？"

"一切都结束了。我建议你好自为之。你让我想起我的弟弟，他十年前就搬到瑞典了。你也让我想到我去世的先生，愿真主让他安息。"

"什么意思？我该做什么？为什么我要好自为之？"

她回头看着关上的门，接着转身看他，长叹了一声，说："这里说话不方便。"

感觉她似乎是在提议：我们离开杂志社，找个别的地方坐下来聊聊吧！但他不知道哪根筋不对，马上婉拒了她。他说今天在杂志社有很多事要忙，答应会再打电话给她，另外约时间见面。

事实上他有点半信半疑。他还需要一些时间来慢慢咀嚼她的话,搞懂她究竟指的是什么事。他送她到门口,她的铃木新车颜色闪耀得让他睁不开眼。她看起来不像拜金女,也不像妓女。她是稳重的女人。也许马哈茂德不该急着婉拒她的。说不定他应该抛下一切,先把事情都搁到明天,然后跟她去她想去的地方。再说,她可是他做梦都会梦见的女人。在那些挥之不去的性幻想里,他总会想到她的脸、她的身体。甚至他现在只跟特定的女人上床,就是因为对方长得像她。

在她把车子开走之前,他像个傻子一样挡在她前方。她紧急刹车,差点撞上他。他举起手,示意请她等一下,接着冲进杂志社拿起皮箱,里面装着一些采访的东西。他和老工友讲了一些话,然后冲了出去,打开车门坐在她身旁。就这样,一辆车载着两人前行。正当车子摇摇晃晃开在刨除柏油的小路上,正当纳瓦勒的香水气味四处蔓延,就在汽车音响高声播放着阿萨拉·纳斯里[1]的歌曲时,他发觉自己不争气地勃起了。

他并不特别想转过头注视她。虽然他心里忐忑着,但脸上仍故作镇定。此刻,能和她在同一个空间相邻而坐,就足够了。仿佛他那个梦就要实现了。他还记得那天梦醒后心情很糟。

车子要转到大路上的时候,苏尔丹的四轮驱动车迎面而来。他想开进巷子里。纳瓦勒停了下来,让他先过。苏尔丹开过旁边时,探头探脑地想看清铃木车窗内的脸孔。他看到马哈

---

1 阿萨拉·纳斯里(Assala Nasri,1969—),叙利亚女歌手。

茂德了。他有些不以为然，没有问好，只是按了两下汽车喇叭，就像大卡车和大巴士司机在马路上跟同事打招呼的方式一样。

4

她说赛义迪是个邪恶的人，是她见过最坏的人。她通过两人的共同朋友认识了他，当时她读过一本他的书，是在伦敦出版的《发展中国家的民主条件》，她很喜欢。赛义迪说，他可以负责筹募经费来资助她拍摄第一部电影长片，还可以介绍她几个与巴格达的美国大使馆有往来的机构，这些机构愿意赞助伊斯兰世界女性导演的作品。就这样，两人对于拍电影的构想有了共识，接着他便着手写剧本。讨论剧本的时候，他说了很多富有哲学寓意的话，那是他的老把戏。他跟她说，电影的中心思想是众人如何一起造就出邪恶之事，但同时间却都自称是在对抗邪恶。邪恶就在我们心中，而我们却只想从外在消灭邪恶。其实每个人或多或少都是有罪的。在各形各色的黑之中，人心的幽暗最为漆黑。现在危害着大家生命的邪恶巨兽，正是我们共同拼贴而出的。

她说，她行事作风比较开放，但赛义迪却利用了她这一点，他不止一次借机占了她便宜。他想的全是男女之间的那种事！她一直都防着他，但她发现自己在募款这件事上必须迁就他，特别是她拍片的团队开始运作之后。

后来她终于和赛义迪闹翻，拍片的事便中止了，而她选择避不见面。后来她才想趁着赛义迪回来之前，到杂志社拿回放在他抽屉里的东西。但在这一刻，她望着马哈茂德好一会儿，觉得电影还是有可能拍得成——如果这名年轻有为的男子愿意帮她的话。

"我看过你在杂志上写的文章。杂志出刊后都会定期送到我办公室。你写得很棒。马哈茂德，你一定会成为大作家。"

听她这么说，马哈茂德眼睛一亮，精神都来了，仿佛听到铁口直断的神算说他未来一片大好。但他想的可不只是纳瓦勒要他做的那些，他想要和她暧昧。他从赛义迪身上学会了一些招数。他一点也不介意朋友们说他在模仿赛义迪、变得和他一样。不过，他还没能完全跟赛义迪一样，眼前还差临门一脚。他必须得到纳瓦勒的人，就像赛义迪那样。也说不定她真的没有和赛义迪发生关系，就像她说的。那么，到时候马哈茂德就能超越赛义迪，狠狠将他抛在脑后了。

"我愿意接手剧本的工作，不过这都是为你一个人而做的。"

她听马哈茂德说完，仿佛像听到赞美一样微笑着。她用塑料吸管小口喝果汁，眼睛看着前方，望着大片落地窗外头的天光。他们坐在芳庭路上一间高级饭店的六楼餐厅。她手倚在桌上，马哈茂德不知道哪里来的勇气，伸手握住了她的手。也许他以为自己还在昨夜的梦里，又或者他想确认和纳瓦勒在梦里的感觉是真是假。说不定他又进到了同一个梦中，根本还没醒过来吧！不管怎样，这些都让他稍稍壮了胆，也让他觉得这样做不至于会挨上一巴掌。

他没有想错，纳瓦勒没有任何反应。她只是继续望着前方，看着映照在大落地窗上的光线，悠悠地小口喝着芒果汁。她转头望着他说："马哈茂德，你吃错药了吗？让我们专心讨论电影剧本好吗？谢谢你哟！"

他没将手拿开，反而握得更紧了一点。她只好慢慢移开自己的手。"你是怎么一回事，马哈茂德？我已经花了一整个小时跟你说赛义迪干的坏事。看来你没搞懂我的意思。"

"不不！我懂！很抱歉！但我心里都是你。"

"为何心里都是我？杂志社不是有很多年轻女生吗？你应该找个年纪相仿的女孩。"

脑中出现一个声音跟他说，有些事还没弄清楚呢！纳瓦勒在杂志社的时候明明就可以说这些话的。就算其他同事听到她在骂赛义迪，那又怎样呢？马哈茂德有时也会听到杂志社的同事揶揄赛义迪，笑他穿得太过正式。再者，感觉她也不急着生出电影剧本啊！纳瓦勒看起来不像是准备好要拍片。她到现在都还没提到电影内容。实际上，她也表现得不像女导演，反而像个散发慵懒气息的女主管，或是主管的太太。她看来极为注重自己的外表。换句话说，比起看毛片样、剪辑和制片，她在镜子前化妆花的时间还比较多。

她在找上床的对象。一定是赛义迪太久没联络她，所以她转而对马哈茂德展开狩猎。她想体验这名棕肤色青年结实的肉体。马哈茂德一边这么想，一边将身体靠回椅背，和纳瓦勒保持安全距离。但他的内心深处却渴望突破这最后一道防线，他想跟迷人的她合为一体，哪怕是一次也好。

5

他在查维亚区的酒吧待了很久。外头天色已黑,而他喝酒喝到神志不清。他想起和纳瓦勒相处的点点滴滴,又想到最后他是如何搞砸的。他们认真讨论了电影和剧本,而他在此期间也都很自制。他们一同吃了午餐,一起谈天说笑。他觉得她可以当他的女朋友,尽管她认为两人的年龄差距太大。他觉得她跟他一样渴望着彼此。至少他是有希望的,如果赛义迪永远不回巴格达的话更好。他多么希望那样啊!

事情本来进展得很顺利,他们约好下次见面时,他要给她电影的故事大纲。接着两人离开餐厅,准备搭电梯下楼。电梯里只有他们两人,门一关,马哈茂德便转身用双手抱住纳瓦勒。他的吻印上她的红唇。她并没有太多挣扎,只是任由他吻着。他来回吻着她柔软的双唇,环抱她娇弱的身躯。最后,他的手游走于她迷人的身体上。

他觉得自己失去了对一切的感知,时间与空间都融为一体。然而她却有种防备,似乎没那么想要这种不纯熟的吻。也许一直等到电梯抵达一楼的提示音响起,她才伸手推开马哈茂德。

电梯门一开,她就冲了出去。马哈茂德试着追上她的步伐。到了车门边,她看着他,眼神中似乎透露着不爽。她说:"你太粗鲁了。如果我喜欢你的话,能给你的还不只这些。试着尊重我好吗?"

他想跟她说声对不起,但她当面关上车门,迅速离开了。

他顶着醉醺醺的脑袋，反复咀嚼她最后说的话，寻思话中的意思。为什么她说得有些暧昧呢？她明明可以再凶一点、再狠一点的。为什么她似乎有那么一些些享受？像是她预期了马哈茂德会这么做一样。还是说，他的冲动行为对她而言不过是家常便饭，毕竟她可是经验丰富？她点燃了他的欲火，却对他欲擒故纵。

他走出酒吧，发现自己连路都走不稳。他还没走到马路上，就知道自己喝得太晚了，宵禁不到一个小时就要开始。他忽然担心害怕起来，吓得酒都醒了。都这个时间了，谁还会载他回拜塔温区？

他走到大马路旁，真的没几辆车了。他不能再拖，得赶快找人求救。他拿出手机，打电话给司机苏尔丹。

他担心地等了半小时，苏尔丹的车子终于奔驰而来，就停在马哈茂德身旁数步之遥。马哈茂德坐上副驾驶座，发现苏尔丹也喝醉了，他觉得很不好意思，竟然在这种时间叫人家来。他频频抱歉，径自碎碎念着，无法克制情绪。有苏尔丹在，他一下子放松了起来。但苏尔丹却皱着眉头，马哈茂德从没看过他这样。一辆美军悍马车行经，发出奇怪的警示音。苏尔丹稍待片刻，等到悍马车开远了才回转调头，然后加速驶离。

一阵疲惫突然袭来，马哈茂德听着苏尔丹不断调整收音机频道的声音，他没调到满意的频道就关上了。苏尔丹率先开口，没有客套就进入正题。他说话的口气跟以往不同，马哈茂德觉得他说话就像自己的亲哥哥，一点也不像在他底下做事的司机。

"兄弟，不好意思啦！我今天看到你和纳瓦勒在一块。"

马哈茂德还没能回答什么，苏尔丹继续说道："不好意思，虽然可能是我多管闲事。不过如果现在不跟你说这件事，明天或是以后可能就没机会说了。"

"为什么？"

"我明天要走了。"

"你要走？"

"嗯！我只是想跟你说，纳瓦勒小姐说的话不能信。我希望你别听信她。她本来是赛义迪老板的女朋友。他只是想和她玩玩，她却一直黏着不放。后来还要求他娶她。但是老板才没空搞这些事情，嗯……你知道的。"

"嗯。"

"重点是，她后来把事情搞大了。她一直紧盯着老板不放，还威胁说如果不娶她，他就麻烦大了。她是个破婊子，跟绿区很多官员都有一腿，国会也有议员是她的亲戚，他们能让老板大难临头。你以为赛义迪老板是去贝鲁特开会吗？错！他只是想逃离纳瓦勒这个贱女人。"

"好吧！那他什么时候回来？还是说他可能不会回来了？"

"不，他会回来的……他找了一些朋友帮他处理这件事，他们建议他先到别处躲一躲。"

"好，那你明天为什么要走？"

"我得载老板的两个妹妹和他的母亲去安曼。他母亲病得很厉害，必须接受治疗。老板现在在安曼等我们。"

"你的意思是……他不在贝鲁特？"

马哈茂德在迪尔夏德饭店门口下车。他由衷感谢苏尔丹帮了这个大忙，热情地和他道别。

进饭店前，马哈茂德突然想到了什么，于是打开手机。他的劳力士名表已指向午夜十二点。现在时间其实还不晚，只是这座城市太早就一片死寂。

马哈茂德打了赛义迪在贝鲁特的手机，慢慢等了几秒钟，语音系统传来女子的声音，告诉他该用户号码目前不在服务范围内。

他不论看着什么，纳瓦勒的艳唇都如影随形地勾引他。尽管他闭上眼试着入睡，那个火热的吻——或者说，那个他自以为很火热的吻——在感官上依然那么清晰。他睡着之后，这个吻又化为一长串奇特的梦。

他走出饭店，到附近餐厅吃了午餐。下午两点，他打电话给妈妈桑"春心"，指名要娜娜过来。希望她别像上次一样说她不在或是很忙。

她在黄昏前到来，马哈茂德觉得她看起来比纳瓦勒漂亮，也比她年轻。娜娜心情很好。他外带了晚餐到房间里。两人一起吃吃喝喝、聊着天。他们做了几次爱，她在他的怀里睡到天明。

马哈茂德以为娜娜可以帮他忘却他对纳瓦勒的痴迷，忘记在饭店电梯里一时冲动的愚蠢之吻。不过，这是娜娜最后一次来了。隔天早上她离开饭店后，一切将完全改变。马哈茂德在过去七个月里辛苦经营的世界即将崩溃。

娜娜和他道别时说她原谅他，虽然他上次差点要勒死她。

她还在他嘴上亲了一下,作为道别的吻。那简直是他尝过最甜美的吻。

那是马哈茂德最后一次见到娜娜,也是他最后一次,借着她,对纳瓦勒性幻想。

第十六章　丹尼尔

1

翌日清晨，娜娜离开了马哈茂德的饭店房间。同一时间，赛义迪的私人司机苏尔丹开着丰田四轮驱动车启程了，他开在巴格达往安曼的公路上，载着赛义迪的母亲和未出嫁的两个妹妹。然而，这辆车却怎么也到不了安曼。

司机们议论纷纷，说这条路上有武装分子出没，专门洗劫过往的车辆与乘客，根据对方信仰的教派来决定要不要在附近的树林里宰了他们。赛义迪等了一整天，打了好几通电话到苏尔丹的手机，电话通了，却没人接听。

一天之前，另一个人也启程了，只不过他的目的地是南方。他决意离开巴格达，再也不回来。此人正是欧鲁巴旅舍的老板阿布·安马尔。他把旅舍卖给法拉吉，买了一部吉姆西汽车。他扛了两只大行李箱放在车上，发动引擎，调整了一下自己的头巾和头箍。他对着后照镜看自己的脸，觉得精神饱满。他将剩下的钱先汇给几个外甥。他们住在伊拉克南部的苏凯尔堡，那里就是他的目的地。他告别巴格达，结束了自己在这座城市的一切。

如今巴格达成了是非之地，一个不小心就可能在此丧命。巴格达留给他的最后印象是东门的一起爆炸。年轻的工人安德鲁在爆炸中身受重伤，他是亚美尼亚裔清洁妇维罗妮卡的儿子。阿布·安马尔去医院看他，还在维罗妮卡肥胖的手里塞了一大笔钱。邻人看到这一幕又借机八卦起来，说他之所以会去探望这名青年，是因为他相信安德鲁是自己的亲生骨肉。

无论如何，他要离开这座城市了。它已不再是他所认识的巴格达，这里已变得陌生，不再是他的家园。他没想到自己在这里住了二十三年，最后竟然又成了异乡人。现在他要启程前往苏凯尔堡，虽说是穷乡僻壤，但那是他出生的地方。他好久好久不曾回去了。

阿布·安马尔才刚离开十分钟，法拉吉就拆了欧鲁巴旅舍的招牌。他把招牌丢在地上踩了几下，然后叫来一个小弟，要他拿招牌去找专门写广告牌的师傅。他交代要把"欧鲁巴"三个字涂掉，将招牌改为"大先知旅舍"。虽然阿布·安马尔经营失败，但法拉吉相信自己一定会成功。

现在正是他工作的旺季。光是这个月就谈成两笔大生意。其中一笔是阿布·安马尔的旅舍。他觉得马上又有很多好生意可以做。现在时局不佳，反而是愿意冒险犯难的人成功的契机。而法拉吉最有冒险一试的精神了。巴格达各处都有武装分子。许多人出于不同的原因离开家园、抛下店面，也许是怕被绑架，也许怕被杀。这正是法拉吉的大好时机。有人逃到别的省份、有人逃到国外，是他们自己决定不要房子的，与他无关。他向这些胆小的家伙收购房屋又有什么问题呢？虽然他用远低于市值的价钱买到房子，但这就是生意啊！这有什么问题呢？

一夕之间，法拉吉俨然成了巴格达的大地主，手下也越来越多。有人诬蔑他，说他是犯罪集团的头头。但实际上他只是偶尔出手教训一下那些碍事的人，谁让他们运气不好呢？就明确的犯罪定义而言，他并没有做过任何违法的事。他没杀过人，也没窃取东西——至少不是明目张胆地。

他听说镇上住了一些犯罪分子，他自己也认识几个。然而除非他确定自己有办法做掉他们，否则不会和他们起冲突。他要不是跟几个警官朋友告发他们，就是暗中与他们互利共生。他知道大家讨厌美国人，有些美军会在路上乱晃，他们有时会到镇上的理发厅，有时会到面包店买刚出炉的面包。他不觉得美军是个问题，但他尽量少和他们往来，因为他也怕关于自己的传闻会越来越难听。

法拉吉手下的四个年轻人跑了过来，推开旅舍的两扇大门，马上开始工作。法拉吉一大早就交代他们做事。阿布·安马尔虽然已经将旅舍清空，但里头还是有些旧杂物需要清干净。他们搬走了阿布·安马尔长年使用的大木头柜台。两侧有漂亮的雕饰，可是相当沉重。他们一边拖，一边咒骂柜台的主人，最后好不容易才把它移到人行道上。

法拉吉双手掌心搓着他的黑色赞珠，一边看着工人忙碌的样子。他吐了一口长长的气，这实在是太爽快、太畅意了。然而，这样的感觉无法持续太久。

阿布·安马尔离开的隔天早上六点半，法拉吉拿着一个瓷盘站在旅舍前。当时他正想去面包店买些烤饼和鲜奶油当作家里的早餐,却停下脚步,想好好端详这间旅舍。这间老是跟他作对的旅舍,现在终于变成他的了!从今以后,当他从先知不动产的办公室望出去,再也不会有碍眼的人站在旅舍前面,他只会看到落地窗上映着自己的样子。他看着"欧鲁巴旅舍"招牌移除后留在墙上的色差,端详着那个浅色长方形。突然间,他手上的瓷盘飞了出去,震耳欲聋的爆炸音波横扫而来。真是吓死人。那是拜塔温区有史以来最大的爆炸。

2

这场骇人的爆炸没把法拉吉炸死。目前他还命不该绝。距离他的死期还有好一段时日,足以让他有充分时间重新检视自己的经商策略,并修正过去和现在对于周遭许多事物的看法。他以前不相信有些人言之凿凿地说伊利希娃女士拥有福报,这下子他全相信了。她真有所谓的福报,她不是疯婆子,他以前都想错了。她赢了!阿布·安马尔也赢了!那些因为法拉吉受伤而感到欣慰的人都赢了!

爆炸发生的一周以前,他谈成一笔大生意。是伊利希娃老太太终于态度软化,愿意将她的老房子卖给他。她的转变来得并不容易,都是因为丹尼尔终于回来了!老太太等了四分之一个世纪的人终于回来了!这一切发生在一个天气宜人的日子,适逢圣马尔·丁哈四世担任东方亚述教会大主教的二十九周年纪念日。

伊利希娃刚去了奇兰尼区的圣卡尔道格教堂参加这场节庆，她身心宁静地回到家中，有一种圣灵充满的满足，没想到自己能走那么远的路。她穿越泰伊兰广场，经过蔬果市集，再穿过喧闹的停车场，走到谢赫欧玛尔，接着又原路走回来，却不觉得累，连大腿酸痛的老毛病也没出现。她不是不想去找约西亚神父，也不是嫌他的教堂远，只是这段时间，她已经不想再听神父提起她女儿的事。至少等到教会的下一个节日再去吧！她原本打算如果体力还行的话，再洗一下院子的地板、拖个地。不过门外却传来一阵轻轻的敲门声。

丹尼尔回来了！许多人都惊呆——准确地说是七号胡同的居民都惊呆了。特别是培德太太和她沉默寡言的先生，以及他们的儿女，还有一些爱八卦的邻居。过去几个月，他们观察伊利希娃老太太的举动，听说她"儿子"回来了，都很想看看儿子长什么样子、跟她到底是什么关系，不过却没人能一探究竟。没人见过这位从八十年代战火中历劫归来的传奇人物，也没有任何迹象足以显示那是她的儿子。

众人先前得出结论，一定是有窃贼知道伊利希娃已经老迷糊了，所以借机侵入她家，偷走她的贵重物品。然而，许多人做梦也没想到，就在伊利希娃老糊涂的事迹快被人遗忘的时候，老太太的儿子真的出现在巷口了！

他留着一头中分黑长发，披在两侧肩膀上，好似耶稣像的传统造型。他皮肤白白净净，看起来瘦瘦的，大约二十多岁。他穿着一件白衬衫，大大的衣领看起来很挺，腰身很瘦，搭配破牛仔裤和白色运动鞋，还带着一只红色皮箱，正是八十年代初期被征召入伍的人才会有的那种皮箱。他的神情带着一种浪漫的忧郁，像个苦情小生。他的步伐缓慢中带着迟疑，一边走一边四处观望，像个近乡情怯的归人，正在一点一滴从记忆中找回对故乡的印象。他身后站着教会的老执事夏慕尼，执事刻意放慢脚步，不去打扰这位游子对故乡的情怀，让他尽情地看。

难道老太太说的都是真的？她的儿子真的在八十年代的战火中存活下来？现实中有太多太多的例子，光是过去三年，人们就听过很多神奇的事，一件比一件离奇。有人死了，到了殡仪馆又走了出来；贫苦人的家属死后又忽然现身在老家门口；有些好久不见的人回来之后，却换了名字、换了身份；有些女孩从小活在不见天日的地牢，人生学会的第一件事就是要懂得和看守人员打交道；更有些人在独裁年代历经了九死一生，到了新的"民主时代"却死得一文不值，像是在路上被机车撞死之类的。本来有信仰的人遭教友出卖，看到战友背叛了自己的原则，所以变成了无神论者；而无神论者了解到信教的"好处"之后，反而开始信神了。过去三年传出的怪事怎么也说不完。这么一来，那个弹吉他的瘦男孩丹尼尔再回到老母亲的家中，其实也不是那么不可置信了。

培德太太看傻了。她的先生也从楼上窗户探出头来，看着这一切，他头顶光秃，只有两鬓留着蓬松的白发。其他坐在家门前板凳上的老妇人也都看傻了，就连她们的媳妇也看傻了——她们的丈夫做的都是一些简单的工作。丹尼尔大约走到胡同中段，众人才注意到他身后跟着一个老头，体态臃肿，留着浓密的白色八字胡，与丹尼尔保持数步距离，手上提着一个小皮箱。他是教会的执事夏慕尼，不会有错的！他在几个月前就举家搬到艾比勒的安卡瓦区去了。不过他怎么会见到丹尼尔？他是在哪里找到他的？

两人走到伊利希娃家门口，面对老旧的木头门。瘦男孩一边敲门，一边不断张望着，他可以感觉到众人的好奇目光也殷切起来。门开了，伊利希娃老太太来应门。身材瘦弱的她绑着黑色头带，戴着厚重眼镜。绚烂的日光刺进她的眼睛，她似乎在漆黑的屋里待了好一段时间。她抬起头，隐约看见一个年约二十的青年的轮廓，但看不清楚他的样貌。她跌跌撞撞地往前踩了几步，都走出家门外了。她平常是不会这样的。一般如果有人来敲门，她应门时都只是小气地从门缝中露出半张脸，手不会离开木头门把，非得要等到门关上才算危机解除。而现在她却站在胡同的柏油路面上，在灿烂日光下仔细打量眼前的陌生人。

绝对不会有错！他的面容，她是不会弄错的！他就是挂在客厅的旧相框中的那个人，他就是黑白照片里面带微笑的男孩！一样的身形、一样的穿着、一样的脸孔、一样的笑容！他的黑色眼睛望着老太太厚重镜片下的眼睛，眼神对上时，他脸上展露的微笑有相同的神韵。这么说来，圣乔治骑士对她许下的诺言实现了！经过长久的离别，他将她的孩子完好如初地送回她身边。他的样貌仿佛和那天一模一样，她还记得那天清晨他离开家门时，踌躇而悲伤的神情，他沉重的军靴敲击着柏油路面，一路走到胡同和商店街路口，然后转身，不见了踪影。

伊利希娃朝四周望去。她看到培德太太站在家门口，也见到其他几个女人和孩童。还有几个青年站在巷子另一头，那是通往拜塔温区中央的商店街方向。她也注意到有人从自家阳台探出头来。她想确认每个人都见证了她的奇迹，仿佛她在对他们说：你们全都错了！那些认为她疯言疯语、取笑她的人都错了！嘿！你们一直想看到的孩子现在就站在面前。是的，站在她眼前的就是她的孩子丹尼尔。他有血有肉，大家可以摸他、和他说话。爱子终于回到她的怀抱了。

她突然冲上前，他也温柔地倚向她。她用双手抱住他，又怜又爱紧紧地搂着他，什么话也没说。这戏剧性的一幕感动了在场的围观者，众人都眼眶泛泪。说不定有几个女人真的哭了。她们看着她将儿子拥入怀中，她的行动是如此孱弱，拥抱却格外有力量。

"伊利希娃，这是丹尼尔。"

老执事夏慕尼向老太太说了这句话，像是告诉她一件根本毋需多作说明的事。她紧拥着少年，把他搂在怀中长达两三分钟。接着她发现培德太太和邻居太太们围了上来，而且人数越来越多。培德太太伸手去抓丹尼尔的手臂，想确定他是真实的人，而不是幻影。伊利希娃依旧激动地搂着丹尼尔。他稍稍挣脱她的手，看着她的脸对她微笑。他觉得自己必须跟她说几句话，确定她已回过神来，并且知道发生了什么事。

"您好吗？"他用叙利亚语对她说，脸上的微笑更加灿烂。她望着他的脸，双手这才从他手臂上滑落，掌心都是汗水。然后她轻柔地拉他进屋内，用叙利亚语回答："我很好，感谢主。"

他们进到客厅后，夏慕尼执事试着将一切解释清楚，他要把老太太拉回现实，让她别过度想象。执事说他没有太多时间，必须尽快回安卡瓦和家人团聚，而她必须赶快拿定主意，约西亚神父在等着他的回复。她的女儿玛提尔达和希尔达现在都在安卡瓦，她们带着子女远从澳洲归来只为了一件事：带老太太一起回澳洲。

"伊利希娃，这个丹尼尔是你的外孙……他是希尔达的大儿子。她说曾寄过他的照片给你，你认不出是他吗？"执事注视着老太太说道。

她的表情似乎五味杂陈，执事觉得她还需要一些时间才能搞清楚身边的少年是谁。她到此刻仍拉着他的手，目不转睛地看着他的脸。看来，她的女儿终于知道要如何与年迈的母亲沟通了。她们之前只顾着和她说道理，却没试着理解她行为背后的思考逻辑。在多次通话之后，玛提尔达和约西亚神父才大致讨论出：伊利希娃坚信她失踪的儿子没死，总有一天会回来。就算到死、就算她将与世长辞，她也要紧抱着儿子会回来的信念。上帝给她多长的寿命，她就等他多久。对她而言，放弃儿子是一种难以承担的罪。若她早一步走了，那也是主的意思，不是她的意思。

所以说，想要强行架走老太太、将她带离家园是不可能的。最后还是神父的点子管用，外孙丹尼尔和他过世的舅舅长得很像，足以让老太太难辨真假。这名少年拥有无人能及的优势，只有他能够打动老太太。于是，玛提尔达跟希尔达和她的大儿子丹尼尔飞来伊拉克，三人住在执事位于安卡瓦的家中，执事第二天便带着少年来巴格达。少年不太会说阿拉伯语，只讲叙利亚语和英语,他原先有些紧张,觉得有一种家族的使命感在驱使他,那种感觉胜过于他对外祖母的思念之情。毕竟他在很小的时候就和家人搬走了,他对外祖母其实没有太多记忆,情感也不是那么强烈。他带着几分担忧和夏慕尼一同来到巴格达,那些褪色的记忆又鲜明起来,也让他想起了妈妈和阿姨挂在墨尔本家中的照片。

这计划说穿了全靠一个重点:让外孙来感动老太太,让她一见到他便无法拒绝他的提议。整件事难免有些道德瑕疵,毕竟某程度上也算是一种对老太太的欺诈。丹尼尔和夏慕尼执事必须抓紧时间,不然激情之后老太太可能会忽然看清一切,又恢复她以往的固执。

丹尼尔对外婆说:"跟我一起离开这里吧!您得把房子卖了,把屋内的东西都处理掉。您应该跟我住在一起。"

他的语气相当真挚。与她说话的时候,他感觉到身旁的氛围一点一滴感染了他的心。当他抬头看到墙上的黑白照片,不禁有种莫名的伤感。他觉得他认识这个家,想起了十多年前和母亲一起来探望外祖父母的回忆。他相信如果多陪外婆久一点,他还会忆起其他的过往。奇怪的是,这些回忆在过去的日子里形同不存在一样,像是模糊而朦胧的一场梦、一个梦魇。

夏慕尼执事让祖孙俩继续缅怀,他自己去了卡拉奇·阿玛纳区。他有几件事情要办,要去看看几个月前出租的房子、拜访亲友,还要帮伊利希娃处理她在教会互助会的数据。他相信老太太一定会和外孙一起走,所以他擅自先帮她做了决定。

伊利希娃和外孙聊天到夜深。丹尼尔听着瘦弱的老太太说了许多她和儿子的共同回忆,仿佛他真是她的儿子一样。聊得越多,伊利希娃就陷得越深,她把外孙和已故的儿子当作同一个人了。

两人站在厨房里,她就着煤油灯的火光弄晚餐,动作很缓慢。她忽然看见窗户里映着自己的脸,苍白又布满皱纹。可以肯定的是,等待了这么长的时间,她已经不再年轻。她已无法再压抑自己的感情,她要好好闻一闻、摸一摸、看一看她的儿子,再揉揉他的头发,让他倚在她怀中,那是她好久没能享受的事情。只要还活在世上的一天,她愿意做任何事来守护这些珍贵的点点滴滴。

她洗了一个大瓷盘——尽管瓷盘本来就很干净,她把瓷盘摆在铝制托盘中,再将炒好的西红柿蛋炒肉末倒进盘中。她看到猫儿纳布走进厨房的小门,它闻到食物的味道。就在这一刻,她决定了,她要答应儿子(外孙)的提议。为了待在他身边,为了他的皮肤、他的头发,为了那股她这辈子忘也忘不了的孩童般的气味,她愿意付出一切。

3

丹尼尔打开手机,拨电话给妈妈。她还在安卡瓦等着他的消息。电话接通,他用纯正的英语对她说:"现在是感性时间,不是讲道理的时候。别和外婆起争执,要顺着她。"

说完,他把电话交给老太太。母女两人愉快地聊了十多分钟，没有起任何冲突。伊利希娃很高兴，她眼中的世界已焕然一新。她要丹尼尔和她一起跪坐在圣乔治骑士的画像前，一起谢谢他实现了诺言。她手掌交握，在圣骑士画像前方静静等待回应，等着他开口，让坐在她身旁的儿子听听他的声音。但圣骑士却依旧静默不语，他面容柔和地望着前方，和他下方恶龙的样貌形成反差。他沉静的脸庞完全不像马上要跟可怕的恶龙开打的样子。这也许就是这幅画最不协调的地方吧！不过现在老太太只希望骑士先别管眼前的恶龙，转过头来跟她说说话，好让她的儿子相信奇迹是真的。

煤油灯的灯芯火光熄了，房间变得更加漆黑。说不定圣骑士看了她一眼，但在黑暗中她什么也看不见，更不用说她本来视力就不好。她站了起来，想在灯瓶里加一些煤油。丹尼尔也同时起身，跟着她走到屋子后方的小天井。油桶放在那儿，他试着帮忙加油，却发现桶完全空了。老太太早就把煤油用完了，却没发现。她整个人愣在那里，觉得这也许是个征兆，提示她是时候离开这里了。

翌日早晨，几个女人敲着伊利希娃老太太的家门。邻居破天荒挤满了她家。培德太太昨天就很好奇、很想八卦，但她的先生和子女叫她先别打扰伊利希娃的客人。培德太太知道了伊利希娃外孙的事情之后，悲从中来，因为她想起了她的大儿子。他也是在八十年代战死的，跟丹尼尔失踪的时间差不多。说不定她心里想的是，为何真主对伊利希娃这么好，却不肯怜悯她？

卖掉房子和旧家具可不简单。伊利希娃先是想到那几个曾经多次来找她的年轻人。他们说过如果她把房子卖给他们，房子就会变成文化中心的财产之类的，到时候就会有人负责维护。不过她随即想到，自己根本不曾把他们的提议放在心上，再说他们已经好一阵子没出现，说不定不会再来了。这么看来，她只能找法拉吉·达拉尔。

法拉吉也耳闻伊利希娃老太太儿子归来的奇闻。说不定她儿子本来被关在伊朗，现在人回来了。也说不定他曾经失去记忆——就像外国电影演的那样——然后突然发生了什么事件，他找回了记忆，才又回到老母亲身边。不过帮他做事的小弟都说老太太的儿子还是个少年，明明他现在的年纪应该有四十出头了。

"说不定他在特殊机器里冷冻了二十年。后来他们才把他解冻，放他回去找妈妈！"法拉吉的小儿子"小默德"说。但法拉吉飞快赏了他一巴掌，让众人都闭了嘴。鬼扯的话他已经听够了，所以他派人再去探听进一步消息。

法拉吉习惯从负面角度解读事情，他总会预先为最糟的状况做好心理准备。不过这次，他真的搞不清楚了。少年丹尼尔回来找伊利希娃也不过二十四个小时，但现在他却看到少年本人和夏慕尼执事站在他的办公室，两人还跟他说要把伊利希娃的房子卖给他。他真的不知道这到底是什么感觉了。

4

一番讨价还价之后，法拉吉认为还是要看过各房间的状况，并检查墙壁和地板之后，才能确定最后的价钱。法拉吉过来看房子之前，伊利希娃先把哈迪找来，告诉他：她想把家具全都卖了。哈迪诧异得说不出话，他愣了半分钟左右，等着伊利希娃进一步说明。但她从头到尾就只有讲那句话。他很明白这位信奉亚述基督教的女士非常讨厌他，那么，现在为何态度变了呢？

他和她一起检视房子里的东西。有非常多的家具、床具组、铁制和铜制的床，还有古董和奇形怪状的小木桌。除了炉具和一些家电，其他东西都年代久远。经过哈迪快速的计算，他马上明白自己没有足够的钱买下这些东西。不过他可以找几个朋友借钱，毕竟这是千载难逢的机会。

老太太和她那个不太会说阿拉伯语的外孙都不是出价专家，他们不知道什么才是好价钱。哈迪并未察觉这个丹尼尔有何奇怪之处，毕竟也没人跟他说过这些事，而且他根本就不记得她儿子长什么样子。他只想说服老太太算个总价，把全部的东西卖给他，但老太太却想将家具和收藏品一件件地跟他谈价钱。这弄得哈迪又累又烦躁。最后，经过了一个小时的争论，他终于谈到一个可接受的价钱，马上找朋友筹钱去了。

老太太开的条件只有一个：请他别当着她的面搬走家具。她不愿让人目睹自己亲眼看着房子萧条。她要哈迪等她离开之后再去处理那些家具和物品。她希望她的家留在记忆里的最后印象就像平常一样：整齐、干净、让人住得舒服，房间散发着舒适感。

关于法拉吉付给伊利希娃的购屋款和哈迪买家具付给她的

钱，她委托夏慕尼执事帮忙将钱汇到安卡瓦区的钱庄。就像夏慕尼所说，带着一大笔钱上路不是好主意。

启程前一晚，老太太在客厅里待了很久不睡。她坐在圣乔治画像前的沙发上，和他说了许多话。当时刚好有电，房间四周墙角摆放着一盏盏的小灯饰，营造出一种神圣的氛围。她跟圣骑士说了好久，但他没有开口，一个字也没说。看来，他已经没有理由再跟她说话了。奇迹已实现，他功成身退了——伊利希娃是这样解读的。圣骑士变回了挂在墙上的平凡褪色旧画像。

她脑中忽然想到了什么。行李已经整理好了，家族的收藏品都放在一起，有照片、礼物、大理石小相框、圣母与圣子的图像，以及几名圣徒的图像。她还拿了希尔达的旧课本，上头有魔术铅笔的涂鸦。承载着家族记忆的东西她都带了，甚至是她儿子、女儿婴儿时期的衣服也带了。只剩下她最钟爱、最珍贵的圣骑士画像还没打包。她觉得自己拿不动，木头边框和玻璃裱框太重了。画像的玻璃框上留着煤油灯长年烟熏的痕迹。

她起身，猫儿纳布看着她的一举一动。她走到悬挂画像的墙边，站到沙发上，把画像往上提，从钉子上解下羊毛粗绳，取下画像。墙上留着浅色的方形色差和一些蜘蛛网。她将画像放在地上，正面朝下，还花了一些时间取下画像后方的小钉子，像个动作利落的妇人。她从玻璃框中取出画纸，画像在她手中有些折叠和褶皱，仿佛失去了一些原有的庄严感。她现在可以近距离看着圣骑士的脸庞。她看着他细致的眉宇、他红色下唇的光泽。在电灯的充足照明下如此近距离端详这幅画，仿佛在看一幅新的画作。

她心想，可以把画卷成筒状，和其他宝贵的收藏品放在一起。但是她又不太满意这个决定。她每次近看圣骑士那张柔和的脸，也会看到充满肃杀之气的战袍，还有铁制的铠甲、冰冷的长矛和上头锋利的突刺。她还会看到白色战马雄伟的体格。而她现在端详着这些细节，觉得自己的眼睛像是焕然一新。她喜欢圣骑士柔美的脸庞，但她讨厌他的战袍、讨厌那股肃杀之气。最后她下了决定，一个奇怪的决定。她走回寝室，经过儿子丹尼尔的房间，不由自主地看了一眼，如同她每次经过时一样。她确定儿子真的与她同在，正安稳地睡在他的房里。

她到自己的房间拿了一把裁缝大剪刀，回到客厅，在大张画纸旁跪坐下来。纳布想跳进她的怀里，但被她推开了。她开始剪起画纸。铁制大剪刀笔直地划开柔软的画纸，剪到圣骑士的脸附近时，她转着剪刀，仿佛要替这俊美的脸庞剪一个圆形的神圣光晕。她将他的面容裁下来，拿在手上。嗯，这就是她喜欢的部分。她看了一眼画像剩下的部分，内心揪了一下。少了脸部的画像似乎对她散发着敌意。她将画像留在原地，拿着圆形的画纸走了，纳布也跟着她回到寝室。

5

胡同里，培德太太哭得死去活来。一大清早，附近的邻居都被她的哭声吸引而来。她高举双手，对着巷口正要离去的伊利希娃和她的外孙大喊。好多人都是第一次看到她洁白的手臂。那双手皎洁如白雪，从没有人见过这样的手。有些八卦的人不禁碎嘴道：培德太太一定很自恋、自认为手很白，才会穿那种宽袖口的衣服吧！她高举双手哭喊着，宽袖顺势滑落，她白皙的手自然成了亮点。这双圆润、美丽的手像是出自一名少女，而非她这种年纪的妇人。说不定，众人也是第一次见到培德先生穿着两件式的花睡衣。他缓慢地跟在她身后，双手插在上衣口袋里，愣在原地，像个秃头的幽魂。他吓坏了，只能瞪大双眼望着这场闹剧。

稍早，培德太太一看到伊利希娃出现在门口，立刻哭着冲上前抱住她的老友。伊利希娃妥帖地关上门，将钥匙交给法拉吉的小弟。伊利希娃很难过，但她当时还没有哭。她将房子巡视过一遍，喊着纳布，要带它一起走，但它却跑向楼梯。她对它大喊：过来这里，纳布！好像它真的听得懂她在说什么。但它转过头，对她幽幽地喵了一声，仿佛在说：嘿！朕可不像你一样胆小好吗？要走你自己走！接着它快步上楼，消失在楼梯转角。

可是后来，她见到培德太太突然热情地抱了上来，整个头埋在她柔软的胸膛，还听见抽抽噎噎的诚挚哭声，这才心头一酸，发现自己眼眶也湿了。她试着摘下眼镜，擦去泪水。但培德太太强而有力的手臂将她抱得很紧，她只好放弃，就这样陪她一起哭。她心中刚好也有尘封多年的泪水。当年失去儿子就该好好大哭一场，但这些泪水却一直压抑在心底。而现在，在培德太太牢不可破的拥抱之下，她终于得以好好宣泄。

等伊利希娃好不容易挣脱培德太太的手，几个女人便将她往后面拉。伊利希娃坚定地往巷子口走去，但培德太太忽然挣脱，又追着她不放。夏慕尼执事在通往萨尔敦街口那头叫了出租车。丹尼尔把行李放到后车厢，伊利希娃从后门上车。培德太太的脚步越来越慢，忽然双脚无力，跪地跌坐下来。她只能望着老友真真确确地远去了。

几个常在午后到培德太太家聊天、喝茶、嗑瓜子的姐妹围在她身边，试着扶她起身，带她回家，但她又重又胖。闺密之中有人很讶异她竟然和老太太有这么深的情谊，毕竟她们听过培德太太好几次私下批评她，说这个信亚述基督教的邻居如何如何。不过人本来就是很复杂的动物。没有人能说她现在流的泪是假的。她是真的很难过。也许，因为这样她才值得大家尊敬吧——至少在这一刻是如此。

培德太太跟他们说，街坊要大难临头了，因为伊利希娃老太太走了！但没人相信她。大家都觉得她在胡言乱语，不晓得自己在说什么。姐妹们搀扶她回家的路上，她看到哈迪跟几个青年正在把老太太的家具搬到他家。这一幕，让她想起了2003年4月萨达姆·侯赛因垮台之际，一些有钱人家遭到抢劫的画面，有些新闻台会做这类的系列报道。她以为哈迪和他的助手在洗劫老太太的家，于是对他们大声叫骂。她一直嚷嚷，直到她被送入家门，门关上之后，刺耳的咒骂才停止。

哈迪把老太太的家具都搬到自己家，只留下一些没用的东西，像是又破又烂的地毯、一些器皿、报纸、空油漆罐、用完的牙膏和沐浴用品等等。房子里只剩下一些没价值的垃圾，包括圣骑士的画像。哈迪看到没有脸的画像觉得很可怕，像是什么咒语或黑魔法。

哈迪将家门敞开，许多人来来去去，有人来买东西，有人只是来看老太太究竟留下什么宝贝。到了中午，光是卖给这个街区的人，就有半数已经拍卖出去了。他觉得自己一定会赚大钱，而老太太已经走了，他也没什么好良心不安的。他抬头望着他家和老太太家之间的那堵墙，看到秃毛的猫动也不动地静静望着他，像是雕像。他忽然觉得老太太说不定可以连接猫咪的眼睛，她现在可能正在看他！他觉得猫咪看得他很烦，便随手捡起一小块碎砖朝它扔去。不过根本没打到，猫咪还是没动，一副气定神闲的样子。

入夜时分，哈迪已筋疲力尽了。他卖出好多东西，明天还要拿院子里剩下的东西到东门的二手市集去卖，或是请朋友代卖。他把伊利希娃家里的吊扇挂在他破烂房间的天花板，叫小学徒帮忙打开吊扇的电源。他倒在床上，注视着远处圣母石膏像遭破坏后留下的窟窿，他想到今天一个朋友说的话。对啊！那个深色木制雕刻板可是犹太教饰品，也能拿去卖钱。不过，他马上又想到第一次看到这个精致的小木雕时所担心的事，如果拿去卖，他可能会惹上麻烦。唉！还是留着好了。不然之后再用水泥把缺口封起来好了，免得夜长梦多。

他在脑中反复想着一些事，试着想出其中的关系：圣母像破了、伊利希娃老太太走了，还有发生在他身上的事情。这之中似乎有什么含义，但他想不出个所以然。他想起那只瞪着他看的猫，心中竟有股淡淡的恐惧与不安，像是他犯了什么错一样，但他目前还不晓得究竟错在哪里。

哈迪的眼皮持续和瞌睡虫奋战，他累了一整天觉得好困。在此当下，有个身手矫捷的人影在屋顶之间跳跃。他跳上哈迪家中颓倾的墙，跃上伊利希娃家的楼顶——噢！那里现在已经成了法拉吉的房产。人影从楼梯走下，他见到猫咪纳布在房子的内厅。猫咪长长地叫了一声，经过人影身旁，往空荡荡的客厅走去。

这个遭各方通缉、国安单位正在追捕的家伙蹲了下来，跪坐在地上，倾身靠近圣骑士的画像。他拿起画像，发现脸部被挖了个大洞。他小心翼翼地折起画纸，折成大约小学生作业簿的大小。他望着房子的四周，突然一阵难过。再也见不到伊利希娃老太太了。她参与了他的出生，把她失踪儿子的名字给了他。他曾以为自己是她最亲的人，以为他承载了她儿子某部分的过往。而现在她走了，他也少了一个继续存在的理由。她不知道，她不仅仅是丢下他，也抛弃了她和已故儿子的最后一丝牵连。

他靠坐在墙上。猫咪走到他身边，磨蹭他的裤子，掉了一些毛在上面。猫儿来来回回地磨蹭他，然后蜷起身子，伏在他大腿上，仿佛在跟他取暖。

就这样，他们俩互相依偎到早上。

第十七章 爆炸

1

清晨五点半,哈迪睡得正熟,伊利希娃的吊扇已经停了。伊利希娃家的客厅里,无名氏和纳布在脏地板上沉沉入睡。侦搜调查局马吉德准将的办公室内,准将正一边在梦中奋战、一边发出梦呓。大占卜师快步走过长廊。他叫醒准将门外睡着的守卫,用力敲门。

准将从梦中惊醒,看见大占卜师站在眼前,马上想到肯定有什么紧急事件无法耽搁到天亮。

大占卜师在他面前放了一张粉红色的纸,但准将还来不及看,这位留着卡通人物巫师胡的占卜师抢先说:"找到他了!在拜塔温区的这个地址。他正在睡觉。你得赶快行动,趁他醒来之前把他抓住。"

马吉德准将马上穿好衣服,下令备车。他大费周章地派了一整个小队跟着他行动,但其实只需要两个粉红制服军官出马就够了。不过他宁愿郑重其事,他希望他和"头号罪犯"的合照刊登在各家媒体,毕竟那可是轰动全国的罪犯,情报局怎么也抓不到。他终于要逮住他了。他终于可以向长官证明自己的能力，证明他比任何人都优秀。到时候，那些老是说他坏话、说他替前政府工作的家伙统统都会闭嘴。

说不定他会当上内政部长、国防部长或是国安局局长。他心里一边想，一边上了车。那是一辆暗色玻璃的四驱面包车，还有两部小车随行。就这样，他们迅速出发了。巴格达的街道在这么早的清晨几乎空无一人。

老占卜师（官方称他为"大占卜师"）和准将一起坐在后座，他似乎也相当重视此事。他想看看这个没有名字的头号罪犯长什么样子。逮捕行动时，他要趁罪犯还没被准将的手下打成猪头之前，先一睹他的样貌。他一直都想看看头号罪犯到底长什么样，但每次施法时看到的脸都不一样。

老占卜师从来不曾失手，没有一张脸是他占卜不出来的，除了"没有名字的罪犯"。光凭这点，这名罪犯就比其他人更危险、更神秘。说不定哪天从他身边经过，大占卜师也认不出来。又说不定，头号罪犯察觉他使用占卜之术来对付自己，反过来想要将他除掉——虽然他从来不会离开侦调局。不过，他今天出来不就成了待宰羔羊吗？

大占卜师一路上想着这些事，车子开到萨尔敦街，他和马吉德准将却见到眼前一团乱。好几辆警车和美军悍马车沿着欧尔夫利清真寺和照相馆的人行道靠边排成一列。绕过自由纪念碑附近，他们发现那边的警车更多。车子开到泰伊兰广场时，他们已经确信有人下令封锁了拜塔温区。到底怎么一回事？

警方在巷弄间锁定了一辆装有炸弹的汽车。开车的是某个武装组织的干部。他们想在袭击者自爆之前先将他逮捕。

怎么一回事？马吉德准将不爽地吼着。接着他下了车，往大占卜师指示的巷口走去。他和那边的警官说了一些话，出示识别证，但他们还是不让他进去。目标车辆是新款的白色欧宝汽车，就停在伊利希娃家旁边。

太阳升起，时间来到了六点半左右。街上开始出现缓缓车潮。由于警方车辆和美军悍马车封路的关系，一大早就开始堵车。大占卜师很不耐烦，但他并没有走下车。毕竟他的外貌太引人侧目：长袖法师袍、棉质巫师帽、长长的头发，再加上精心梳理的大胡子，还刻意用发胶定型，让胡子看起来又尖又长。他如果下了车，人们八成会嘲笑他，或者当他是儿童剧场的演员。他打开车窗持续观察，但实在搞不清楚到底发生了什么事。

自杀袭击者坐在白色欧宝汽车上，被围困在胡同里。培德先生站在家中面向胡同的阳台，从木头飘窗望着一切。那辆可怕的车子其实就在他家阳台下方，紧邻伊利希娃家的围墙。待在那里很危险。他应该要下楼叫醒家人，叫大家赶快从屋内撤离。不然至少也要退到比较里面的房间。如果自杀客在车内引爆自己，房子一定会垮下来压到他们。

培德先生只是呆愣着，似乎不打算做任何事。他兀自看着下方这辆白白净净的高级车。对他而言，这辆车看起来没有任何危险。他也没看到里面坐的是自杀袭击者。他被手持扩音器的声音吵醒——"请从车里出来，高举双手"。于是他爬上楼梯，从二楼窗户往外望，赫然发现那辆车就在下方。尽管他吓了一跳，整个人却像只待宰羔羊，什么也做不了。他甚至没注意到自己没穿鞋子，只是光着脚丫站在那儿——他平常可不会这样的啊。

而在此期间，阿布·安马尔早在街区封锁前就开着新车走了。此刻法拉吉刚好从家里出来，站在欧鲁巴旅舍前面。旅舍招牌已经被他拆掉，其余的事他也吩咐手下去做了。他正想着要去数步之遥的面包店买些烤饼，再买一盘鲜奶油，爆炸就发生了。

2

深色的木雕刻板往前飞了起来。哈迪看着这个犹太教饰品在短短几秒钟内飞到高空，颜色相似的木雕烛台跟底座分离开来，接着烛台便支离破碎。后来他躺在医院的时候，还说自己都记得这些细节呢！虽然也可能只是他久卧在床做噩梦产生的幻觉。

可以肯定的是，他破烂房间里的东西全都瞬间炸飞了，交织成一片。白色欧宝汽车上安装的炸弹，加上袭击者身上绑的一圈炸弹，共同引爆后产生的冲击几乎比音速还快。这绝对是这个街区发生过最惨的事。

这个街区建立于上个世纪初，当时可是巴格达市最好的住宅区，后来在八十年代没落，九十年代初期成了红灯区和私酿酒的集散地。镇上一些地方还出现绑架集团，以及贩卖女人、孩童和人体器官的帮派。但那些都比不上这场爆炸的破坏力。

爆炸撼动了整个街区，马上成为新闻里的恐怖事件。不久就会有记者报道自由纪念碑炸出裂痕，各家媒体纷纷警告纪念碑快倒了。不过，七号胡同的老房子灾情最为惨重——其中有些房子还是上个世纪三十年代盖好的，这次都直接被爆炸震波夷为平地。

伊利希娃的房子全垮了。它吸收了爆炸最主要的威力，连一块砖瓦都不剩。等到法拉吉出院，他就会知道自己错估了她房子的强度。都是因为伊利希娃把房子整理得很好，才给人一种看起来很坚固的错觉，实际上墙壁和地基早已被潮湿侵蚀，表面上看起来很漂亮，其实脆弱不堪。

哈迪在犹太废墟的破烂房间也全塌了。没人看到大火是如何吞噬掉他家院子里的一切，伊利希娃家的东西和一些木制家具全烧光了。也没人知道大火是如何烧到哈迪床上。对于镇上的居民而言，这个捡破烂的老头能生还根本是奇迹。他们想起哈迪有九死一生的本领，他说书的时候总是吹嘘自己曾经从山上摔下来，或是被炸飞到半空中。

"哈迪奇迹般生还了。"爆炸过后几天，邻居到金迪医院探望他，回来之后都这么说。其实他们看到的只是一个从头到脚包着绷带的人，而且深度昏迷，根本看不出眼前是哈迪或另一个陌生人。

突如其来的冲击将法拉吉炸飞了数米高。他脸部受了重伤，身上也有多处撞伤。欧鲁巴旅舍的玻璃全数震碎，旅舍的老旧金属窗台和一些门窗也都炸烂了。伊利希娃家隔壁的印刷厂炸毁了一大半。尽管她家外墙阻挡了爆炸的扩散，缓冲作用多少保护到周边的建筑，但并不包括培德太太的房子。她家前厅完全炸垮，内部房间也受到波及，墙壁都震裂了。幸运的是，她的家人大多在房里睡觉，所以人都平安。

至于培德先生，他本来在楼上阳台看着自杀袭击者的白色汽车。爆炸的瞬间木制阳台坍塌到一楼，他也摔下来。他双脚和左手臂骨折，头上有些擦伤，身上各处也有轻伤。但他没有死。木制天花板震垮的时候，刚好在他头上形成九十度直角，阻挡了土石的覆盖。他被送往邻近的金迪医院，有许多记者都来医院找事故伤员拍摄照片。采访到培德先生时，躺在床上的他竟然滔滔不绝地讲了起来，就像秀逗的机器，怎么也停不下来。他细数这些年来从二楼阳台上看到的种种。他从二楼可以看到邻近的六栋房子，他说着这些房屋有哪些人出入，而出入伊利希娃家隔壁印刷厂的妓女有多少，还有会飞檐走壁的小偷……大家都走了，留下他一个人，但他依旧侃侃而谈。他吃力地转过头，只看到隔壁床的伤员。他用双眼扫视着，偌大的病房有好几张床，但他发现已经没有人在看他、听他继续聊下去了。

过了一周，来了一名特别的访客。是个穿着得体、年约四十的男子，他拿着一支录音笔，坐在旁边的椅子上，温文友善地向培德先生问好，接着打开录音笔，请他说话。

培德先生问他是谁。他回答："我是作家。"

"什么作家？"

"写故事的作家。"

"你要我说什么？"

"告诉我你想说的一切,我洗耳恭听。"

3

警方从萨尔敦街那一侧封锁了七号胡同的入口。在车上,大占卜师从半开的车窗里看到马吉德准将跨过封锁线。大占卜师很担忧,于是打开车门走出去。他豁出去了,不去管别人看到他的奇装异服会作何感想。他快步走着,长而浓密的法师胡也随之飘扬。他在封锁线旁停步,对着准将高喊。准将转过头,见到大占卜师挥舞着手叫他回来。

"老板,你在干么?你不想活了吗?"

"我一定要亲手将歹徒绳之以法。"

"你这样会死的啊,老板!我拜托你回来吧!来!我来用纸牌占卜看看。"

马吉德准将走了回来。他见到大占卜师蹲在地上,接着盘腿坐下,就像平时在侦调局办公室那样。大占卜师从口袋拿出大张扑克牌,像专业玩家一样洗牌,然后将纸牌丢在人行道上,抽出几张,将其他的牌收起来。接着他拿起一张牌近距离盯着看,好像发现了什么。准将也在他身旁蹲下。

站在巷口的警方不明白两人这是在做什么,但此情此景勾起了他们的好奇。有那么半响,他们忘了去注意袭击者的白色汽车,只顾着看眼前像是魔术师的人在做些什么。

"'没有名字的罪犯'不在屋内了。"大占卜师抽了另一张纸牌，专注地端详后说道。

"你在说什么？那你何必把我们带来这里？该死的歹徒去哪了？"

"十多分钟前他还在。但他从楼顶逃走了。我没办法确切知道他去了哪里。也许他还没逃出拜塔温区。不过可以确定的是，他已经不在屋子里了。"

"我想知道的是他去了哪里。"准将说完站起身，转头往胡同望去，看着白色的欧宝汽车。

"但你可能会没命啊！"大占卜师说着利落地整理纸牌。他将纸牌收合起来，放回长袍口袋。

"还有一件事情。"大占卜师说完，等着马吉德准将转头看他。

"之所以会有这个汽车炸弹，我们在某种程度上也脱不了关系。"

马吉德准将听到这番话，回过身，往大占卜师的方向靠近几步。"这是怎么一回事？"

"我们得马上回去。"大占卜师语气坚决，说完便向车走去。接下来瞬间就爆炸了。

准将和大占卜师都没事，只是弄得灰头土脸。他们匆匆上车，马上回到办公室。准将找来占卜小组的所有人召开调查会议，他底下的军官也都在。调查结果指出，袭击者原先打算开着白色欧宝汽车到警官学校，准备在警察学员新训集会上引爆。但不知道是哪个占卜师搞鬼，控制了他的意志，让他改变决定，转而开往拜塔温区的巷弄。

所有占卜师忽然吵成一片，互相指控对方。这下侦调局的内部状况变得和一般情报局完全不同了。大家根本不尊重身为局长的马吉德准将，完全把他当空气，只顾彼此叫骂。这都是因为准将平时对他们太包容。一小时后，准将发现开会已经失去意义，说不定还会害了侦调局，也害他自己成为政府究责的对象。这是他最不乐见的。因此他将调查搁置，把所有占卜师暂时停职。

两周后，军情局和国安局的高阶军官小组亲自找马吉德准将问话，还有一位美方的联络官陪同。他感觉似乎有人透过什么管道走漏情报，让高层知道拜塔温区那起爆炸案跟侦调局有关。而这背后的目的只有一个，那就是要让他身败名裂、权位不保。他本来还梦想可以当上国安局局长，现在可能要被迫提早退休了。

4

马哈茂德感受到爆炸的震撼时，人还在迪尔夏德饭店光着膀子搂紧娜娜，睡得正香呢！远处传来的震波撼动了整栋饭店，不过没有对建筑造成任何损伤。他睁开眼看了几秒，又倒头继续睡。他大约在八点半送走娜娜，接着才从饭店门房那里听说了这场可怕的爆炸。马哈茂德付给门房两万五千元大钞，作为默许他昨晚带女人进来的报酬。他还要门房告诉他这次爆炸案的消息。

"听说排水管和自来水管都炸断了,现在萨尔敦街淹了一大摊水,积水还淹没东门的地下道。据说有十多栋房屋遭炸毁,全都倒了。七号胡同中间炸出一个大洞,真是吓死人。还有人说看到大窟窿底部露出石头盖的城墙。"

门房说话的时候,马哈茂德马上想到了欧鲁巴旅舍。爆炸地点就在旅舍附近。他的摄影师朋友哈奇姆、旅舍老板阿布·安马尔和街区里其他认识的人,会不会受到波及?可是他现在还能做什么呢?他打电话给哈奇姆,得知好友目前不在巴格达,他跟美国的部队在一起,正在帮一家美国新闻台拍摄美军作战的画面。哈奇姆还说,阿布·安马尔已经离开巴格达,他把旅舍卖掉,回苏凯尔堡找家人去了。

忽然得知这个消息让马哈茂德有点意外,不过并没有在他心中勾起太大的涟漪。"好险,我认识的人都还安好。真是松了一口气!"他一边这么想着,一边走到马路旁,搭上一辆出租车前往杂志社。

乘车的短暂途中,他马上想到杂志社的事。新一期的出刊日期快到了,但杂志要登的文章还没准备好。有些员工的薪水也还没发。赛义迪一毛钱也没汇过来。他那个总是愁眉苦脸的会计也很久没出现了,最近两天赛义迪都不接他的电话。他本来还有点沉醉在那些如梦似幻的温存里,脑海中闪过娜娜/纳瓦勒的一颦一笑,不过一想到这些,他就酒醒了。他还想到赛义迪的私人司机苏尔丹和他说过的话,以及他最后一次跟赛义迪通电话时讲了什么。他觉得好多事都混在一块,烦都烦死了!赛义迪得赶快回来,他才可以不必这么紧绷。到时候,他要当面跟赛义迪说他还是想重回本来的工作，当个杂志小编辑就好。他实在没有能力处理这些繁杂的事。

今天又是个平常的日子。天气也不热。除了拜塔温区的爆炸闹得沸沸扬扬，其余似乎一如往常。至少他此刻从出租车车窗看出去是这样。路上熙熙攘攘，有赶着上班的人、路边卖东西的人、卖油炸鹰嘴豆饼的摊贩，还有等着搭起亚巴士去上班的女职员。

蓝天万里无云，几只鸟儿飞过。他一想到昨晚跟娜娜的激情，又觉得好爽——虽然有那么一点点感伤。他知道自己已经不是住在欧鲁巴旅舍的小嫩咖了。那时他毫无经验，只能跟着哈奇姆到五号胡同的妓女那里冒险寻欢。他现在经验值大增，换了另一种方式过日子，却变得好累。

他觉得自己过去几个月的努力，别人可能要花上好几年才做得到。就连他的交友圈也不同了。一年前还常碰面的朋友现在都没联络。就像他自己说的，这是成功的代价。谁教其他人不够努力呢？他并不是刻意疏远朋友，只是就算他不这么做，其他人也会因为忌妒、羡慕或误解而主动疏远。不过他现在也不知道该说什么。如今他只要想到这种故作清高的话，就会想到赛义迪，想到他是如何靠着口才把黑的说成白的。

走到杂志社大楼，他看到巷口停了几辆政府的车，却压根儿没想到这些人的目标就是他的杂志社，还以为他们是要去隔壁的国营银行办事。但等他一进入大楼，发现杂志社大门敞开，就知道是来找他的了。大门口有手持武器的便服警卫人员将他拦下，要他表明身份。得知马哈茂德是杂志社的编辑主任，就让他进去了。他在杂志社没看到其他员工，迎面而来的只有老工友，他已经吓得两眼发直。不过他什么话也没讲，只是持续擦着桌子，就像平常那样。看来其他同事都逃跑了，不然就是他们知道了一些他不知道的事，不想扛责任，所以走为上策。

他走进赛义迪的办公室，看到四名男子，他们穿着西装，留八字胡，下巴的胡子剃得很干净。年纪大抵和赛义迪一般。马哈茂德打完招呼、自我介绍之后，他们要他坐下，然后立刻说明要查封杂志社，没收所有物品。

"这是怎么一回事？"

"现在国家的问题就在于……贪污啊！腐败啊！"其中一位八字胡先生以说教式的口吻说道。马哈茂德开始胃痛了。

另一位浓密八字胡先生恶狠狠地看着他，指着他的脸说："你老板盗用了美国援助的一千三百万美金！"

"一千三百万美金？这可是一大笔钱。他怎么会盗用呢？他可是知名作家，有头有脸的人物。"

"你自己去问他吧！现在把所有钥匙都交给我们。麻烦把这边的柜子打开给我们看。"

几名陌生男子马上开始动作。他们分头去了别的办公室和杂志社二楼，那里是存放出刊杂志和杂物的地方。马哈茂德发现他们像是要把杂志社整个翻过来，移开了所有家具，就连编辑室的地毯也全部掀开，似乎在寻找赛义迪藏匿赃款的秘密保险箱。

他帮他们打开一个平常存放杂志社合约和数据的保险柜。

他们把里面的东西都查封了，不过里面没有钱。赛义迪平常不会留钱在杂志社。

"他怎么会做出这种事？他竟然会这样对我？"马哈茂德不断在心中自问，问了数十次还是想不出个理由。这整件事实在太扯了。一定只是误会、只是哪个环节弄错了。这些样子吓人的家伙到时候就会发现他们错了，然后当面向他道歉，再把钥匙还给他，求他原谅。

浓胡子先生走上前——他似乎是这个小队的队长——他要求马哈茂德拨电话给赛义迪。

"打电话给你老板。如果他接起来的话，再把电话给我，我来跟他说。"

马哈茂德立刻拨给赛义迪，尽管知道他的手机早就打不通了。这动作完全没有意义，但他很害怕，所以还是照做。他又用另一个手机拨了一次，一样打不通。

"该用户号码目前不在服务范围。"马哈茂德抱歉地说。但浓胡子先生狐疑地看着他。

过了四十五分钟，他们终于办完事了。老工友把湿拖把扛在肩上，走出杂志社，经过马哈茂德身旁时看都没看他一眼，就这样头也不回地走掉。他回家了，他家就在附近的巷子里。他似乎已经做完该做的工作。至于马哈茂德，他却不知道该做什么。他还等着久未进账的薪水发下来，饭店房费还没付呢！他持续用手机打电话给会计，再打给杂志社的朋友和同事。有些人接了，有些人没接，但他们都说很抱歉，什么忙也帮不上。

最后，浓胡子转头看着马哈茂德，拍拍他的肩膀说："好啦！小伙子，跟我们走吧！你必须配合我们做个调查。"

"调查？"

"对啊！不然你以为这么简单就结束了？"

马哈茂德跟着他们上车，心中一阵哀凄。至少目前他们还没开始羞辱他，也还没揍他。但他知道伊拉克情报局所谓的"调查"绝对免不了皮肉之苦，这是他从赛义迪和马吉德准将言谈说笑间听来的，赛义迪可是说得绘声绘色。他觉得自己完全崩溃了。毁了，一切都毁了！像是忽然跌入万丈深渊，他失去了对自己的感觉，熟悉的那个世界回不来了。他暗自决定，只要能自救，他什么都愿意说。如果他们问起昨晚和他上床的娜娜，他连做爱用了哪些招式都会如实吐露。他什么都不会隐瞒。因为他是无辜的。

"一千三百万美金？"他还是一直想着这件事，希望能理出头绪。而他所搭乘的车子正以高速在路上穿梭，通往未知之处。

5

马吉德准将这边的调查也还没结束。调查小组的成员有伊拉克国安局军官、军情局军官和美军宪兵的联络官，他们决定等待搜集到更具体的实证，再来处置马吉德准将和侦调局。

准将决定趁大难临头前赶紧行动。他和几个高阶军官有交情，他们暂时帮他缓了缓这件事。这实在令人无法接受，他可是反恐英雄，立下许多重大功劳，照理说应该受到表扬、在国庆典礼上获颁各式各样的奖章吧。那些高层的家伙应该要知道这一点，而不是把他当作嫌疑犯，用羞辱人的方式来审问他。

他对于拜塔温区大爆炸的情报走漏一事也很不爽。他把大占卜师、小占卜师和其他次要的占卜师都找来召开紧急会议，但不是要咨询或商讨，也不是交换意见，而是把他们叫来听他说明最后的决定。上次召开的调查会议原先有些事项要厘清，但会议却一转眼从"我问你答"变成"互相找碴"，弄得他头昏脑涨。会议过程中，他发现这些下属其实早就明争暗斗了好一阵子，而且已经超出他的掌控范围。如今他们的斗争反过头来害了他自己。最后他会被这群占卜师害得丢了工作，到时候，说不定他几个月来始终抓不到的头号罪犯都还没坐牢，他就先被判刑了。

"你们全都被开除了！"他告诉他们。这些人会大吃一惊吧！他等着看他们的表情！但占卜师们只是迅速起身离开，什么话也没跟他说。

他对大占卜师喊："你为何什么也不说？"

"我早就知道这个结果了。都是因为小占卜师这个蠢才。他才是毁了我的敌人。这件事与你无关啊，老板！你又没做错什么。"

马吉德准将听了他的回答，觉得有些迷惘。当然，他们在开会前一定事先占卜过了，他们有纸牌、镜子和豇豆串成的珠子可以占卜，当然知道他打算说些什么。但他本来预期的反应不是这样。他们好歹也稍微辩解或求他原谅，或是自愿帮忙他解决问题吧？其实他内心期待这群占卜师提供实质的帮助，而不是这么干脆地说走就走。但他也无法再收回成命了，这样会显得软弱，会被他们看不起。再说，他们之间的问题也不是三两下就能解决。侦调局内部已经玩完，一切再也回不来了。这么说来，开除他们也是合情合理的决定。现在他只剩自己一个人了。

老占卜师回到房里，平静地整理行李。接着他走到洗手台，用水和肥皂搓揉胡子，把上面的发胶洗掉。他拿起一把小剪刀，将胡子从中间剪断，再做些局部修剪，剪成较短的络腮胡，就像虔诚的宗教人士。这就是他的新造型了。

他脱掉法师袍，扔到厕所的大垃圾桶，像个刚在儿童剧场饰演大法师的演员。他穿上蓝色直条纹棉质衬衫，搭配深色卡其裤和凉鞋。他提起皮箱，正打算离开侦调局回家去。他家在巴格达南部的番红花镇。他发现地板上有些红色的细沙颗粒，翻找手机皮套的时候，也发现床上到处都是细沙。就在他收拾妥当，正准备离开时，小占卜师走了进来。

"哼！你好大的胆子，还有脸进来！"小占卜师仿佛故意在这最后一刻走进来，好像在跟他说："哎呀！你怎么先走了？我还没打算走呢！至少留到最后再走啊！"小占卜师就是来看他笑话的。做师父的人竟然先走了。

老占卜师真想对他大吼："都是你这蠢材把一切全搞砸了！"他甚至一度很想用自己皱巴巴的手掐死小占卜师。不过，现在做这些也没用了。也许之后有机会再好好整治徒弟吧！反正他可以监控小占卜师，还能透过秘术来影响他，甚至从远程杀死他都可以——虽然他以前从没对任何人做过这种事。

小占卜师也换了衣服，只不过穿的是睡衣。他现在还不打算走！他盯着师父的新造型，眼神带着几分轻蔑，像是试着将此时此刻记在脑海里：高高在上的老占卜师瞬间贬为凡夫俗子了。

两人没交谈，连个屁声也没有。不过他们早已用眼神和表情相互"问候"过了。老占卜师很不是滋味，他强忍怒火走了出去，肩上扛着小皮箱。

其他人都没有要马上走的意思。他们想等到明天早上再离开。有些人住得比较远。老占卜师离开侦调局时，没有任何人去送他。占卜师之间的分歧很深，每个人都觉得自己才是"大占卜师"，自认比其他人更适合这个称号。他们彼此之间早已变成不折不扣的敌人。马吉德准将对于这些问题其实了解不深，不过他大胆把占卜师全部开除仍是个明智的决定，也显示出他的直觉还满准的。

老占卜师拦了一辆出租车，同时想着占卜师之间的勾心斗角。司机是个老先生，他说了要去的地址，两人谈定价钱。老占卜师将行李丢到后座，然后舒服地坐在前座，看起来就像个虔诚的宗教人士，只不过穿着便服。可能正因为这样，司机先生随口和他聊起宗教的话题，说起教派和党派这类的事，老占卜师不禁想起他们在侦调局会议室谈过的话。

"世上只有真主，没有分什么宗教、教派。"

对于司机所说的话，老占卜师只用了一句话作评论。过了几分钟，他注意到车子开进一条完全没有其他人和车的街道。车速放慢，司机看起来一副迷路的样子。他戴着厚重的眼镜，一直往前方张望,然后又转头看后方。他吞了一口口水,对老占卜师说:"我想我迷路了。"

司机回转到原来那条路上。但他发现路被美军封住了,车子都被拦下来。一名士兵拿着手电筒,用强光照着驾驶的脸。士兵叫大家改走小路,可是来到小路尽头,司机却发现自己完全不晓得该怎么走。于是他把车停在路边,对老占卜师说:"兄弟,不好意思啦!我家就在这几栋大楼后面……这趟我不跟你算钱了。请你下车吧!真主保佑!你再找其他出租车吧,现在路上的情况不太妙!"

老占卜师试着争辩,跟他说再往前开一小段就好。不过司机很坚持。老占卜师下了车,出租车马上就开走了。只剩下他提着行李站在路边,等待下一辆出租车。

两分钟过去了,他觉得最好往前走到车辆较多的路上。他转进一条小路,尽头是一条主要干道。不过他越走越觉得路好漫长,灯光也越来越昏黑。好暗,暗得好奇怪!他并不会害怕或恐惧。他凭借老练的经验,就算真的遇上算不出来的事情,他也习惯对外宣称自己什么都知道,而且他通常都能猜对。甚至有些时候,到头来就连他自己也不晓得到底是靠瞎猜,还是真有占卜未知的能力?

也许有几分瞎猜的成分吧。他早已知道今晚会出事,所以现在没什么好怕的。他以前遇到类似的事情也不曾害怕。虽然他知道今晚要发生的事情和以前完全不同。他将尝到死亡的滋味。

这样的想法在他脑中萦绕,他觉得好累、好疲倦。他想起自己在侦调局没吃午餐,而现在已经超过晚餐时间了。再者,他只是个身材瘦弱的老人,就连手中的小皮箱也显得沉重。他在阴暗的小路一步步前行,戴着圆框眼镜——这是他留在身上唯一一件与法师、占卜师职业相关的饰品。

老占卜师依稀见到半路上站着一个人影。那人并非朝着他走来,也不是往反方向走去。那人一动也不动,就这样站着,似乎正望着老占卜师,仿佛在等着他上前。

他喉咙好干,这才想到离开侦调局时应该从冰箱里带一瓶矿泉水。他吞吞口水,停了下来,与眼前的陌生人保持两米距离。对方的样子仍是一团黑影。他要和他说话吗?还是直接超越他,把这条路走完就好?他当然没天真到这么做。他有一种预感,知道自己即将在此处遇见等待已久的人。他不想露出害怕或示弱的样子。他可是比对方年长,出于自尊心,他才不会像待宰的羔羊一样去向刽子手乞怜。

"这边有一面长长的围墙,连接着一所女子小学和女子中学。另外那边有店家和修车厂,楼上还有商办,不过大家全都在天黑前一个小时就打烊离开了。现在这条街上一个人也没有。喔!说不定会有车子开进来,但也可能不会。"陌生人说。

"你以为我会害怕吗?你以为我想找人求救吗?"老占卜师反驳眼前这个五官被漆黑笼罩的家伙。

老占卜师放下皮箱。小皮箱从他手中滑落,轻轻敲击着路面。他似乎需要空出双手,才能好好和朝思暮想的头号罪犯说说话。他几天前跑去拜塔温区的七号胡同,正是为了见他一面。他不知道他们会说多久的话,但他希望至少在结束前能看看他的脸。为什么之前他会占卜不到他的脸呢？为什么明明街道远方有光线，他却站在背光处呢？

"在你动手前，要知道这一切都是我徒弟小占卜师搞的鬼。那天早上他本来要用汽车炸弹炸死你，但他失败了。而他现在只是利用你来杀我。这是我和他之间的战争，你被他利用了。"

"难道你要说，那天早上是你救了我？"

"不是！我没有要骗你的意思。我那天是去逮捕你的。我想至少可以看看你长什么模样。我想知道你的脸是什么样子。"

"那我想要你用来追杀我的那副纸牌，还有你的双手。"

"纸牌已经被我丢到垃圾桶了。我不会再纠缠你，我退休了。"

"好，纸牌也不是那么重要。重点在于那双玩牌的手。"

"如果可以的话，我想看看你的脸。"

"你看了又有何用？我没有固定的脸，它会一直改变。"

"让我看一下吧！"

"好。"

无名氏说完，快速朝老占卜师靠近，抓住他的双手用力扭。占卜师气力用尽，无法再继续站着。他已经到了极限，双膝跪倒在地。无名氏冷冷地压制他，持续拧扭他的两只手腕。

"这场战争与你无关啊……你不了解……这场战争与你无关。"占卜师声音发抖。他已经失去一开始的气势，仿佛在求饶。

突然间，他透过圆框眼镜定神看着无名氏漆黑的面孔，远处正好有一辆汽车回转，车灯照了过来，看似要开进这条暗巷。啊！歹徒的长相终于显现了！在车灯下，他终于看见这张脸。这样的结局对老占卜师戏剧性的一生真是再好不过了。就连他自己也不觉得能靠纸牌和法术来实现这个梦想。心底有个声音在对他说，他过去所活的一切都是鬼话连篇。他只是过度沉溺于骗人的把戏，才把这些东西都当真。他忘了这些只是他过去一度信以为真的谎言罢了。

这是他第一次看那张脸，也是最后一次。而那张脸也将成为过去的一部分。他认得这面容，不过还需要多些时间来确认此人到底是谁。哎？这到底是谁的脸？

稍后，他倒在空无一人的柏油路上，慢慢地死去，人生跑马灯出现在他眼前，他看着自己过去的模样和无名氏的脸交叠在一起。哈！原来那张脸是他自己的脸。这就是那张他本来以为没有脸孔、没有五官的脸。而现在所幸有这辆不知从哪里转进来的汽车的车灯，他终于得以在这短暂的片刻中将那张脸一览无遗。

汽车司机打消了念头，他没将车子开进这条阴暗的小路，因为他看见巷子里正发生诡异的事情。有人拿着一把明晃晃的大斧头，残忍地迅速肢解了倒在柏油路上的人的手臂。

第十八章　作家

1

我是在科拉达区的"巴格达迪咖啡厅"认识马哈茂德·萨瓦迪的。当时店里人声鼎沸,汇集了文人雅士、作家、演员、导演和画家,就连店门口人行道上的铁制长椅都不够坐。太阳下山后,夏日炎热的气温稍缓,天气也变得宜人。

我一边悠闲地喝茶,一边看着他如何将他的高级劳力士表和笔记本电脑卖掉。他似乎事先跟几位友人约好要买卖这些东西。他看起来有点狼狈,衣服脏脏的,头发乱乱的,好像已经有几天没洗澡,也没换衣服。他拿着手机打了好几通电话,一面在人行道走来走去。他打完电话后,急忙打开手机壳,取下手机卡,然后又合上手机壳,走向他那群年轻朋友,将手机交给其中一人,等对方付钱给他。看来,他出售的不是自己用不到的东西。他似乎急需用钱。不知道会不会是把钱都拿去喝酒了?

他从口袋拿出一个小物件,上头系着一条长长的银色带子,便于挂在脖子上。仔细一看,原来是支录音笔。他向朋友介绍这支录音笔,有些人笑了起来。然后,他也跟着笑了。但他的笑容里看不出什么开心，反倒透露出混乱与局促不安。我看到其中一个年轻人伸手指向我这边——我正和几个人坐在茶几旁的铁长椅上。可能是他的朋友建议他来找我们兜售录音笔吧！我看着他走近，和他对上了眼。也许是这样，他才先找上我，问我有没有兴趣买他的东西。

他开价的方式相当奇怪。他开四百美金要卖一支国际牌录音笔。一百美金是录音笔原来的价钱，另外三百美金是卖里头所录下的故事。他说，这是他遇到过最奇特的故事，像我这样的作家一定可以好好用来写一部伟大的小说。

其实在他来找我攀谈之前，我就暗自决定要买他的录音笔，不是出于需要，而是当作帮他一个忙。后来我得知他目前有很多负债，即将回米桑省投靠家人，必须在启程前还清债务。这更坚定了我要帮他一把的决心。不过我从未想过要买什么故事，更没预期到要付四百美金——我手头也没这么多钱可以给他。

我出于好奇继续听他说。他并不是什么头脑不正常的怪人，看起来也不像诈骗的。他是个聪明人，口才也很清晰，只是时运不济遇到困难而已。我觉得他值得帮助，于是跟他说："我会付你三百美金。这已经是我能力所及了。我现在身上有两百美金，剩下的一百我要回饭店拿。"

"可是我目前还缺四百美金……如果筹不到足够的钱，我可能永远无法摆脱打字小姐的纠缠。"

"什么小姐？"

"我们杂志社的打字小姐。她还在追讨薪水。"

他滔滔不绝谈起了他和这位小姐之间的问题，还有杂志社其他员工的问题。杂志社被查封后，赛义迪和他的会计师下落不明。员工得知他下榻在迪尔夏德饭店，跑到饭店大厅大闹，要他支付欠发的薪水。

我付了我和马哈茂德的茶资，和他一起走到附近的餐厅。我在餐厅买了晚餐，接着我们走向阿布努瓦斯大道旁的法纳尔饭店，我就住在那里。我拿出房间冰箱里的威士忌，倒了两杯。我们一起喝着威士忌配晚餐。

我问他："为什么你不干脆跑路算了？你不是要回米桑省吗？既然问题又不是你造成的，你大可丢下他们一走了之。"

"我办不到。他们很可怜。我在杂志社领的钱很多。嗯……薪水和福利都很好。我觉得自己必须处理这个问题。我不想让他们咒骂我，把我当作跟赛义迪或他的会计师一样的人。"

这样的立场真是奇怪，似乎有点太完美主义了。不过我相当欣赏。用餐时，我戴上耳机随意听了几段录音笔里面的内容。马哈茂德说全部的录音超过十个钟头。内容确实很惊人。

我照他的要求付了四百美元，说好隔天再见面，我也答应他会把全部的录音听完。我本想送他回饭店，但他说这段路他大可用走的，毕竟迪尔夏德饭店距离不远。他一个人走了，我心中却一直出现一个恼人的声音说：我被这个年轻人骗了，他不会再出现了。他先是在我面前表现出一副好人的样子，最后再开个价码把我的钱拿走。看来，他来找我并非偶然。说不定他知道我、听说过我的事情。不然他怎么会对一个陌生人毫无戒心，就这样跟我一起到饭店，没有丝毫害怕或犹豫？

此刻他想必在嘲笑我吧！不过，人不就是这样吗？互相欺骗来、欺骗去？通常我们骗到一个人的时候，表面上都是一副说话诚恳的样子，但心底其实在嘲笑对方掉入我们精心设下的陷阱。今天他骗我，明天换我骗别人（而且还是出自好意！）——如此而已。

我本来就在忙着写一部小说，名为《未知的终程》。我不想因为分心听录音笔里的故事而耽搁了这部作品。再说，这些录音所叙述的故事并不完整。但计划赶不上变化。有天早上我打开电子邮件，收到一位自称是"二号助理"寄来的信。他说，他经由共同的朋友知道了我这个人，他还说他相信我。同时，他不愿透露自己的真实身份，当作是对我和他的一种保护。

"二号助理"在几天之间陆续寄给我许多文件，他认为这些应该要公之于世。内容是关于一个名为"侦搜调查局"的政府机构的所作所为。这些文件里讲的事情和马哈茂德叙述的故事居然有关系。我明白这一点的时候，真是大感震惊。

此刻我在房间阳台的塑料桌上放了一杯酒。我悠闲地坐着，舒心地品酒，把自己的小说全抛到脑后。这种时候适合放空自我。迎着河水下游吹来的湿润空气，我呼吸晚风带来的树木芬芳，然后戴上耳机，再次细听马哈茂德录下的自白和无名氏的话语。

2

马哈茂德被抓去调查的那天，被人侦讯了好几个小时。但他们并没有从他身上问出什么，也不想拘留他太久。虽然他们一直恐吓说要起诉他，不过那都是为了逼他供出关于阿里·巴希尔·赛义迪的事。他们想知道他的交友圈、他藏钱的地方，以及他有哪些账户、在巴格达的置产状况。

赛义迪的不动产已遭冻结，有一间是他在安达鲁斯广场附近向阿密里老头买的房子，另一间是他和家人原先住的房子——被他租出去了。他们也查封了杂志社大楼所有的一切，包含车辆和家具。不过这些比起他们口中所说赛义迪盗用的款项，金额根本还不到十分之一。

"我只是个小职员。我也是向赛义迪领薪水的。"

马哈茂德在侦讯时不断重复这句话。在他们看来，他应该没有骗人。他已经把自己知道的事都说了。他的眼神、手势和表情仿佛都在说："我是无辜的，这些事情和我无关。"

跟他预期中不同的是，他们并没有揍他，也完全没对他做出任何不好的事。他和其他遭逮捕的人在拘留所待了一晚。隔天一大早，他们把他叫来，要他在笔录上签名，接着归还了他的皮夹、手机和其余随身物品，然后将他送出大门。当然，他们交代他必须好好配合调查，如果有任何关于嫌犯赛义迪的消息，务必通知警方。

这件事对他而言只是灾难的开始。这下子他没了工作，失去收入优渥的职位。他本来还打算等月底领到薪水，再去支付积欠饭店的房费。

他现在也没办法在其他报社或杂志社当编辑了。他过去几个月太过高调，因为想让自己配得上《真相》杂志社编辑主任的身份地位。大家都见识过他嚣张的样子。现在他如果去应征编辑职位，肯定会成为众人的笑柄。说不定之前被他伤害过的同事，现在都可以当他的主管了。至少就现阶段而言，他实在无法另觅工作。再说，如果只是某个小刊物、小媒体的职位，给的薪水也无法满足他的开销。因为赛义迪的关系，他早已习惯享受生活。是他让自己沉溺于日常的小确幸，完全没想到未来的事。都怪他太相信赛义迪了。

他紧接着面临的问题是，杂志社没领到最后一个月薪水的职员都找上门来。这群人一看到杂志社出了问题，加上检调人员出现，马上逃得不见踪影，马哈茂德以为不会再见到他们，结果那几个小编辑和打字员忽然出现在迪尔夏德饭店的柜台。马哈茂德当下就懂了：他们就是杂志社里脸皮比较厚的人，因为别的同事都知道薪水没发不是他的责任。

他在东门的二手服饰店把高级衣服和鞋子都卖了，然后找几个朋友来交易他剩下的东西。他们约在伊尔奇塔区的咖啡店。马哈茂德把手机卖给朋友之前，还打了最后三通电话。第一通是打给他的大哥阿卜杜拉，告知他再过几天就要回米桑省。

"你回来干什么？你在巴格达不是过得很爽吗？"

"不是啦……我很想你们。巴格达就快陷入全面内战了。我怕某天起床一不小心就被炸死。"

"但你在那边不是有工作要做？你就小心一点嘛！"

"噢！每天被炸死的那些人通常也都很小心啊！"

"马哈茂德！我不懂……你知道你的死对头如今在地方上可是有权有势喔！说不定他一想到你就来给你找麻烦了！"

"他不会记得我的啦！他现在应该忙着享受权势的美妙。我写的文章都是过去式了。"

"好吧，老弟！那就随你啰！你也知道我们都很想你。"

"好。我很快就会回去。别再打电话给我，因为我把手机卖掉了。等我回到家，再告诉你这边发生的事情。"

"祝你一路平安。"

他第二通电话打给了好友哈奇姆，却得知他到下周之前都不会回巴格达。他正忙着帮美军部队摄影呢！哈奇姆说，他说不定能寄几张不错的照片到马哈茂德的电子邮箱，可以给杂志社用。

"你说的是哪家杂志社啊？杂志社已经倒了。我希望回米桑之前能见你一面。"

哈奇姆听到这番话相当吃惊，又继续和他聊了三分钟。马哈茂德确定和好友碰不上面之后，便挂了电话。接着他又在通讯录搜寻另一个"名字"——更适切地说，是"代号"才对。屏幕上出现了"六六六"三个数字，他按下通话键，戴上手机的耳机，听见一个声音很细的女声，不带感情、机械地说："您拨的电话无法接听，该用户目前不在服务范围内，请……"

他好想听听她的声音。说不定他离开巴格达之前还能约她见面。他不太相信赛义迪和司机苏尔丹的话。他们一定是在说谎，只是在人身攻击。他是这么地爱她。他知道，如果顺利进展下去，他一定有机会和她在一起。而现在虽然进行得不顺利，但是机会仍在！虽然他的世界正在崩坏，但他却更加不受外在影响，更加确信自己的情感可以排山倒海。

他真的好爱她，强烈地爱着她。就这件事情，他是骗不了自己的。虽然她不是最美的女人，虽然她年纪比他大了点，但如果此时此刻他听到的是她的声音，而非语音答录，他就有足够的理由继续留在巴格达。就算要他再去屈就于欧鲁巴旅舍闷热的烂房间，就算要他在小报社、小杂志社领不怎样的薪水，他也愿意。只有她能让他跨越一道又一道的理性高墙，近乎疯狂地往前冲。他现在最需要的就是：疯狂与希望。

他又打了一次她的电话，仍是语音答录。他觉得好落寞，落寞的感觉像是黯然的黑夜吞噬他的灵魂，像是永远不会结束的长夜。他打开手机背盖，拆下电池，取出手机卡。然后他将电池和手机盖装好，把手机交给那个花钱买下的朋友。他把手机卡收回口袋，接着拿出录音笔，试着卖个好价钱。

接连两天，他把这些详细过程都告诉我，而我也听完了录音。让我惊艳的是，里面有个人的声音充满磁性，就像电台播音员。马哈茂德称他为"弗兰肯斯坦"。我一度怀疑那些只是编出来的故事。但过了一周后，我却在金迪医院的大病房里再次听见同样的声音。

当时我坐在一位培德先生的病床边，他跟录音里的人说话语调根本一模一样，他还告诉我关于"弗兰肯斯坦"的其他事。我无法完全确定这两个声音是不是同一个人。不过这整件事吸引了我全部的注意力。我开始打听其他相关消息，一点一滴地拼凑。

马哈茂德卖光了个人物品，也终结了《真相》杂志社职员对他的纠缠。他整理好一只小行李箱，当初他从米桑省来的时候也是带着这个行李。然后他从迪尔夏德饭店退房了。

这个国家的战火将会越烧越烈。现在到南方去避避风头是明智的做法,他的好几个朋友也都打算这么做。法里德要回乡下老家,就在巴格达北方的伊斯哈吉镇附近。看来他暂时无法享受穿着西装上电视节目的尊荣了。扎伊德要回幼发拉底河畔的希拉城。阿德南要去纳杰夫城,他的家人和叔叔伯伯都住在那里。至于哈奇姆,因为他的工作是美军随行摄影,所以无法回萨德尔城。等他回到巴格达,欧鲁巴旅舍已经面目全非,阿布·安马尔也早就走了。他只能投靠一位也是搞摄影的朋友,和他一起住在一间小旅舍的通铺。

3

培德先生拄着拐杖从金迪医院出院了。他的子女来接他,却不是带他回七号胡同的家,而是到他的一个女婿家里。那场大爆炸把他们家的前半截炸毁了,必须等到修复完毕才能搬回去。

爆炸后地上出现了一个大洞。排水管和自来水管都断了。在一片水乡泽国之中,地底下露出了一面城墙。各个古迹、文资相关的机构都希望能继续开挖。有些人说,那是阿拔斯王朝时期,巴格达城墙的一部分。他们说这是伊斯兰考古界百年难得一见的重大发现。有些比较夸张的人还说:谁说恐怖攻击百害而无一利?你看,如果没有爆炸,我们就不会发现这个重要的考古遗址。

正当议题闹得沸沸扬扬时，巴格达市政府却完全不理会这些声音，他们突然宣布要挖土填平大洞。

市政府发言人说："不好的事我们不会去做。我们要好好保存这些古迹，留给下一代来决定如何处置。如果他们觉得拆掉整座拜塔温区比较好，那也是他们的事。至于我们现在该做的，就是把马路铺平而已。"

培德先生出院了，但还有另一个七号胡同的居民仍在医院，那就是哈迪。他脸上和手上的绷带已经拆了，但人还无法下床，也不能出院。他只能顶着这副样子，想着这阵子发生在他身上的事，想着他破烂的老巢。他家八成炸垮了吧！恐怕变成真正的废墟了！不过，实际上那也不是他的房子啊！也许他再待久一点的话，等到出院，就会发现他家的瓦砾已经被挖掘机夷平，土地所有权转移到法拉吉手上，说不定上面还盖了新的房子。

他不断告诉自己：他一定要好好的，先渡过这个难关再说，剩下的问题之后再解决吧！也只有这样，他才能让自己不那么彷徨。不过躺在床上不能动实在很无聊，他一直很想下床走走，但试了很多次都没成功。

一天晚上，他觉得膀胱要爆炸了，于是又试着从床上起身。当时病房很安静，附近的病友都睡了，值班的护理人员全都离他很远。他的脚还打着厚厚的石膏。他吃力地移动双脚，慢慢把脚放到地上。他的脚趾碰触到冰冷的地板，又过了几分钟，渐渐能够稳稳地站着。他准备试着走一走，虽然随时都有可能跌个狗吃屎。如果摔跤的话，值班的护理人员很有可能要过一两个钟头才发现他。如果真的如此，他就太惨了。不过他还是扶着附近的病床慢慢前进。说不定病床的轮子还被他推动了一些些。他扶着墙，一步一步慢慢地、艰难地朝厕所走去。

他进了厕所，还没想到要如何解开裤子尿尿，倒是先注意到了倒映在洗手台镜子里的脸。他完全忘了自己的膀胱快要爆开了。他走上前，盯着镜中陌生的脸，他的两只眼睛变得比一般人更开，整张脸烧得完全毁容。虽然前阵子他刚从昏迷中醒来时，早就知道自己烧伤了，虽然他手上绷带拆掉的时候，早已看到了火焰在身上印下的纹路，但他本来以为他的脸没那么糟。

这个冲击实在太大了。他变成丑陋的怪物，就算痊愈，他的样子还是再也无法回到从前。他不由自主地伸出手摸着镜子，多希望这不是真的。他又靠镜子更近了些，清楚看到自己毁容的样子。他好想大哭或是做些什么，可是除了盯着自己的脸，他什么也做不了。正当他越看越入神的时候，渐渐明白了一件事：这不是哈迪的脸，而是另一张他再熟悉不过的脸。大约一个月前，他还试图说服自己这个人不存在，一切只是出于他太过丰富的想象力。但他现在却看到这张脸出现在眼前。

这是"无名氏"的脸。这张噩梦般的脸闯进了他的生命，毁了他的人生，让他再也没机会回到从前的生活。

他大叫一声，难听的叫声吓醒了病房里睡着的病人，也吓到他自己。他失去平衡，打了石膏的脚在厕所地板一滑，整个人往后仰倒，头部重重撞上马桶边缘，昏了过去。

4

　　他每隔一阵子就会换一张新的脸,就像他杀死大占卜师的那个夜里所说的一样。对他而言,除了生存的欲望,没有什么是永远不变的。他杀人只是为了活下去。这个理由还算合乎道德吧!他不想化作一摊烂泥,就此消逝。没有人想死得不明不白。人总要知道是为了什么而死、死后又何去何从。但对于这两个问题他都没有答案。所以他更要好好地活着。他不像那些拱手将生命、将肢体让给他的人,他们只因为害怕就放弃了生存的念头,根本没有捍卫自己的生命,所以相形之下他更值得活下来。就算他们明知道打不赢他,至少也该拼个你死我活。像这样还没开打就先投降,实在不光彩。那可不是随随便便的打斗,那是为了捍卫自己独一无二的生命而战——绝对是每个人一生中都该尽全力一搏的事情。

　　随着人们对他绘声绘色的描述,关于他的说法已经不只一种版本。像是萨德尔城的人说他是瓦哈比教派的。但在厄多米亚区却传闻说他是极端什叶派分子,而且说得相当笃定。伊拉克政府形容他是外国势力的走狗。至于美国的说法,美国国务院发言人有次公开说他是个诡计多端的人,目的是要毁了美国在伊拉克的计划。

　　但话说回来,哪有什么计划?就马吉德准将的看法,这个怪物根本就是美国的计划的一部分。是他们创造了这个弗兰肯斯坦般的怪物，任由他在巴格达搞破坏。这一切都是美国人的阴谋！

咖啡厅有很多人都宣称在光天化日下看到他，大家你一言、我一语地争相形容他样貌有多么丑陋。他和我们一起坐在餐厅里！他进了服饰店！他和我们一同搭乘起亚巴士！他无所不在！他的超能力是光速移动，在夜里飞檐走壁！没有人知道下一个受害者是谁。尽管政府做了许多保证，但随着一天天过去，人们已深信这个凶徒永远不会死。

"子弹打中他，穿过他的身体，但他还是一样跑跑跳跳。"这已经是大家耳熟能详的了。"他不会流血。""他不会让任何人看清楚他的脸，如果想看，你只有几秒钟的时间。"众人言之凿凿。但其实大家对他所知无几。人们唯一可以确定的是，他的形象出现在夜里，出现在辗转反侧的枕头上。恐惧蔓延着，滋润着人们对他的想象。杀人事件接连发生，绝望的感觉更壮大了他的形象。

追查这个事件许久之后，就连我自己也开始害怕起来。夜晚走在街头我总会心神不宁地张望。说不定头号罪犯就在我身边。说不定我哪里得罪了他，让他有了杀我的理由。

5

马吉德准将被革职了。但根据我获得的最新情报，准将似乎还没放弃。他有一些战友老友到了新政时期官位都坐得比他还高。他靠着那些人脉，好不容易才让自己复职。不过，不是回到侦搜调查局，侦调局已经解散了。他被调到首都之外一个偏远地区的警局，当个小小的安全顾问。大家都说政府要扫除复兴党的前朝余孽，但他又再次成了例外。

我在拜塔温区花了好几个月四处探查"弗兰肯斯坦"一事，试着拼凑出事件全貌。我去过阿齐兹咖啡厅，在那里和阿齐兹短暂聊过。最后他告诉我，自从那天发生爆炸以后，他就不清楚哈迪的事了。他去医院看过他两次。第一次，哈迪昏迷不醒。第二次，哈迪的脸和全身都还包着纱布，就这样隔着纱布吃力地和他说话。当时他心想哈迪应该可以活下来，但第三次去探望，医生却告诉他哈迪跑了，没人知道他去了哪里。

我试着找过法拉吉，想跟他聊聊，但没能见到他。他大部分时间都待在家里，房地产的事业都交由儿子经营。至于培德先生，在金迪医院初次见到他确实令我印象深刻，但培德太太却不让他再跟我见面。不过我联络上了约西亚神父。我去教会拜访他，是他告诉我伊利希娃老太太的故事，我从而得知她儿子失踪、女儿们住在澳洲，老执事夏慕尼的事情也是他跟我说的。

马哈茂德到了米桑省后还寄信给我，信中提到赛义迪的事情。他说，赛义迪仍然在逃，还没接受法律的制裁。后来，我在一本旧的《真相》杂志上读到赛义迪的文章，看到他的照片，才想起原来我见过这个人。还记得那是办在国家歌剧院的一场文化研讨会。当时他就是个能言善道、十分亮眼的人。他在研讨会侃侃而谈，如入无人之境，众人对他说的话都相当信服。

当下我觉得：从他身上我看到了希望，要是像赛义迪这样的人都勇于从政的话该有多好？别再让那些不学无术的人和文盲草包霸占政治圈了！

我又去了两次金迪医院。医院的员工告诉我哈迪发现自己毁容后，发生了什么事。他们每个人都说哈迪跑掉了，下落不明。

我一直收到"二号助理"的电子邮件，他寄给我许多关于侦调局的文件，甚至连目前的调查进度都有。

他最近寄来的文件提到，小占卜师在口供中坦言是他害死了大占卜师。他透过通灵联络上无名氏，让他在巴格达的某条路上杀了他的师父。他杀了他之后，还砍下他的双臂装到自己身上。但小占卜师强烈否认无名氏是他创造的，说那跟他一点关系也没有。他只是利用无名氏而已。他本来还想把他除掉，要不是师父插手，他早就成功了。是大占卜师不想让无名氏死。这就是小占卜师跟他不合的根本原因。

我带着忐忑与不安写下这些。我其实很怕某天突然有人闯进我在法纳尔饭店的房间，直接逮捕我。但最后还是发生了。他们到饭店逮捕我的时候还算客气，当时我正在写小说，才写到第十七章，还没写完就被带去侦讯，侦查委员会由伊拉克军官和美军军官组成。我的小说原稿遭没收，他们还问我许多问题，态度温文有礼，不只给我喝水、喝茶，还让我抽烟，完全没有找我麻烦。他们问我是从哪得来这些文件的？我拿这些文件做了什么？谁是二号助理？既然他是二号，照理说应该还有一号助理，一号和二号一定是某个人的助理嘛！他们两人是我的助理吗？我是不是在搞什么组织？我在国内外有没有认识什么人？我的政治背景是什么？

他们把我丢到拘留所关了几天，同时找专家来分析我还没写完的小说。一天清晨，他们把我叫起来，也没跟我说太多话。我发现侦讯室桌上有一份保证书，他们命令我不要看，直接在上面签名。我有点害怕，想要抗议，但我更怕他们把我丢回阴湿的地牢。我静静地签了保证书。他们把我的东西和随身物品都归还给我——除了小说的原稿之外。原稿没收了，再也不会还给我了。看来他们不想让我继续碰这部小说。

他们草草将我释放，甚至连我交给他们的身份证都没看仔细。那是假证件。我总是随身携带多张不同的证件，方便在巴格达行动。有时路上会突然出现武装分子设的检查哨，他们都是依教派信仰来决定要不要杀人。而我总是靠这些证件才能安然过关。

"看来这个调查机构蛮随便的嘛！"我回饭店的路上这么想着。里面的人都相当散漫，看起来像在做例行公事。我坐回电脑前继续写小说。就这样，我又写了好几天，接着再度收到二号助理的电子邮件。那是他寄给我的最后一封信，附件是侦查委员会的结案报告。看来是他取得了这份报告，然后扫描一份给我。

我迅速看完结案报告，强烈的恐惧感随之袭来。他们正准备再度将我抓起来！我想，这次他们对付我的手段肯定截然不同。

我匆匆收拾东西，跟饭店老板结了账，接着便逃出饭店。

搭出租车回家的路上，我想起那张假造的身份证。我把它从口袋拿出来，丢出车窗，心想如此一来，那些人就抓不到我了吧！就像他们怎么也抓不到"弗兰肯斯坦"一样，他们再也找不到我了。

第十九章　凶手

1

"螳螂哥死了!"阿卜杜拉语调中带着兴奋与欣喜,一面拉开弟弟马哈茂德的房门。

马哈茂德正躺在床上闭目养神,他的眼睛已经连续看了很久的书。自从回到米桑省阿玛拉市新光区的家中,他就一直看书。他发现以前买了很多书,却从来没读过,还有一些书很想重读。他现在可是有充分的理由宅在家中,因为不能让别人知道他回来了。

这确实有些夸张,不过这是妈妈的坚持,她怕"螳螂哥"跑来报仇。螳螂哥大约一年前曾经说过,如果他在阿玛拉的路上遇到马哈茂德,一定会杀了他。

说不定螳螂哥早已忘了这个恐吓。像他这样的流氓一定经常恐吓别人,但是八成没用笔记本记下威胁要杀的名单吧。不过马哈茂德自己也受够了外在世界的喧闹,刚好需要一些静谧时光。这样一来,他不用让妈妈担心,也不会对任何人造成困扰。

他大约自行"关禁闭"了两个半月。不过现在一切都结束了,螳螂哥被杀了。

螳螂哥的车队在快速道路上遭不明组织突袭,当时他正从瓦西特省回来。一阵枪林弹雨后,他和司机还有几个手下都死了,而歹徒逃得不见踪影。看来,"街头的正义"实现了!

马哈茂德想起了他的"三个正义理论",但如今他自己也不确定这个理论是否正确。这些事情背后没什么道理可言,根本是一团乱。他深吸一口气,长叹一声。现在重要的是他解脱了,不必再担心害怕了。

他走出家门,妈妈连头都没抬起来看他一眼,她已经不再担心了。他漫步走着,并没有特别想去哪里。他一直走到大马路边才想起很久没看电子邮件了。想必会有很多信吧!

他搭上前往市区的巴士。到了闹市区,他碰见几位友人,和他们握手时格外热切、喜悦。朋友都不知道马哈茂德在高兴什么。他们知道今天省里发生的大事,但没想到这和马哈茂德的好心情有关。

他和朋友道别后去了网吧,坐在电脑前登入信箱。果然,有一百八十封信件!大部分都是广告。他迅速注意到好友哈奇姆寄的信。他点开信件,里面有十张新照片,是在不同地方拍摄的,有农村、小镇、老街,还有一些古迹建筑。照片都很漂亮。哈奇姆还在信中分享了他的近况,他说由于和美军一起工作的关系,他很有机会拿到美国绿卡。他现在都不敢回自己的家,害怕被民兵组织清算。马哈茂德觉得哈奇姆讲得有点太夸张,只是想借此告诉别人他是不得已才移民美国吧。但马哈茂德知道他一直都很想移民,正因如此他这几年来才会选择这样的工作。他现在美梦成真了。

还有一封信吸引了他的注意,是巴格达一家大报社想邀他担任驻米桑省的特派记者。另外有一封陌生发件人寄来的信。他点开来看,竟然是纳瓦勒写的。她在信中说,她试着联络他好多次,但都找不到人,后来她偶然看到一本旧的《真相》杂志,在他写的文章底下发现了他的邮件信箱,这才试着写信给他。她还给了马哈茂德她的新电话号码。

"一定要跟我联络喔,马哈茂德!"

读到信的最后一行,马哈茂德有点不知所措。其实他很想马上这么做,拨打她的手机号码,听听她的声音。他真的很怀念她的声音,不过读了下一封信之后,他突然什么也无法思考。那是赛义迪寄来的。他点开邮件,密密麻麻的全是字。那是一封很长的信,看得出来,赛义迪花了很多时间和精神写信。马哈茂德立刻全神贯注地开始读。

2

亲爱的马哈茂德:
你好吗?

我打了几十通电话给你,但你的手机都关机。朋友,我很担心你。我从几个朋友那里得知你被带去侦讯的事,感到十分痛心。那伙人全都是王八蛋。恐怕他们已经完全破坏了我在你心中的形象，说不定我再也没机会弥补了。

但你就像我最亲的人，我对我母亲在天之灵和我亲爱的两个妹妹发誓——她们在拉马迪的国道上被恐怖分子杀害了——我绝对没从这个有病的国家偷走一毛钱，更不可能从入侵我们的美国人身上拿走一毛钱。

这些都是阴谋，都是我的政敌编出来的。现在他们成功了，弄得我只能过着逃亡的生活，但他们根本不能代表正义。他们早想将我驱逐出境，因为他们知道我所带领的爱国运动是玩真的。他们知道，那些卖国贼和我们这些抛头颅洒热血的爱国分子终将决一死战，所以他们才趁我还没动手之前先出手。

你大可不相信我。但是我可以跟你发誓。难道我有骗过你吗？难道不是我一路上提携你、给你合适的机会吗？我曾做出伤害你或任何人的事吗？难道我还不够热心助人吗？试着想一想吧！

也许你会好奇，为何我要花这么多时间和精神写信给你？为何我希望你相信我的观点？其实我一点也不在乎别人怎么说我，他们要在报章上毁谤我、把我说成是国际罪犯、要求国际刑警组织通缉我，都没关系。这些我都承受得住。我有强大的心智，可以跟那些王八蛋一直缠斗下去。总有一天我会战胜他们，你会看到的。不过我无法承受自己在你眼中变成了坏人。不管所有人怎么看我，我看重的只有你而已，因为我在你身上看到了自己。你跟我太像了！

也许你可能不觉得我们相像吧！但我深信我们是同一种人，你的心灵纯洁而高尚，对我来说，你对我的看法比什么都重要。

你还记得马吉德准将吧！记得那次我们去拜访他吗？那天餐后准将跟我说了他的部属大占卜师告诉他的话。其实那次拜访并不是为了问他买印刷厂的事，也不是为了做深入报道的访谈，更不是其他的事情。当时为了不造成你的困扰，所以我无法告诉你真相，选择独自守着这个秘密，但现在我不得不告诉你了。

我们那次的拜访不为别的，就只为了让他的占卜师看看你的未来——马哈茂德·萨瓦迪的未来。你不知道我听到的当下有多么惊讶。大占卜师说：这个年轻人——指的就是你——前途不可限量，他将身居高位，成为伊拉克的伟人之一，不过他现在还需要磨砺，眼前有一段艰难的路途要走，这样他才能学会如何面对这些事。

我不知道此时此刻的你会如何看待这番话，但马哈茂德，你要知道，你将在十五年后当上伊拉克的总理。是的，到时候你将成为总理阁下马哈茂德·萨瓦迪。从我听到这些话的那一刻起，我就深信不疑，我把你当成我计划的一部分，你知道我在这个计划里扮演的角色吗？我是施洗者约翰，而你是耶稣基督！我的职责就是协助幼苗茁壮成长，让它变成强健的参天大树，枝叶繁茂。

我会在近期回到巴格达。我将洗刷我的污名，届时，你将看到那些诬告我的人是怎么被告的。到时候我会再和你联络，让我们再次携手合作吧！

　　我现在告诉你大占卜师的预言，你可以记在心上，或者也可以试着忘掉，不过没关系，命中注定的事终有一天会实现。

3

　　这封信的威力像原子弹一样。马哈茂德想起了赛义迪说话的风格，他总有办法说服别人听从他的意见。无法否认，赛义迪的确帮他很多，让他历练了许多事。好多好多的感触突然袭上心头。多亏有赛义迪，他现在才能变得更成熟、更明了世事。而赛义迪所说的预言更是让他吃惊。原来去侦调局参访那次，他才是真正的焦点，他还以为自己只是去陪衬的。

　　马哈茂德手放在键盘上，有股冲动想马上回信给赛义迪。他差一点就跟他道歉，说他误会他了。不过他立刻又想起许多对于赛义迪的负面印象。他说话的方式看似殷切，其实不带真心。是他害他被检调人员抓走，害他被当成共犯，被安上侵占一千三百万美元的罪名。他还想起其他比较小的事。接着他想到赛义迪有些话会自相矛盾，仔细想想，其实还满多的。他坐在网吧里想了又想，试着厘清赛义迪的真面目，却什么也想不出来。赛义迪就像一条滔滔的运河，流出许多奇思怪想，但实际上运河本身空无一物。他从来不曾有过特定的立场。

马哈茂德的手指在键盘上轻轻敲着,却什么字也没打。他觉得五味杂陈。接着,他发现自己不自觉地紧咬牙齿。他忽然觉得十分生气、十分不爽。不仅仅是因为在赛义迪信中读到的一些事,更令人愤怒的是,他把马哈茂德耍得团团转,现在又用花言巧语来博取信任。马哈茂德的段位跟他相比还是差远了。

他迅速打了一句"fuck you",作为对赛义迪长篇大论的响应。他把字体放大,颜色改成红色。他想按下传送键,却又停了下来。他犹豫了十分钟,又删掉这两个字。最后,他只是将赛义迪的信连同哈奇姆的信一起转寄给"作家"。他注销信箱,从网吧走了出去。

他心想,之后再找时间寄信给"作家",说明他犹豫不决的原因吧。他来到街上,兀自走着,拿出一根烟来抽,发现天空乌云密布。就要下雨了吧!今天的天气就像一年前他刚到巴格达时那样。他就是在那段期间认识了赛义迪和纳瓦勒等人。

他一边走向闹区,一边思考:赛义迪这些鬼话连篇会不会是真的?会不会是他资质驽钝,所以不知道赛义迪都是为了他好?或者说,如果这些鬼扯有百分之一是真的呢?生活不就是充满变数吗?有一些事情可能性很高,而有一些事比较难讲、比较无法预期。这么说来,马哈茂德也很可能会需要赛义迪再推他一把,这不就是比较难以预期的事吗?

既然如此,马哈茂德决定不跟赛义迪撕破脸,就用已读不回的方式处理吧!他要让他雾里看花,如同今天迷蒙的天空一样。他打算以其人之道还治其人之身;让赛义迪看不透他到底在想什么。

4

2006年2月21日,巴格达情报局高层宣布已将"头号罪犯"逮捕归案。有一些报道称他为"X罪犯",有一些老百姓叫他"无名氏",他还有许多不同的别称。

过去一年,这名罪犯在巴格达犯下多起可怕的杀人罪,弄得人心惶惶、不得安宁,几乎瘫痪了所有政治进程。他们将他的大头照投影在大屏幕上,念出他的名字。罪犯的名字叫作哈迪·赫桑尼·伊德洛斯,是巴格达市拜塔温区的居民,人称"拾荒者哈迪"。

所有相关罪行,嫌犯目前已全数认罪。以他为首的帮派分子专门杀害、肢解被害人,并将其尸体弃置于巴格达各街区,企图扰乱民心、散播恐惧。

萨迪尔饭店的爆炸案也是他策划的,是他教唆自杀袭击者驾驶垃圾车攻击饭店。他还杀了数名隶属于安全顾问公司的外籍佣兵。拜塔温区的大爆炸也是他造成的,死了好几个人、毁了好几栋房子,让伊拉克损失了难以估计的文化古迹。此外,该名罪犯亦涉嫌伊拉克的教派冲突事件,他曾收受许多帮派组织的佣金,为不同宗教背景的人杀人。

阿齐兹在电视上看到老朋友的脸,却认不出来。咖啡厅大多数的客人都一致认同,此人不是那个捡破烂的哈迪。这个罪犯的脸好丑,他一定不是哈迪。但是当电视上播放嫌犯认罪的影片时,阿齐兹心里又困惑起来。这声音的确像哈迪,但是他怎么会是杀人犯呢?难道他就是人们所说的头号罪犯吗?不太合理吧?难道他爱在咖啡厅长椅上说的那些故事都是真的?那些怪力乱神有可能是真的吗?该不会那些故事的灵感都来自他犯下的案子吧?该不会在不为人知的状况下,他真的秘密杀了那么多人?

马哈茂德可不这么想。他和家人在客厅看电视,新闻正播出哈迪毁容的脸。那些人全都错了!错得可真离谱!他们只是想找个替死鬼结案。这老头绝不可能是头号罪犯!他和哈迪相处了那么久,一起聊过许多事。他只是一个心理不太正常、想象力太过丰富的酒鬼。

马哈茂德对于哈迪所讲的"无名氏"还有许多疑问。无名氏的故事是那么精彩、那么寓意深远!哈迪不可能就是无名氏。哈迪整天头脑都不清不楚的,他不可能有那种口才和冷静。马哈茂德听过无名氏在录音笔录下的话语,那是奇特无比的。

5

新闻传开之后,巴格达的天空满是庆祝的烟火。每个人都带着一种歇斯底里的狂喜,特别是拜塔温区的人。没有人相信那种可怕的凶徒竟然就住在附近。不过,政府说的一定是对的。他们狂欢着，庆祝终于摆脱了藏身在他们之间的敌人、庆祝终于解决了一年以来吓坏了大家的凶徒。

培德太太走出家门，在胡同里跳起舞来，她白皙的手臂挥舞着金手链。而培德先生只是怯生生地透过门缝望着，双手插在花睡衣的口袋里。亚美尼亚老妇人维罗妮卡也跑了出来，对着巷子里的孩子撒下饼干和糖果。尽管城市上空乌云密布，预示着一场大雨，但大街小巷和建筑楼顶有好多好多的人都跳着舞，跳了超过一个小时。

每个人都觉得问题解决了；或者说，他们都是这样催眠自己的，不过这也无妨。有些人这辈子从没经历过这种欢欣的感觉；有些人可能经历过，但数十年之间，国家发生了这么多灾难之后，他们已经遗忘了那种感觉。灾难抹去了人的记忆。大家都好开心。就连法拉吉，他在七号胡同的大爆炸之后一直郁郁寡欢，现在却也显得很开心，高举双手欢欣地喊叫。阿齐兹看到这么多人都庆祝起来，他终于说服了自己，头号罪犯不是哈迪，绝对不可能是哈迪。于是他也走出来，在咖啡厅前面跳起了舞。

众人沉浸在狂欢的气氛里，每个人都像小孩子一样开心——只有少数几个人除外。正当一片喧嚣之时，没有人会去注意他们的存在。再说，就算有人特别留意也不会注意到，高楼的窗边还有几双害羞的眼睛默默看着人们真情流露的喜悦。更不会有人对人去楼空的欧鲁巴旅舍感到好奇，不会有人想进一步确认旅舍楼上是不是有人正看着这一切。

自从法拉吉拆了旅舍的招牌，它就不再有名字。不是"欧鲁巴旅舍",也没照法拉吉原定的计划改成"大先知旅舍",因为他郁郁寡欢,又觉得这间旅舍为他带来不幸。他花钱买了两栋房,结果一栋完全震垮了,另一栋严重受损,各楼层的墙壁和地板都裂了,真是损失惨重。就算要重新整建旅舍,他现在也没有多余的资金可以运用,或者,其实是他觉得不能再把老本压在这间不幸的屋子上了。

他就任由旅舍人去楼空,任由它变成废墟、摇摇欲坠。他再也不看它一眼,也不会在乎谁进去里面、谁从里面出来。可能有野猫住进去,也说不定有些年轻男女会把此地当成幽会场所。说不定这地方的动静不只这些,但没有人确切知道。猫咪纳布会在荒废的旅舍大楼晃来晃去,除此之外还有个不知名的男子。一个小时前,这名男子就站在三楼一间破了窗的房里,一边抽烟,一边默默看着人们狂欢。每隔一段时间,他就看看天空,乌云越来越密了。

纳布走上楼,楼梯铺的地毯很久以前就破了。老猫跳过断掉的木头椅脚,走到窗前的男子身边。它磨蹭着他的左腿,像是在画圆圈,接着它抬起头,轻轻"喵"了一声,像是在催他做什么事一样。男子把香烟丢出窗口,他注意到一支乐队忽然出现在旅舍前,音乐十分吵闹,乐队后面跟着一大群孩童开心地喊着、拍着手。天空一阵雷响,终于降下甘霖,人们跑回家躲雨,音乐和狂欢的声音忽然都停了。留下的唯有雨水的声音,雨越下越大。

男子蹲下身和猫玩了起来,他摸着它的身体。猫咪看起来很老,毛都掉得差不多了。男子和它玩个不停,他们相互逗弄着，就像两个亲密的朋友一样。

2008 年至 2012 年

写于巴格达